다시 쓰는
나는 조선의 국모다
3

북오션은 책에 관한 아이디어와 원고를 설레는 마음으로 기다리고 있습니다. 책으로 만들고
싶은 아이디어가 있는 분은 이메일(bookrose@naver.com)로 간단한 개요와 취지, 연락처
등을 보내주세요. 머뭇거리지 말고 문을 두드리세요. 길이 열릴 것입니다.

다시 쓰는
나는 조선의 국모다 ❸

초판 1쇄 인쇄 | 2015년 9월 1일
초판 1쇄 발행 | 2015년 9월 8일

지은이 | 이수광
펴낸이 | 박영욱
펴낸곳 | (주)북오션

경영총괄 | 정희숙
편 집 | 지태진
마케팅 | 최석진 · 임동건
표지 및 본문 디자인 | 서정희
일러스트 | 흘날린
법률자문 | 법무법인 광평 대표 변호사 안성용(02-525-3001)
세무자문 | 세무법인 한울 대표 세무사 정석길(02-6220-6100)

주 소 | 서울시 마포구 서교동 468-2
이메일 | bookrose@naver.com
페이스북 | bookocean
전 화 | 편집문의: 02-325-9172   영업문의: 02-322-6709
팩 스 | 02-3143-3964

출판신고번호 | 제313-2007-000197호

ISBN 978-89-6799-220-0 (04810)

이수광
장편소설

③

다시 쓰는
나는 조선의 국모다

북오션

차 례

16

불꽃의 여인

섣달이었다. 날씨는 살이 에일 듯이 추웠다. 바람이 윙윙대면서 대궐의 나뭇가지를 흔들었다. 자영은 중궁전 서온돌에 누워 산후조리를 했다. 원자가 죽었어도 산모는 산모였다.

'국태공을 실각시키지 않으면 내 목숨이 위태로워……'

자영은 서온돌에 누워 입술을 악물었다. 바람이 칼날처럼 매서웠다. 그러나 자영의 가슴속으로는 더 매서운 바람이 불고 있었다. 원자의 병 때문에 자영은 이하응과 격렬하게 대립했었다. 이하응이 그러한 자영을 용서할 리 없었다.

대궐은 설날 준비를 하느라고 부산했다. 그러나 자영이 거처하는 경복궁의 교태전 서온돌에는 얼음같이 차가운 냉기가 휘돌았다. 궁녀들은 자영에게 불벼락을 맞지 않으려고 행동거지며 걸음

걸이를 더욱 조심스럽게 했다. 따뜻하고 상냥한 미소가 얼굴에서 떠나지 않아 착하고 어진 왕비로 칭송받던 자영인데, 원자를 잃은 뒤로 자영이 딴사람이 되었다.

섣달그믐, 묵은세배를 드리기 위해 민승호와 민규호가 중궁전으로 들어왔다.

"흥인군 이최응은 이하응과 사이가 나쁘다고 하던데, 그 원인이 무엇입니까?"

자영이 민씨 형제들을 살피면서 물었다.

"흥인군은 국태공 저하의 형님이십니다. 사사로이는 주상 전하가 조카이고 국정을 맡은 분이 아우인데도 벼슬이 금위대장에 머무르고 있어서 불만이 많다고 합니다."

민규호가 재빨리 나서서 대답했다. 민승호는 얼굴을 찌푸렸다. 민규호의 다혈질적인 성격이 민승호는 마음에 들지 않았다.

"흥인군은 인물이 무능하다고 하던데, 정말 그런가요?"

"시정 사람들이 흥인군을 가리켜 어(魚)와 노(魯)를 구분하지 못하는 인물이라고 평하고 있습니다."

민규호가 다시 대답했다. 민승호는 잠자코 고개만 숙이고 있었다.

"그럼 흥인군을 접촉하세요."

"흥인군은 이미 저희들이 접촉하고 있습니다."

민규호가 대답했다.

"홍인군의 반응이 어떻던가요?"

"홍인군은 언제든지 저희 편에 가담할 것으로 보입니다."

"조심해서 접촉하세요. 홍인군이 국태공의 형님이라는 사실을 명심하여……."

"명심하겠습니다, 중전마마. 한데 국태공의 장자 이재면도 국태공에게 불만이 많은 듯합니다."

"이재면이요?"

"국태공은 이재면을 둔우(鈍牛, 둔한 소)라고 하여 언제나 야단을 친다고 합니다. 그 점은 형님이 더 잘 알고 계실 것입니다."

"하늘이 우리를 돕는군요. 국태공이 아들까지 사랑하지 않으니 얼마나 독선적인 위인인지 알 수 있을 것입니다."

"그 점은 심려하지 마십시오. 중전마마께서는 원자를 다시 생산하시기만 하면 됩니다."

자영이 날카로운 눈빛으로 민규호를 쏘아보았다. 민규호가 머쓱하여 고개를 떨구었다.

"오라버님들, 국태공이 실각했을 때 정권을 인수할 인재들이 필요합니다. 적어도 우리 편에서 일할 수 있는 사람이 서른 명은 되어야 할 것입니다. 그렇지 않으면 국태공을 실각시켜도 남 좋은 일만 시킬 것입니다."

"중전마마. 의정은 홍순목, 홍인군 이최응, 박규수, 이유원으로 짜면 큰 무리가 없을 듯싶습니다."

이번엔 민승호가 대답을 했다.

"홍순목은 홍 대비의 일족이 아닙니까?"

민규호가 의아한 표정을 지었다.

"의정에 한 사람쯤은 우리 편이 아니라도 상관이 없네. 모두 우리 편으로 채우면 반발이 심해."

민승호가 미간에 내 천(川) 자를 옆으로 그리면서 말했다.

"이유원, 박규수도 우리 편이라고 할 수 없지 않습니까? 그들은 오히려 국태공 쪽 사람들입니다."

"그동안 내가 이유원과 박규수를 면밀히 조사했네만, 박규수는 서양 문물을 받아들이는 문제로 이하응을 가볍게 보고 있고 이하응도 박규수의 학행을 존경하면서도 멀리하고 있네. 박규수는 선풍도골의 학자이면서도 시정을 살피는 탁견이 뛰어나네. 그를 따르는 명문세가의 자제들도 많고……."

민승호의 말에 자영이 고개를 끄덕였다. 박규수는 평안도 관찰사를 지낸 후 한성 판윤으로 돌아와 있었다. 학문이 뛰어나 과거를 볼 때 시관(試官)을 역임하는 일도 많았다. 학문이 높은 김홍집과 김윤식을 뽑았고 내년의 알성시에도 시관을 할 예정이었다.

"박규수가 과거의 시관을 자주 맡고 있다지요?"

자영이 민승호를 향해 물었다.

"그러하옵니다. 박규수는 문권(文券)만 보고도 이것은 아무개의 문권이다, 이것은 누구의 문권이다 하고 알아맞힐 정도로 뛰어난 인물입니다.”

“이유원은 어떤 인물이에요?”

이유원은 영의정과 영돈령부사를 역임한 정원용의 사위다.

“이유원은 함경도 관찰사를 지냈고 국태공 저하와도 막역한 사이입니다.”

“하면 그런 사람을 우리 편이라고 할 수 있겠습니까?”

“이유원은 유림을 대표할 만한 인물입니다. 정원용 대감의 비호를 받고 있습니다.”

“그렇군요. 의정을 맡을 인물로는 그만하면 손색이 없겠습니다. 육조판서감은 어떻습니까?”

“민문의 훈신으로 민치상 대감과 제 아버님이 계십니다.”

민승호의 아버지는 민치구였다. 이하응의 장인이기도 했다.

“민치구 대감은 오라버님의 친아버님이지요?”

“국태공의 장인이기도 합니다.”

“그래, 민치구 대감께서는 아들을 따르겠다고 하십니까? 사위를 따르겠다고 하십니까?”

자영의 얼굴에 모처럼 장난스러운 웃음기가 번졌다. 민승호도 고개를 들고 빙그레 웃었다.

“아비와 자식의 관계는 천륜입니다.”

“민치상 대감은 어떻습니까?”

“지금 형조판서에 계십니다.”

"그분이 우리와 뜻을 같이하겠습니까?"

"민치상 대감이 우리를 거스르지는 않을 것입니다. 우리는 같은 민씨입니다."

자영이 고개를 끄덕거렸다.

"면암 최익현이 다시 상소를 올려야 합니다."

민규호가 고개를 숙이고 있다가 불쑥 입을 열었다.

"최익현은 어찌 지내고 있습니까?"

자영이 민승호에게 물었다.

"포천에서 소일하고 있는데, 유림이 최익현을 떠받들고 있습니다."

"최익현은 강골이라 우리에게 협조하지 않을 것 같은데 어찌 생각하십니까?"

자영이 민승호를 쳐다보았다.

"중전마마, 최익현의 문제는 제게 맡겨주십시오."

민규호가 재빨리 대답했다.

"그래요?"

"제가 힘껏 노력하여 최익현을 우리 편에 가담시키겠습니다."

"그럼 그렇게 하세요."

자영이 가만히 고개를 끄덕거렸다. 민승호는 자영의 얼굴을 살피면서 숨이 막히는 듯한 기분이 들었다. 자영은 임금의 아버지를 내쫓고 정권을 잡으려 하고 있었다.

***

　이창현은 죽동 민승호의 집을 나와 장통방(長通坊)을 향해 느릿느릿 걸었다. 설이 지난 지 이틀밖에 되지 않았는데도 푸짐하게 내린 눈이 녹기 시작하여 길바닥이 질척거리고 있었다. 날씨가 포근하여 걸음이 가벼웠다.

　'설이 지났으니 금방 봄이 오겠지.'

　이창현은 이내 청계천에 이르렀다. 유대치의 약국이 있는 곳이었다. 사립문을 밀고 들어서자 부인 아지(阿只)가 부엌에서 나와 이창현을 맞았다.

　"어르신께서는 계십니까?"

　이창현은 다소곳이 고개를 숙인 아지를 시린 눈빛으로 응시하며 물었다.

　"예."

　"손님이 계신 듯한데……."

　이창현의 눈빛이 섬돌 위의 신발짝 위에 머물렀다. 유대치의 집에는 백의정승이라는 그의 별호답게 항상 문객들이 들끓었다.

　"오 역관께서 와 계십니다."

　오 역관이라면 오경석을 말하는 것이다.

　"홍문관 교리도 와 계시구요."

　홍문관 교리는 김홍집을 말하는 것이다.

"그럼 바람이나 쐬고 있겠습니다."

이창현은 아지가 뭐라고 하기도 전에 되돌아 나왔다. 청계천 둑길로 올라서자 눈싸움을 하며 둑길을 뛰어다니는 아이들이 보였다. 밤새 내린 눈을 더러 쓸기도 했으나 집집마다 눈이 하얗게 쌓여 있었다.

"백의정승은 계시던가요?"

그때 이창현의 등 뒤에서 굵은 목소리가 들려왔다. 이창현이 재빨리 몸을 돌리자 잿빛 승포에 죽립을 깊숙이 눌러 쓴 사내가 서 있었다.

"예."

죽립을 눌러쓴 사내는 괴승 이동인이었다.

"흠!"

이동인이 큰기침을 하고 유대치의 약국 안으로 성큼성큼 걸어 들어갔다. 이동인은 부산 봉원사(奉元寺)의 승려로 유대치, 오경석과 친밀한 사이였다. 오경석이 주로 중국 쪽에서 서양 문물을 익혔다면 이동인은 일본 쪽에서 익히고 있었다.

"들어오시라는데요."

등 뒤에서 여자 목소리가 들려 고개를 돌리자 유대치의 부인 아지가 서 있었다.

"예."

이창현이 고개를 숙여 보이고 약국 안으로 들어가자 아지가 사립문을 닫아걸었다. 술상은 약국 안채에 차려져 있었다. 유대치의 약국은 안채와 행랑채로 나뉘어 있었는데, 유대치는 약국을 행랑채에 차려놓고 손님을 받았다.

"들어오게."

이창현이 섬돌 아래에서 낮게 기침을 하자 방문이 덜컹 열렸다. 이창현은 방으로 들어가자 말석에 조심스럽게 앉았다. 방 안 사람들은 이미 술잔이 몇 순배씩 돌아 술기운이 거나했다.

"아니, 스님께서도 술을 드십니까?"

정초라 그런가, 평소 농담을 잘하지 않는 오경석이 이동인에게 너스레를 떨었다.

"이게 어디 술이오이까?"

"그럼 술이 아니고 무엇이옵니까?"

"이건 곡차라고 하는 것입니다."

"그렇습니까? 스님께서도 술을 곡차라 하고 드시니 서학인도 한잔 드시게."

오경석이 이창현에게 탁주잔을 불쑥 내밀었다. 이창현은 두 손으로 탁주잔을 받았다.

"서학인이라고 하셨습니까?"

김홍집이 깜짝 놀라서 물었다. 김홍집은 박규수가 시관으로 있을 때 과거에 급제하여 박규수가 유대치에게 데려온 사람이었다. 용모가 준수하여 귀인의 풍모를 풍길 뿐만 아니라 몸가짐도 단정

한 사대부였다.

"그랬네."

"서교도라는 말씀이 아닙니까?"

"왜? 서교도와는 상종을 아니하나?"

"그, 그것이 아니라 나라에서 금지하는 서학이라……."

김홍집이 해쓱하게 질린 얼굴로 대답했다.

"이보게. 서학이 무슨 죄를 지었나? 역모를 했나? 살인을 했나? 앞으로는 서학에 대한 탄압이 없을 것일세."

이창현은 오경석이 따라주는 술을 단숨에 비웠다.

"그것이 무슨 말씀이옵니까?"

"백의정승에게 물어보게."

오경석이 깔깔 웃으며 유대치를 턱짓으로 가리켰다.

"저는 무슨 말씀인지 모르겠습니다. 깨닫게 하여주시면 고맙겠습니다."

김홍집이 유대치에게 정중하게 청했다.

"서교도는 청나라에 들어올 때도 그랬고 일본에 들어올 때도 그랬네만, 항상 탄압을 받은 뒤에야 인정을 받았네. 서교도의 역사는 피의 역사라고 해도 과언이 아닐 거야."

유대치가 이창현을 넌지시 쳐다보며 고개를 끄덕거렸다. 이창현을 위로하는 듯한 표정이었다.

"조선은 아직도 서학을 금지하고 있지 않습니까? 지난번 병인양요만 해도 서학으로 인해 발단된 것이 아닙니까?"

"얼핏 보면 그리 생각할 수도 있으나 그것은 강대국들이 약소국을 침략하는 구실에 지나지 않네."

"침략이요?"

"세계는 지금 약소국들을 병탄하기 위해 혈안이 되어 있네."

"그럼 어찌해야 하는 것입니까?"

"그래서 우리가 하루바삐 개화하자는 것이 아닌가. 서학을 사학이라고 주장한 대신들이 하나둘 세상을 달리하고 있네. 이제 남은 것은 김병학, 김병국뿐이지."

"완고한 유림이 있지 않습니까?"

"그래, 유림이 이 나라 개화의 큰 걸림돌이야. 그러나 그들도 조만간 큰 소용돌이에 휘말릴 걸세."

"큰 소용돌이라고 하시면……."

"그것은 아직 발설할 때가 아니고, 유림도 이제는 깨우쳐야 하네. 유림이 개화의 큰 물결을 가로막아서야 쓰겠나?"

김홍집은 말문이 막혔다. 유림이라면 김홍집 자신도 포함된다.

"민승호가 동부승지에 승차하고 수원 유수로 나간다는 소문이 파다하던데, 이게 어찌 된 일입니까?"

이동인이 유대치에게 물었다. 유대치가 김홍집을 힐끗 쳐다보고 입을 열었다.

"자네는 그 일을 어찌 생각하나?"

"외척의 발호를 두려워하는 대원군이 외직으로 내치는 것으로 알고 있사옵니다."

"맞네!"

유대치가 빙긋 웃으며 고개를 끄덕거렸다.

"하면 민승호가 순순히 수원 유수로 나간다고 하던가?"

이번에는 오경석이 김홍집에게 물었다.

"그러하옵니다."

"그것 참! 중전마마의 위세를 업고 기세등등한 민승호가 외직으로 쫓겨 가는 것은 힘이 약하기 때문이 아닌가?"

"아닙니다. 민승호는 일보 전진하기 위해 일보 후퇴하는 것입니다. 민승호는 반드시 되돌아와서 병조판서가 되어 병권을 휘어잡을 것입니다."

"병조판서로?"

오경석의 물음과 함께 좌중의 시선이 일제히 유대치에게 쏠렸다. 이창현도 술을 마시다 말고 유대치를 쳐다보았다.

"주상 전하의 즉위에 결정적인 역할을 한 사람은 대원군 자신이겠으나 민승호와 이호준이 장자방 역할을 했습니다. 사람들이 민승호를 일컬어 무엇이라고 하는지 아십니까? 사람들이 이구동성으로 '민승호는 재기발랄하고 평탄무애한 사람'이라고 합니다. 이 말은 얼핏 무골호인이라는 뜻으로 들리기도 하지만, 실제로는 민승호가 속이 깊은 사람이라는 뜻입니다."

"그러면 우리가 민승호에게 접촉을 해야 하겠군."

"이미 마땅한 인물이 있습니다."

유대치가 턱짓으로 이창현을 가리켰다. 이번엔 좌중의 시선이 이창현에게 쏠렸다.

"이 사람이 민승호 밑에서 심복 노릇을 하고 있네."

이창현은 조용히 고개만 숙이고 있었다.

"서학인일세. 하나 조정을 개화시키는 1등 공을 세우리라고 믿네."

"그래야지, 조정이 개화되면 서학도 포교의 자유를 얻을 테니까."

오경석이 흡족한 듯이 고개를 끄덕거렸다.

"다행히 중전마마는 서양 문물에 관심이 많다고 합니다. 중전마마를 움직이면 우리가 원하는 개화가 의외로 빨리 이루어질 것입니다."

"미력을 다하겠습니다."

"이 공이 중전마마도 알고 있소?"

이번에 물은 것은 이동인이었다.

"중전마마를 지척에서 모시는 박 상궁이라는 여인을 알고 있습니다."

이창현이 조용히 대답했다.

"박 상궁을? 아니 궐 안에 있는 여인을 이 공이 어찌 알게 되었소?"

"박 상궁이 중전마마의 심부름으로 박유봉에게 다녀갈 때 과객당을 만나 큰 봉변을 당할 뻔했는데 제가 구출한 적이 있습니다. 그때부터 박 상궁이 저를 오라비처럼 따르고 있습니다."

"그런 일이 있었군요."

이동인이 감탄한 표정으로 고개를 끄덕거렸다. 좌중엔 다시 술이 한 순배 돌았다. 정치는 혼돈 그 자체였으나 나라를 개화시키고 부흥시키려는 선각자들의 만남은 술기운이 오를수록 화기가 넘쳤다.

"작금의 나라 실정이 선왕조와 비슷해지고 있는데, 어떻게들 보십니까?"

유대치가 좌중을 둘러보며 넌지시 물었다.

"정만식의 난을 일컫는 말씀입니까?"

김홍집이 유대치에게 물었다. 김홍집에게 유대치는 스승과 같은 존재였다. 한학에 있어서는 김홍집도 유대치에게 지지 않는다고 스스로 자부하고 있었으나 유대치는 다방면에 박식했다. 김홍집은 박규수를 통해 유대치를 소개받은 뒤 스승처럼 흠모해왔다.

"그렇다네. 주모자인 이필제가 잡혔다고 하는데 어찌 되었나?"

"그자들은 《정감록》을 믿고 역모를 꾀했습니다. 경상도 고령 지방에서 정만식이라는 자가 자칭 정 도령이라고 하면서 8월에 역모를 꾀하다가 발각되어 체포되었습니다. 그때 주모자의 하나인 이필제를 잡지 못했는데 12월에 문경새재에서 잡아 추국을 한 뒤 효수했습니다."

"10월에는 청국인들이 평안도 후창군(厚昌郡)까지 들어왔다던데 사실인가?"

"벌목을 하는 청국 비민(匪民) 7천여 명이 평안도 후창군 두지동(杜芝洞)에 침입한 일이 있는데 우리 병사들이 쫓아버렸습니다."

"비민이란 무엇인가?"

"비적을 일컫습니다."

"다행한 일이군."

유대치가 고개를 끄덕거렸다.

"국태공 저하께서 국방을 튼튼히 하고 있는 것으로 알고 있습니다."

"하나 법국(현재의 프랑스)이나 미리견(현재의 아메리카), 영국, 일본에 비교하면 아무것도 아니지."

"일본이 그토록 강성합니까?"

"강성하다뿐인가? 일본은 군사력이 강성해질 때마다 조선을 침략했는데, 조정에서 어떤 대책을 세우고 있는지 궁금하군."

"훈련도감에서 조총 160정을 제작하고 있습니다."

김홍집이 조정을 대변하는 입장을 취했다. 유대치의 약국에서 토론이 벌어지면 김홍집은 언제나 조정의 입장을 대변하려고 했다.

"대포와 군함이 문제야. 우리 조선도 외국의 침략을 감당해내려면 성능 좋은 대포를 만들고 군함을 건조해야 해."

이동인이 말참견을 했다.

"그런 병기들도 중요하지만 백성들의 삶이 더욱 큰 문제입니다. 수많은 백성들이 윤질과 흉년으로 굶어 죽고 있지 않습니까? 전쟁은 백성들이 안정되고 국론이 통일되어 있을 때에야 승산이 있습니다. 굶주리는 백성들을 데리고 어떻게 전쟁을 하겠습니까?"

"강화부의 굶주리는 백성들을 구휼하기 위해 조정에서는 선혜청 쌀 1천 석을 보냈고, 통진 등 8개 읍에는 선혜청 쌀 2천 석을 보냈습니다. 조정에서도 나름대로 백성들을 구휼하고 있습니다."

김홍집이 다시 조정을 두둔했다.

"근본적인 개혁이 문제야."

"개혁이란 어떤 개혁을 말씀하시는 것입니까?"

"위에서부터 개혁을 해야 해. 반상이 없어지고, 학교가 세워지고, 서양 문물을 받아들이고……. 백성들이 양반이나 토졸들에게 수탈을 당하지 않는 그런 세상을 만들어야 해."

유대치의 말에 좌중은 굳게 침묵을 지켰다. 조선을 개화시켜야 한다는 데 그들은 일치된 생각을 갖고 있었다. 그러나 아무도 그 실행 방법은 제시하지 못하고 있었다. 언제나 모이면 나라 돌아가는 정보를 교환하고 근심만 하다가 헤어지는 것이다.

그날도 마찬가지였다. 어둠이 내리기 시작하자 그들은 유대치에게 작별을 고하고 뿔뿔이 헤어졌다.

***

    홍계훈은 칼을 잡은 손에 힘을 잔뜩 주고 허공을 응시했다. 중궁전으로 민씨들의 출입이 잦았다. 민씨들이 무슨 음모를 꾸미고 있는 것일까. 박 상궁이 옆에 와서 섰다.

    "민씨 형제들이 돌아간 뒤에 중전마마께서 부르실 것입니다."

    박 상궁이 홍계훈을 쳐다보지 않고 말했다.

    "어디에서 말씀입니까?"

    홍계훈은 정면을 보면서 물었다.

    "경회루로 산보를 나가신다고 합니다."

    "알겠습니다. 경회루 앞에서 대기하겠습니다."

    홍계훈은 교태전 앞을 주시하면서 말했다. 그는 서교도로 체포되었을 때 왕비를 통해 구원을 받은 뒤에 내금위 갑사가 되었다. 왕비는 서교도인 홍계훈을 구해준 뒤에 공주 감영에 잡혀 있는 아내와 딸까지 살려주었다.

    '올겨울은 참으로 춥구나.'

    홍계훈은 왕비에게 큰 은혜를 입었다고 생각했다. 그녀를 직접 만나 감사 인사를 드리고 싶었다.

    홍계훈은 경회루 앞으로 느릿느릿 걸어갔다. 폐허나 다름없던 경복궁은 이하응에 의해 아름답고 웅장하게 중건되어 있었다.

'이하응은 서교도의 원수다.'

홍계훈은 이하응의 얼굴을 떠올릴 때마다 소름이 돋는 것을 느꼈다. 경회루의 연못은 한겨울이라 꽁꽁 얼어 있었다. 왕비가 궁녀들을 이끌고 산책을 하다가 경회루에 이른 것은 한 식경이 지났을 때였다.

"신, 홍계훈 문후드리옵니다."

홍계훈이 땅바닥에 무릎을 꿇고 엎드렸다.

"일어나라. 땅이 차지 않느냐?"

왕비가 부드럽게 말했다. 홍계훈은 자리에서 일어났으나 머리를 들지는 않았다. 임금이나 왕비가 명을 내리지 않으면 그 앞에서 고개를 들면 안 되는 것이 조선의 법도였다.

"고개를 들라."

왕비가 명을 내렸다. 홍계훈은 조심스럽게 고개를 들었다.

'왕비가 미인이구나.'

홍계훈은 그림 속의 선녀를 보는 듯한 기분이었다.

"이름이 홍재희라고 들었는데……."

"송구하오나 이름을 바꿨습니다."

"알았다. 죄인의 이름은 버리는 것이 낫지. 나라의 법 때문에 고생을 많이 했다고 들었다."

"망극합니다."

"나를 만나고 싶다 했다고?"

"송구합니다. 미천한 소인의 목숨과 불초한 아낙과 딸이 모두 중전마마의 하해와 같은 은혜 덕분에 살아났습니다. 감사하다는 말씀을 올리고 싶었습니다. 이제는 목숨을 바쳐 중전마마를 지켜 드리겠습니다."

"고맙구나, 고마워."

왕비가 환하게 미소를 지었다.

"박 상궁, 주어라."

왕비가 박 상궁에게 눈짓을 했다. 그러자 박 상궁이 보자기 하나를 건네주었다.

"약간의 음식과 돈을 넣었다. 음식은 데워서 가족들과 먹고, 돈은 작은 집이라도 한 채 마련하여 살도록 하라."

왕비가 꽃이 피듯 환하게 웃었다.

"중전마마."

홍계훈은 다시 무릎을 꿇었다.

"예를 거두어라. 내 목숨을 지켜줄 사람이 아니냐?"

왕비가 걸음을 돌렸다. 홍계훈은 그녀가 보이지 않을 때까지 무릎을 꿇고 앉아 있었다.

***

정현덕이 절을 올리자 이하응은 난을 치다 말고 힐끗 쏘아보았다. 일본이 시끄러워지고 있어서 학문이 뛰어나고 강단이 있는 정현덕을 동래 부사로 발탁했는데, 부임하기 전 인사를 드리러 온 것이다.

"오늘 동래로 떠나겠다고?"

이하응이 정현덕을 살피면서 물었다. 철종 때 과거에 급제한 정현덕은 학문이 뛰어나 서장관으로 발탁되어 청나라에 다녀오기까지 했다. 성품도 강직하고 지모까지 갖추고 있어서 이하응의 심복 노릇을 해왔다. 장차 판서로 등용할 생각이었다.

"예. 나랏일이 중요한지라 내일 떠나겠습니다."

"날도 추운데 서두를 필요 없네. 가다가 얼어 죽을 수도 있어."

"나랏일을 하면서 어찌 제 몸의 안전을 돌보겠습니까?"

"날씨가 풀릴 때를 기다려 떠나게."

"왜국의 동정이 심상치 않습니다."

"음……."

이하응이 무겁게 고개를 끄덕거렸다. 일본이 메이지유신을 단행한 뒤에 국서를 보냈는데, 세계에 봉이니 칙이니 하는 말이 들어 있어서 조정이 시끄러웠다. 임진왜란이 일어났을 때도 일본은 오만한 국서를 보냈었다.

"그 말이 틀리지 않네. 일본이 무슨 음모를 꾸밀지 모르니 그 자들을 경계해야 하네. 철저하게 단속하도록 하게."

"명심하겠습니다."

이하응은 쇄국정책을 고수하고 있었다. 처음부터 그럴 생각은 없었으나 병인양요와 신미양요를 거치면서 떠밀려 쇄국정책을 강행하고 있는 것이다.

정현덕이 새삼스럽게 절을 올리고 물러갔다. 이하응은 얼굴을 찡그렸다. 붓끝에서 먹 한 방울이 떨어져 난을 더럽혔다. 문득 왕자의 병 때문에 격렬하게 반발하던 왕비 자영의 새침한 얼굴이 떠올랐다.

'고약한 것……'

이하응은 자영의 얼굴이 떠오르자 기분이 나빠졌다.

***

민승호와 민규호는 총총히 중궁전을 물러 나왔다. 날씨가 차가웠다. 밤이 되자 기온이 곤두박질을 쳐 길이 얼어붙고 바람이 날카롭게 얼굴을 할퀴었다.

"어, 춥다."

민승호는 턱을 덜덜 떨며 민규호를 돌아보았다. 민규호는 허리를 바짝 숙이고 민승호의 뒤를 쫓아오고 있었다.

"내 집으로 가세."

"예."

민규호가 몸을 부르르 떨었다.

그들은 대궐을 나서자 곧장 대기하고 있던 가마에 올랐다. 가마는 민승호의 사병들이 호위한 가운데 빠르게 죽동으로 달려갔다. 살을 엘 듯이 추운 날씨에도 죽동은 음식을 만드느라 부산했다. 민승호와 민규호는 아이들에게 묵은세배를 받은 뒤 술상을 놓고 마주 앉았다. 부엌에서 음식을 만드는 냄새가 사랑채까지 솔솔 풍겨왔다. 이따금 앙상한 나뭇가지를 흔들면서 삭풍이 불고 지나갔다.

"내일은 정월 초하루이니 민문이 모두 모일 게야. 그때 쓰일 만한 인재들은 하나도 빠트리지 말고 점찍어두었다가 기회 있을 때마다 등용하게."

"예."

민치록이 죽은 뒤에 감고당을 찾아오는 친척은 거의 없었다. 그들은 여흥 민씨이면서도 민유중이나 민치록의 제사를 지내러 오지 않았다. 그러나 자영이 중전으로 간택되자 전국의 민씨 일족들이 구름처럼 감고당으로 몰려왔다.

절간처럼 적막하기만 하던 감고당은 일시에 사람들로 북적거렸다. 벼슬 한자리 하겠다고 시골 선비에서부터 명문세가의 사대부들까지 민승호를 찾아왔다. 감고당의 곳간에는 팔도에서 올라오는 진상품이 쌓이고 집은 대궐처럼 커졌다. 그런 까닭으로 감고당이 좁아서 죽동에 새집을 지어 이사까지 한 민승호였다.

얼굴도 모르는 문객과 식객들이 몰려드는 바람에 한 달에 쌀 다섯 가마니 분량의 밥을 해야 했지만 민승호는 탓하지 않았다. 사람 사는 집에는 사람이 들끓어야 한다는 것이 민승호의 철칙이었다. 민승호는 아무리 볼품없는 식객이 와도 문전박대를 하거나 낯을 붉히지 않았다. 그런 까닭으로 시정에서는 민승호를 평탄무애한 사람이라고 불렀다. 그러나 민승호는 사람이 곧 힘이라는 것을 누구보다도 잘 알고 있었다.

"천하장안은 어찌 지내고 있는가?"

민승호가 민규호에게 물었다.

"천하장안은 국태공 저하를 그림자처럼 따르며 모시고 있습니다. 그들은 크게 우려하지 않아도 됩니다."

"어째서?"

"천하장안은 기고만장해 있습니다."

"기고만장해?"

"국태공 저하가 무소불위의 권력을 잡았습니다. 웬만한 일은 국태공 저하에게 알리지도 않고 그들이 처리한다고 합니다."

"핫핫핫! 힘이 생기면 교만해지지."

민승호가 만족한 듯이 웃다가 바깥으로 시선을 돌렸다. 사랑채 밖에서 낮게 두런거리는 소리가 들려왔다.

"나리, 작은댁 나리께서 오셨습니다."

이내 문밖에서 하인의 목소리가 들렸다.

"들라고 해라."

민승호가 낮게 외쳤다. 민겸호가 온 것이다.

"늦었습니다."

민겸호가 문을 열고 들어서며 말했다. 문을 열자 차가운 냉기가 휭 하니 불어들어왔다. 바깥 날씨는 더 차가워지는 모양이었다.

"태호는 아니 오나?"

민겸호가 묵은세배를 드리자 민승호가 술 한 잔을 따라주었다.

"태호 형님은 춘천 부사로 나가 있으니 오시기가 쉽지 않을 것입니다."

민겸호가 돌아앉아 술잔을 비운 뒤 대답했다.

"태호를 조정으로 빨리 끌어와야 하겠군."

"예."

민겸호가 술잔을 민승호에게 두 손으로 올렸다. 민규호와 민겸호는 성격이 활달하면서도 지략을 겸비하고 있었다.

"형님, 내일이면 정월입니다."

"그걸 모르는 사람이 어디 있나?"

민승호가 빙그레 웃었다. 뜬금없이 정월이라는 말을 내뱉는 민겸호의 속내를 짐작할 수 없어서였다.

"궁중에 경사가 있을 것 같지 않습니까?"

"궁중에 경사라니?"

민승호가 의아한 표정으로 민겸호를 쳐다보았다.

"영혜옹주가 계시지 않습니까?"

"영혜옹주?"

민승호가 눈을 번쩍 떴다. 영혜옹주는 철종의 소생이었다. 철종은 왕비와 후궁의 몸에서 모두 5남 6녀의 소생을 두었으나 하나같이 단명해 유일하게 영혜옹주만 살아 있었다.

"영혜옹주가 설만 쇠면 열다섯 살입니다."

"그럼 혼례를 올리실 때가 되지 않았나?"

"바로 그것입니다. 설만 쇠면 부마도위가 간택될 것이 분명합니다."

"하면 부마도위를 우리 민문에서 간택하게 하자는 것인가?"

"그렇습니다. 사람이 곧 힘입니다."

"음."

민승호가 낮게 신음을 삼켰다. 생각조차 못한 일이었다. 비록 죽은 선왕의 부마지만 왕실의 사위가 되는 것이다. 그 자리를 차지하는 것도 민문의 힘을 기르는 중대한 일이었다.

"형님께서는 중전마마를 뵙고 품의하십시오."

"마땅한 부맛감이 있는가?"

"찾아야지요. 찾으면 없겠습니까?"

"그러세."

민승호는 만족하여 고개를 끄덕거렸다.

***

얼어붙은 하늘 저쪽에서 흡사 휘파람 소리 같은 바람 소리가 윙윙거리고 들려왔다. 아침 일찍 차례를 모신 민승호는 사시초(巳時初, 오전 9시)가 조금 지났을 때 조복을 입고 입궐했다. 임신년 새해였다. 종묘에 제례를 올린 국왕에게 근정전에서 신년하례가 있을 예정이었다.

이날의 하례는 거의 오시(午時)가 가까워져서야 이루어졌다. 임신년의 첫 숙배이므로 재황과 자영은 대례복을 입고 용상에 나란히 앉았다. 월대 위에는 찬의(贊儀)가 시립하고 이하응은 용상 바로 아래에 섰다. 문무백관들은 품계에 따라 근정전 앞뜰에 늘어섰다.

"국궁!"

먼저 전의(典儀)가 월대 위에 있는 찬의에게 말을 전했다. 찬의는 의전관이었다. 찬의는 전의의 말을 전해 받으면 곧바로 '국궁!'하고 복창한다. 대신들은 찬의가 길게 복창을 하면 일제히 허리를 굽혔다.

민승호는 찬의의 복창이 길게 이어지자 허리를 굽혔다. 날씨가 귓불이 떨어져 나갈 것처럼 추운데 바람까지 불고 있었다. 조복이 바람에 펄럭거렸다. 그러나 하늘은 유리알처럼 매끄러웠다. 숙배는 언제나처럼 4배로 끝이 났다. 이하응이 월대로 뚜벅뚜벅 걸어 나왔다.

"문무백관들은 들으시오! 지난 신미년 4월에 미리견이 이 나라 조선 강토를 침범하였으나 충전공 어재연 같은 충신이 있어 누란의 위기에서 종묘사직을 구할 수 있었소. 나라를 구하고 임금에게 충성을 하는 이가 어찌 어재연 한 사람뿐일까마는 조정의 개혁을 한 치도 중단함이 있어서는 안 될 것이오! 오늘 우리가 서양 오랑캐들로부터 핍박을 받는 것은 그동안 조정이 무능하고 부패했기 때문이오. 누대에 걸친 매관매직으로 삼정이 문란하니, 특히 전주 감영의 아전들은 나라에서조차 손을 쓸 수 없을 정도로 백성들을 수탈하고 있소! 이제 임신년에는 척이보국(斥夷保國)을 더욱 공고히 하여 밖으로부터의 병란에 대비하고 안으로는 피폐한 국정을 바로잡아 반드시 국태민안을 이룩해야 할 것이오!"

신년사였다.

민승호는 월대에 우뚝 서 있는 이하응을 쳐다보았다. 이하응은 거인이었다. 몸은 비록 5척 단신이지만 권세는 만조백관 위에 있었다. 민승호는 그를 쓰러트려야 한다고 생각하면서 주먹을 불끈 쥐었다.

민승호는 정월 초사흘이 되어서야 중궁전을 찾아갔다.

"잘 오셨습니다. 그러잖아도 오라버니를 승차시키려고 하던 참입니다."

자영은 며칠 새에 얼굴이 더 수척해졌다. 그러나 새해가 되어서인지 자영은 원자의 죽음을 잊고 쾌활함을 되찾아가고 있었다.

"고맙습니다. 중전마마."

"국태공은 분명히 반대할 것입니다."

"중전마마, 이런 일로 국태공 저하와 틈이 벌어지면 안 됩니다."

"오라버님, 이미 국태공과는 틈이 벌어질 대로 벌어졌습니다. 국태공이 정권을 잡고 있는 이상 우리는 물과 기름입니다."

자영의 목소리는 칼날 같았다. 이미 이하응과 정면대결을 벌이기로 결심을 굳힌 모양이었다.

"이제 여흥 민문은 모조리 죽을 각오를 해야 합니다."

민승호의 얼굴이 창백해졌다. 자영은 지나치게 서두르고 있었다.

"중전마마."

"오라버님, 내 말을 따르셔야 합니다. 강한 것에는 강하게 맞부딪쳐야 합니다. 강한 것을 두려워하면 아무것도 얻지 못합니다."

민승호는 몸을 부르르 떨었다.

"중전마마."

민승호는 화제를 바꾸어야겠다고 생각했다.

"말씀하십시오."

자영이 민승호를 가만히 건너다보았다. 자영의 눈이 촉촉하게 젖어 있었다.

"영혜옹주의 혼사 때가 되지 않았습니까?"

"영혜옹주?"

"설을 쇠었으니 열다섯입니다. 부마를 맞아들여야 합니다."

"그렇지요!"

자영이 무릎을 치며 고개를 끄덕거렸다. 영혜옹주를 까맣게 잊고 있었다는 생각이 들었다.

"그래서 부마를 우리 민문에서 간택하게 했으면 합니다."

"민문에서요?"

"예."

"마땅한 인물이 있습니까?"

"겸호에게 알아보라고 하였습니다."

자영이 이마를 잔뜩 찌푸렸다. 민문에서 부마를 간택하는 일의 득과 실을 마음속으로 저울질하고 있는 것이다. 잠시 침묵이 흘렀다. 대궐 어느 곳에서 화전놀이를 하는지 궁녀들의 왁자한 웃음소리가 들렸다.

"부마는 민문에서 간택하지 않는 게 좋겠습니다."

이윽고 자영이 민승호를 향해 무겁게 입을 열었다.

"예?"

민승호는 어리둥절한 표정을 지었다. 자영의 말을 이해할 수 없었다.

"부마는 박규수의 집안에서 간택하는 것이 좋겠습니다."

"중전마마, 부마는……."

"압니다. 부마가 우리 민문에서 간택되면 큰 힘이 되리라는 것을. 그러나 누구로 하든지 부마를 민문에서 가려 뽑으면 부마 한 사람의 힘을 얻지만, 박규수의 집안에서 뽑으면 그 집안 전체가 우리의 힘이 됩니다. 아울러 외척이 발호한다는 비난을 받지 않아도 됩니다. 대궐에는 세 분의 대비가 계십니다. 그분들도 은연중 부마를 자신들의 일족으로 뽑으려고 할 것입니다. 거기에 우리 민문이 나서면 세 분 대비들은 반드시 연합하여 우리를 방해할 것입니다."

"과연 중전마마의 말씀이 지당합니다."

민승호는 자영의 말에 비로소 수긍했다.

"박규수를 만나보십시오. 그리고 박규수의 집안을 면밀히 살펴 부마감도 물색하시고요."

"예."

민승호는 몇 번이나 머리를 조아리며 고개를 끄덕거렸다. 자영이 총명하다는 사실은 어릴 때부터 알고 있었으나 갈수록 그녀의 총명이 일월처럼 빛나는 느낌이었다.

영의정 김병학은 도승지를 통해 재황의 전교를 받고 숨이 멎을 듯 놀랐다. 재황의 전교는 민승호를 병조판서로 제수한다는 것이었다. 이것은 왕비 쪽에서 정권을 장악하겠다는 의미였다. 놀라운 일이었다.

임금은 아직까지 한 번도 국왕으로서의 고유 권한인 대소 신료의 임면권을 행사한 일이 없었다. 그것은 오로지 국정을 한손에 쥐고 좌지우지한 이하응의 일이었지 임금의 일이 아니었다. 그런데 이제 임금이 국왕의 임면권을, 그것도 한 나라의 병권을 장악할 수 있는 병조판서라는 막중한 자리에 대한 임면권을 행사하려 하고 있는 것이다.

왕명은 지체 없이 거행되어야 하지만 노련한 행정가인 김병학은 왕명에 대한 행간을 파악하려고 깊은 생각에 잠겼다. 임금이 병조판서에 민승호를 제수하겠다고 하면 이하응으로부터 강력한 반박을 당하리라는 것은 불을 보듯 뻔한 일이었다. 그런데도 재황이 민승호를 병조판서에 제수하려고 하는 것은 그러한 일까지 각오하고 있다고 보아야 하는 것이다.

'전하의 뒤에는 중전마마가 계시는 거야.'

그것은 민승호를 병조판서에 제수하려는 사실로 충분히 짐작할 수 있는 일이었다. 중전은 이제 겨우 스물두 살이다. 그러한 중전이 정치권력의 전면에 부상한다는 것은 새로운 세대의 등장을 의미했다.

'내가 너무 오랫동안 영의정 자리에 있었어.'

눈이 내리는 대궐 뜰을 내다보던 김병학은 가슴속으로 찬바람이 부는 것 같은 기분을 느꼈다. 문득 김병기의 말이 뇌리에 떠올랐다.

"영초, 자네가 수상에 있은 지가 몇 년인가?"

지난 정초 어느 날 김병기가 연통도 없이 불쑥 찾아와서는 김병학에게 던진 말이었다.

"글쎄요. 벌써 5년이 된 것 같습니다."

김병학은 무심하게 김병기의 말에 대답했다. 영의정 5년, 젊은 나이에 대제학과 우의정을 거쳐 영의정의 자리에 5년이나 있었으니 영화를 누릴 만큼 누린 것이다.

"오래도 수상의 직에 있었구먼."

"한 번 사임을 했었지요."

"무진년의 일 말이군."

무진년이란 1868년을 말하는 것이다. 김병학은 무진년 윤 4월에 영의정 직을 한 번 사임했다. 이하응은 김병학의 사임을 받아들여 영의정에 노대신 정원용을 기용하고 좌의정에 이유원을 임명했었다. 그때 정원용은 이미 86세의 고령이었다.

"국태공은 저를 놔주지 않았습니다."

"그랬지. 그러나 이제는 때가 되었다고 보네."

김병기가 날카로운 눈빛으로 김병학을 쏘아보았다. 김병학은 김병기의 시선을 피해 뜰로 눈빛을 던졌다. 담장 밑에 매화가 피어 있었다. 분(盆)에 담긴 매화였다.

이하응은 김병학의 사임을 받아들이고 정원용을 기용한 지 열흘 만인 윤 4월 21일에 정원용을 사직케 하고 극구 사양하는 김병학을 다시 영의정에 기용했다. 그때 조정은 오페르토의 남연군묘 파묘 사건으로 발칵 뒤집혀 있었다. 86세의 고령인 정원용보다 행정 경험이 풍부하고 철종조에 이미 대제학을 역임한 김병학이 필요했던 것이다. 김병학은 이하응의 집권 동반자였다.

"때가 이르렀다는 것은 무엇을 말하는 것입니까?"

매화 가지 밑으로 새들이 날아드는 것을 묵묵히 내려다보던 김병학이 김병기에게 시선을 돌렸다.

"이하응의 시대는 끝이 났네."

"끝이 나다니요."

"주상 전하가 성년이 아니신가? 이제 친정을 하실 때가 된 것일세. 그러나 이하응은 대권을 주상 전하에게 돌려드릴 생각이 없는 것 같네."

옳은 말이었다. 김병학도 그 문제를 틈만 나면 생각해오던 터였다.

"이하응이 마음을 먹으면 주상 전하까지 폐위할 수 있을 것이야. 조정의 대소사가 '왕약왈(王若曰, 왕은 이르노라)' 대신 '대원위 분부(대원위가 명한다)' 한마디로 통용되고 있지 않은가?"

김병학은 속으로 고개를 흔들었다. 이하응의 힘이 아무리 강하다고 하더라도 임금을 폐위하지는 못할 것이다.

"그렇지는 않을 것입니다."

"물론 주상 전하를 폐위하는 것은 쉬운 일이 아니겠지. 그러나 중전마마를 폐비한다면 어떤가? 그것은 좀 더 수월한 일이 아니겠는가?"

"수월하기는 하지만 명분이 없습니다."

"명분이야 조작하기 나름이지. 그래서 궁중 암투라는 말이 있지 않은가?"

"아무리 명분을 조작한다고 해도 어려울 것입니다."

"그러면 이하응의 실각은 어떻겠는가? 그것은 어려운 일이 아니겠는가?"

김병학은 김병기를 쏘아보았다. 비로소 김병기가 말하는 의도를 알아차린 것이다.

"폐위가 어렵다면 남은 것은 이하응의 실각뿐이겠지."

"작은 마찰이 있을 것으로 봅니다만, 주상 전하의 친정은 순리라고 생각합니다."

김병학은 김병기의 말에 고개를 끄덕거려 수긍했다.

"한데 이하응이 물러나지 않겠다고 버티면 어찌 되겠나?"

"탄핵을 받겠지요."

"그렇지. 명분에 집착하는 유림과 민문으로부터 탄핵을 받겠지. 그러나 그 일차적인 탄핵 대상이 영의정에 있는 자네라는 사실을 알아야 하네."

김병학은 몸을 부르르 떨었다.

"형님은 민문과 관계를 맺고 있습니까?"

"내가 이제 무엇을 바라고 민문과 관계를 맺겠나? 나는 자네가 민문의 걸림돌이 되지 않기를 바라네."

김병기가 쓸쓸한 기색으로 내뱉었다. 김병학은 김병기의 얼굴에서 무상한 권력의 잔영을 보는 듯했다. 아울러 자신이 민문으로부터 탄핵을 받아 정계에서 물러나게 되면 김병기보다 더 우스운 꼴이 되리라는 생각이 들었다.

"영어는 어떻겠습니까?"

영어는 김병국을 말하는 것이었다.

"영어 하나쯤은 조정에 남아 있어도 상관이 없겠지."

"내가 물러나면 민문으로부터 우리 안동 김문이 탄핵을 받지 않을까요?"

"민문의 탄핵 대상은 이하응이 아닌가? 잠시 물러나 있으면 다시 쓰일 날이 있을 것일세. 권력의 중심에 있으면 밑에서 어떤 일이 일어나는지 보이지 않는 법일세."

김병기가 한 말이었다. 김병학은 김병기의 말에 눈앞에 환해지는 기분이 들었다. 그것이 불과 며칠 전의 일이었다.

눈은 점점 어지럽게 날리고 있었다. 어느새 낮고 찌뿌드드한 하늘에서 흰 눈발이 꽃송이처럼 자욱하게 날렸다.

'자연은 이처럼 아름답거늘……'

김병학은 의정부의 나무숲에 만발한 설화를 보면서 낮게 한숨을 내쉬었다. 민승호를 병조판서에 제수한다는 임금의 전교를 받들어야 했다. 그러나 이 일은 이하응과 상의하지 않을 수 없었다. 이하응은 눈이 푸짐하게 내리고 있기 때문인지 입궐하지 않고 있었다.

김병학은 퇴청 시간이 되자 운현궁으로 자비를 놓았다. 운현궁은 어느새 대궐처럼 웅장한 규모로 개축되어 있었다. 이하응의 막강한 위세를 보는 것 같아 김병학은 기분이 착잡했다. 이하응에게 야인 시절이 있었다는 것이 믿어지지 않을 정도였다.

'하기야 이하응이 국왕 위에 군림하고 있으니……'

김병학은 가마에서 내리자 아소당을 향해 한 발 한 발 걸음을 뗐다. 폭설이 내리는데도 운현궁의 하인들은 부지런히 눈을 쓸고 있었다. 그는 이하응과 마주앉았다.

"영상, 주상이 승호를 병조판서에 제수한다는 것입니까?"

이하응이 김병학에게 물었다.

"그러하옵니다."

"허어, 중전이 간계를 부리고 있음이 아닌가? 내가 그토록 외척의 발호를 경계하라고 하였거늘……."

이하응이 두 눈에 쌍심지를 돋웠다. 원자의 대변불통으로 칼날 같은 대립을 보였던 민자영과 이하응이었다. 이하응은 아직도 맹렬하게 반발하던 그녀의 당돌한 얼굴을 떨쳐버릴 수 없었다.

"어찌해야 하겠습니까? 왕명은 지체 없이 거행해야 마땅한 일이지만 먼저 저하께 상의 올리는 것입니다."

"승호를 병조판서에 임명하여 병권을 맡기는 것은 당치 않은 일이야!"

"하나 주상 전하의 전교니 받들어야 하지 않겠습니까?"

"어림도 없는 수작!"

이하응이 단호한 표정으로 내뱉었다. 김병학은 주춤하며 시선을 떨어트렸다. 영의정 직을 사임한다는 말을 해야 할 터인데도 차마 입이 떨어지지 않았다.

"저하."

"이는 승호를 판서의 서열에 올리려는 중전의 간계야. 승호가 판서 되기를 원한다면 승차시키기는 하지. 그러나 병판은 안 돼!"

"하오시면……?"

"판서의 서열에 지경연사(知經筵事)가 있지 않은가?"

"지경연사요?"

"임금의 경연을 관리하는 정2품 품계일세. 판서의 서열이기는 해도 경연만 관리하는 것이니 한직이지."

김병학은 얼굴을 찌푸렸다. 지경연사가 비록 한직이라고 해도 임금을 가까이 모시는 직책인 것이다.

"내가 주상 전하를 뵙고 말씀을 올리겠네."

"그렇게 하시지요."

김병학은 마지못해 대답을 했다. 이하응이 임금에게 주청을 한다면 임금도 어쩌지는 못할 것이다. 그러나 김병학은 무언가 찜찜한 기분을 떨쳐버릴 수 없었다.

민승호는 2월 8일 지경연사로 승차했다. 이하응의 뜻대로 된 것이다.

'중전마마가 반격을 할 텐데……'

김병학은 중궁전의 움직임을 예의 주시했다. 왕비가 어떤 형태로든 반격해올 것이 분명했다. 왕비의 반격 여하가 그녀의 능력을 시험하는 잣대가 될 것이다. 그러나 왕비의 반격은 예상보다 훨씬 더 일찍 시작됐다.

"도승지는 들으라. 지경연사 민승호를 예조판서에 제수한다."

임금의 전교가 도승지를 통해 의정부에 내려졌다. 지경연사에 승차한 지 불과 엿새 만의 일이었다.

이하응은 입도 벙긋할 수 없었다. 전에는 이하응이 누구누구를 판서에 임명하자고 하면 "그리하오" 하고 윤허를 내리는 것이 고작이었다. 그러나 이번에는 이하응에게 상의조차 없었다. 게다가 2월에는 영혜옹주의 부마도위로 박정양의 차남 박영효가 전격적으로 결정되었다. 역시 이하응에게는 일절 상의가 없었다. 신정왕후가 궁중의 가장 어른인 탓에 신정왕후의 이름으로 교지가 내려왔으나 왕비가 막후 역할을 했으리라는 사실은 의심할 여지가 없었다.

'박규수가 민문과 손을 잡았겠군.'

이하응은 판단이 빨랐다. 이하응은 영혜옹주의 혼례를 방해하지 않았다.

그런데 영혜옹주가 갑자기 세상을 떠났다. 박영효에게 시집을 간 지 다섯 달째, 영혜옹주의 나이는 열다섯이었다. 김병학은 10월이 오자 칭병을 하고 사임을 청했다.

'그래. 이젠 영초의 시대가 아니야. 의정부를 개편하여 조정의 기운을 일신하는 것도 좋을 거야.'

이하응은 10월 13일 영의정 김병학의 사임을 받아들이고 영의정에 홍순목을, 좌의정에 강노, 우의정에 한계원, 형조판서에 박규수를 임명했다.

***

나뭇잎이 우수수 떨어졌다. 바람이 일지 않는데도 낙엽이 떨어지고 있었다. 자영은 잔뜩 불러오는 배를 쓸어안고 낙엽이 날리는 숲을 걸었다. 햇살은 따뜻하고 바람은 청량했다.

'국태공은 평생 왕을 조종하면서 왕 위의 왕 노릇을 할 것이다. 재황이 스무 살이 넘었으니 왕은 이제 물러나야 한다.'

자영은 이하응에게서 정권을 빼앗아 재황에게 돌려주어야 한다고 생각했다. 그녀는 배를 쓰다듬었다. 그녀는 다시 회임을 한 것이다. 지난번에 낳은 아들은 며칠 살지 못하고 죽었다.

'왜 하늘은 나에게 이렇게 가혹한 시련을 주는 것일까?'

아들의 죽음을 생각할 때마다 가슴이 타들어갔다. 배 속의 아이는 딸일 가능성이 높다. 진맥을 한 어의들이 모두 공주일 것이라고 했다.

'공주라도 상관이 없다. 공주 다음에 왕자를 낳으면 되니까.'

자영은 스스로를 달랬다.

'정권을 잡으면 대대적으로 정계 개편을 해야 하는데 나에게 사람이 너무 없구나.'

자영은 이런저런 생각을 하면서 숲을 조심스럽게 걸었다. 배 속에 아기가 있어서 조심스러웠다.

11월이 되자 이하응은 민승호를 수원 유수로 내쫓고 민규호를 도승지에, 민겸호를 예조판서에 임명했다.

'흥! 규호 오라버니와 겸호 오라버니를 요직에 등용하여 우리의 반발을 달래려고 하는구나.'

자영은 이하응의 계략을 간파했다.

'국태공이 아무리 그래도 왕 위의 왕이 될 수는 없어.'

자영은 민승호가 수원 유수로 쫓겨 가자 이를 악물었다. 자영은 산일이 가까워지고 있었기에 조심하지 않으면 안 되었다. 게다가 남쪽이 소란스러웠다. 병인양요와 신미양요는 강화도 앞바다에서 일어났으나 일본이 동래 부사에게 서계(書啓, 외교문서)를 받아들이라고 강력하게 요구하고 있었다.

　'일본의 동태가 심상치 않은데 어떻게 대응하지?'

　일본을 생각하면 자영은 머릿속이 어지러웠다. 청나라 예부로부터 일본을 경계하라는 국서도 날아왔다. 국서는 일본이 80여 척의 병선을 제조하여 봄이 오면 조선으로 침공할 것이라는 내용을 담고 있었다.

　'허어. 이제는 왜놈의 무리까지 조선을 넘본다는 말인가?'

　이하응은 어이가 없었다. 이하응의 눈에는 일본이 한낱 왜구의 무리로밖에 보이지 않았다. 그러나 일본은 메이지유신을 단행한 후 신학제를 공포하여 대학교, 중학교, 소학교를 세워 미개한 국민들의 교육에 나섰고, 곳곳에 공장이 들어서는가 하면 도쿄와 요코하마를 잇는 철도가 부설되어 증기기관차가 달리고 군대를 개혁하여 현대적인 군대로 양성하고 있었다.

　'서양 문물을 받아들여야 돼. 서양 문물을 받아들이지 않으면 우리는 그들의 노예가 될 거야.'

　자영은, 일본의 서계가 잘못되었다고 하더라도 그들과 수교해야 한다고 생각했다. 그녀는 청계천의 유대치를 머릿속에 떠올렸다.

유대치의 집에는 부산의 이동인이라는 승려도 자주 올라왔다. 이동인은 자신이 일본까지 다녀왔는데 일본이 눈부시게 발전하고 있다고 이야기했다. 유대치가 중인 신분이 아니라면 조정에 발탁되어 조선을 개혁할 수도 있을 것이라고 생각했다.

'청나라는 영불 연합군에 패했다. 늙은 호랑이에 지나지 않는 청나라를 상국으로 모셔야 하는가?'

자영은 청나라에 사대를 하는 문제도 의문이었다.

무진년이 저물고 계유년 1873년이 밝아왔다. 계유년은 재황이 즉위한 지 10년이 되는 해였다. 재황은 22세가 되었고 자영은 23세가 되었다. 그러나 정초부터 전 영의정 정원용이 90세를 일기로 죽음으로써 불길한 새해를 열었다. 1월 3일의 일이었다. 1월 24일에는 전 영의정 이경재도 죽었다. 이경재의 나이 73세였다. 국가의 원로들이 새해가 밝고 불과 한 달도 채 못 되어 둘이나 죽음으로써 조정은 그 장례로 술렁거렸다.

***

겨울비가 청승맞게 내렸다. 이하응은 완화군 이선을 안고 영보당으로 걸음을 옮기다가 교태전을 힐끗 쳐다보았다. 왕비의 출산이 임박해서인지 교태전에는 사람들이 많이 모여 있었다. 내시가 일산을 이하응과 이선의 머리 위에 씌우며 따르고, 뒤에는 영의정 홍순목과 좌의정 강노가 따르고 있었다.

"왕자님의 기상이 날이 갈수록 태조 이성계의 신위를 닮아갑니다."

홍순목이 이하응에게 아첨을 했다.

"어떻소? 원자의 기상이 있는 것 같소?"

이하응이 기분이 좋아 너털대고 웃음을 터트렸다. 이하응은 이선을 유난히 사랑하여 대궐에 들어오면 안고 다니는 일이 많았다. 이선의 손에 王(왕) 자가 새겨져 있다는 풍문도 나돌았다. 대신들은 이하응이 이선을 원자로 세울 것이라고 생각했다.

"기골은 장대하고 눈에는 광채가 보입니다. 원자의 기상이 있다뿐이겠습니까?"

좌의정 강노도 지지 않고 아첨을 했다.

"원자의 기상이 있으나 정궁의 몸에서 태어나지 않아 아쉽소."

이하응이 다시 교태전을 응시했다. 그때 교태전 쪽에서 장순아가 치맛자락을 말아 쥐고 걸음을 서둘러 오는 것이 보였다.

"그만 물러들 가시오."

이하응이 홍순목과 강노에게 손을 내저었다.

"나리."

장순아가 이하응에게 가까이 와서 머리를 조아렸다.

"중전은 산통을 하고 있느냐?"

이하응은 장순아의 몸을 살피면서 물었다.

"예. 지금 산통이 시작되었습니다."

장순아가 머리를 조아렸다.

"영보당으로 갈 것이다. 아기를 낳으면 그리로 기별을 하라."

"예."

장순아가 머리를 조아렸다.

"승은을 입었느냐?"

"망극하옵니다."

"네가 아기를 낳으면 첩지를 내릴 것이다."

첩지를 내린다는 것은 후궁으로 삼는다는 뜻이다. 장순아는 대답을 하지 않았다.

"주상께서 자주 처소를 찾아오느냐?"

장순아는 이번에도 대답을 하지 않았다. 입술을 지그시 깨물고 고개를 떨어트리고 있었다. 넓은 어깨와 치맛자락, 저고리가 가리고 있었으나 가슴도 풍만해 보였다. 그런데도 재황이 가까이하지 않는 것이다.

'재황이 장순아를 총애하지 않는 모양이구나.'

이하응은 가슴속으로 찬바람이 부는 것을 느꼈다. 장순아가 천하의 절색은 아니었으나 남자들이 싫어할 얼굴도 아니었다.

'재황이 아직 여자를 모르는구나.'

이하응은 장순아의 얼굴을 살피면서 무겁게 한숨을 내쉬었다.

그는 영보당으로 가려다가 사정전 쪽으로 걸음을 옮겼다. 궁녀와 내시들이 줄을 지어 따라왔다. 비에 함초롬히 젖은 대궐의 모습이 적막해 보였다.

재황은 사정전의 문을 열어놓고 밖을 우두커니 내다보고 있었다. 이하응이 나타나자 대전의 내시와 궁녀들이 달려 나와 머리를 조아렸다. 그는 손을 내저어 그들을 물러가게 했다.

"아버님."

재황이 자리에서 일어났다.

"비가 오는 것을 보고 계십니까?"

이하응은 안으로 들어가지 않고 밖에서 물었다. 재황의 시선이 이선에게로 향했다

"예. 겨울인데 비가 오고 있습니다."

"활도 쏘고 그러세요. 군왕이라도 건강해야 합니다."

"예."

잠시 어색한 침묵이 흘렀다. 이하응은 사정전으로 들어가지 않고 우두커니 하늘을 쳐다보았다.

"사직을 융성하게 하는 것엔 왕이 자식을 많이 두는 것도 포함됩니다."

"예."

"대궐에 여자들이 많습니다. 모두 왕의 여자들입니다. 그래서 후궁을 여럿 두는 것입니다."

재황은 대답을 하지 않았다.

"장 상궁에게도 자주 승은을 내리세요."

이하응은 혼잣말처럼 중얼거리고 영보당으로 향했다. 이선이 그의 수염을 잡아당기면서 까르르 웃음을 터트렸다.

"아이구. 우리 손자가 할아비 수염을 희롱하는구나."

이하응은 유쾌하게 웃음을 터트렸다. 이선은 무럭무럭 자라고 있었다. 이하응의 큰아들 이재면도 아들 준용을 낳아 그는 어느 사이에 두 명의 손자를 둔 할아버지가 되어 있었다. 왕비가 아기를 낳으면 손주가 세 명이 된다.

"저하."

영보당에 이르자 이귀인과 궁녀들이 황급히 달려 나와 머리를 조아렸다. 그는 완화군을 안고 어르다가 멀리 궁녀 하나가 나무 뒤로 몸을 숨기는 것을 보았다.

'중궁전 궁녀인가?'

이하응은 공연히 기분이 나빠졌다.

"차나 한잔 내오거라."

이하응은 완화군을 안고 영보당으로 들어갔다. 이 귀인은 이하응이 이선을 유난히 사랑하면서 얼굴이 활짝 펴졌다. 중궁전에서 왕비가 공주를 생산했다는 소식을 가지고 장순아가 달려온 것은 한 식경도 되지 않았을 때였다.

'이 아이가 세자가 되어야 하는 모양이구나.'

이하응은 완화군을 무릎에 앉히고 밖을 내다보았다.

***

주룩주룩 빗소리가 더욱 굵어지고 있었다. 겨울인데도 비가 오고 있구나. 자영은 빗소리를 들으면서 예상했던 대로 공주를 순산했다.

'원자가 태어나길 얼마나 바랐는데…….'

자영은 원자를 생산하지 못한 것이 아쉬웠으나 공주가 건강한 것만으로도 다행이라고 생각했다. 원자는 다시 생산할 수 있는 것이다. 몸이 날아갈 것처럼 개운했다. 딸을 낳았으나 서운하지는 않았다. 그래서 "공주 아기씨입니다."라고 아기를 받은 내의녀가 말했을 때 수고했다는 말까지 할 수 있었다.

산실청에는 여자들이 가득했다. 친정어머니 이씨와 올케언니 이씨도 들어왔고 궁녀와 내의녀들이 수발을 들었다. 산실이라 방 안이 후끈거렸다.

"공주님이 달덩이처럼 곱습니다."

어머니 이씨가 아기를 안고 말했고, 내의녀들이 아기를 씻겨서 그녀에게 안겨주었다. 자영은 젖을 꺼내 아기에게 물렸다. 아기는 조그만 입으로 젖을 물고 빨았다. 젖이 아기의 입으로 넘어가는 것이 신기했다.

자영은 아기를 재운 뒤 잠깐 잠을 잤다. 산실청이 조용한 가운데 올케 이씨가 혼자 앉아 있었다.

"언니."

"중전마마, 공주님을 낳으셨지만 심려하지 마십시오. 세 번째는 틀림없이 아들을 낳고 그 아기씨가 세자가 되어 왕이 된다고 합니다."

올케 이씨의 말에 자영은 잔잔하게 웃었다. 친정 사람들을 볼 수 있어서 좋았다. 밤이 되자 친정 사람들이 돌아가고 대비들이 찾아왔다. 자영은 대비들로부터도 위로를 받았다.

재황은 대비들이 돌아간 뒤에야 산실청으로 와서 자영의 손을 잡아주었다.

"수고했소. 나에게도 공주가 생겼구려."

재황은 공주를 안으면서 기뻐했다. 밤이 되면서 비가 그치고 기온이 뚝 떨어졌다. 자영은 아기에게 젖을 먹이고 잠을 잤다.

이튿날은 날이 몹시 추웠다. 궁녀들이 문을 열고 드나들 때마다 찬바람이 방으로 들어왔다.

"국태공은 무엇을 하고 계시느냐?"

자영은 아침을 먹은 뒤에 박 상궁에게 물었다.

"완화군을 안고 즐거워하고 있습니다."

"완화군을 원자로 세우려는 것이겠지."

자영은 위기가 닥쳐오고 있음을 느낄 수 있었다. 무엇인가 대책을 세우지 않으면 안 되었다. 자영은 공주를 낳고 사흘이 지나자 산실청에서 중궁전인 교태전으로 돌아왔다.

'완화군이 원자가 되는 것을 막아야 돼.'

완화군이 원자가 되는 것을 막는 방법은 오직 이하응을 실각시키는 것뿐이었다. 자영은 민규호를 불렀다.

"완화군이 원자가 되면 세자로 책봉될 것이 분명합니다. 한번 세자에 책봉되면 바꿀 수가 없습니다."

"신이 어떻게 해야 할지 말씀해주십시오."

"국태공을 물러나게 해야 합니다."

"국태공을 물러나게 할 수 없지 않습니까?"

"전하는 내가 움직일 것입니다. 유림을 통해 국태공을 탄핵하십시오."

"무슨 이유로 탄핵을 합니까?"

"왕 위의 왕 아닙니까? 이는 역모나 다름없습니다."

"하나 왕의 친아버지입니다."

"왕의 친아버지라고 해도 왕 위의 왕이 될 수는 없습니다."

"신이 최익현에게 가겠습니다. 하나 최익현이 움직이지 않을 수도 있습니다."

"도승지 민겸호를 보낼 것입니다. 밀지를 보내겠습니다."

"밀지를 받을 수 있겠습니까?"

"내가 밀지를 받아내겠습니다."

자영이 단호하게 말했다.

17
왕 위의 왕

뜰에서 꽃잎이 하얗게 떨어져 날렸다. 왕비가 공주를 낳은 지 어느덧 한 달이 지났다. 이하응은 대궐에서 부인이 돌아왔다는 말을 듣자 안채로 걸어갔다. 민씨는 이재면의 부인과 같이 앉아 있다가 이하응을 맞이했다.

"공주는 보았소?"

이하응이 며느리를 힐끗 살피고 민씨에게 물었다.

"예. 공주가 아주 예쁘더군요."

민씨는 저고리를 갈아입고 있었다. 이재면의 부인이 옷을 갈아입는 것을 도와주려다가 자리를 피해 밖으로 나갔다.

"완화군도 보았소?"

"보았어요. 인물이 훤하데요."

"사람들이 완화군을 원잣감이라고 하는데, 부인 생각은 어떻소?"

"중전이 공주를 낳은 지 얼마 되지 않았는데 무슨 말씀이에요?"

부인이 고개를 외로 꼬면서 차갑게 말했다. 딸이 죽은 뒤에 민씨의 목소리에는 날이 서리고는 했다.

"부인은 원잣감이라고 생각하지 않는 거요?"

"원자로 명호를 정한 뒤에 중전이 왕자를 낳으면 어떻게 할 거예요? 적자를 두고 서자를 세자로 세울 거예요?"

민씨의 목소리가 높아졌다.

"대신들이 모두 원잣감이라고 하고 있소."

이하응은 주춤하여 헛기침을 했다.

"그건 대감이 완화군을 귀여워하기 때문에 아첨을 하는 거예요. 며느리에게 밉보이지 말고 처신을 잘하세요."

민씨의 말에는 가시가 있는 것 같았다.

"며느리가 뭐라고 했소?"

이하응은 무겁게 한숨을 내쉬었다. 확실히 왕비인 민자영은 뛰어난 여인이다. 우유부단한 아들을 지켜주고 보호해줄 것이라고 생각했는데 오히려 부담이 되고 있었다.

"며느리가 뭐라고 말하겠어요?"

민씨의 목소리는 얼음 가루가 날릴 것처럼 냉랭했다.

'나 이하응이 새파랗게 젊은 며느리를 두려워해야 하는 것인가?'

이하응은 어쩐지 소름이 끼치는 듯한 기분이었다. 그는 안방에서 나와 사랑채로 돌아왔다. 사랑에는 동래 부사 정현덕이 보낸 사인(使人)이 앉아 있다가 일어나서 절을 올렸다.

"먼 길에 고생이 많았네. 부사는 별일 없는가?"

"예. 부사 영감께서는 잘 지내고 계십니다."

"무슨 일로 부사가 보냈는가?"

"조선인들과 왜상이 결탁하여 밀무역을 하는 것을 잡았습니다. 어찌 처결해야 할지 여쭈어보라고 하셨습니다."

"국법대로 처결하라고 하라."

"왜상들도 참수합니까?"

"참수하라."

이하응이 단호하게 영을 내렸다.

"오느라고 고생했으니 노자를 받아가라."

이하응은 집사 김응원을 불러 정현덕의 사인에게 노자를 주라고 지시했다. 사인이 절을 하고 물러갔다.

'왜국과는 어떠한 일이 있어도 통상을 하지 않는다.'

이하응은 먼 남쪽을 보면서 생각에 잠겼다. 조정에 일본의 서계를 받아들이고 수교를 맺어야 한다고 주장하는 일부 대신들이 있었다. 특히 박규수 같은 인물이 실학 운운하면서 서양 문물을 받아들여야 한다고 주장하고, 노골적이지는 않았으나 국왕인 재황도 관심을 기울이고 있었다.

***

4월이 되자 민태호가 강릉에서 황해도 관찰사가 되어 돌아왔다. 민승호는 수원 유수로 나간 지 5개월 만에야 공주의 백일을 빌미로 중궁전에 잠시 다니러 올 수 있었다.

"오라버님, 외직에 계시니 어떻습니까?"

자영이 화사하게 웃으며 민승호를 맞이했다. 민승호는 자영이 마치 꽃처럼 농염하게 핀 것을 보고 흡족했다. 여자는 아이를 낳아야 원숙해진다는 말을 비로소 실감할 수 있을 것 같았다.

"외직의 수령을 맡고 있는 것은 나라를 경영하는 일이나 다름없습니다."

민승호가 공손히 대답했다.

"옳습니다. 그러한 까닭으로 오라버님이 수원 유수로 나갈 때 내가 반대하지 않았습니다. 수상을 맡으시려면 외직 경험이 있어야 합니다."

"수상이요?"

민승호가 깜짝 놀라서 물었다.

"가을엔 내직으로 돌아오셔서 나를 도와야 합니다."

자영이 저고리 앞섶을 풀고 공주에게 젖을 물렸다. 민승호는 황망하여 재빨리 고개를 숙였다. 자영의 흰 젖무덤이 민승호의 시야에 들어왔다가 구름처럼 흩어졌다.

"예."

"수원 유수를 하시면서 힘센 장자를 뽑아 거느리십시오."

"명심하겠습니다."

자영의 품에 안겨서 젖을 물고 있던 공주는 어느덧 잠이 들어 있었다. 자영은 공주를 눕힌 뒤 저고리 앞섶을 여몄다. 날씨가 점점 더워지고 있었다.

"오라버님."

"예."

"9월에 내직으로 돌아오십시오. 9월에는 제가 반드시 병권을 장악하게 할 터이니 각오를 단단히 해야 합니다."

"명심하겠습니다."

민승호는 어금니를 꽉 깨물었다. 9월이라야 몇 달 남지 않았다. 민승호는 자신도 모르게 가슴속에서 뜨거운 것이 치밀고 올라오는 것을 느꼈다. 이하응과의 싸움은 태산과의 싸움이 될 것이다. 여흥 민문이 모조리 죽을 각오를 하지 않으면 이 싸움에서 결코 승리하지 못한다.

민승호는 수원으로 되돌아가면서 몇 번이나 주먹을 움켜쥐었다가 놓았다.

'자형과 내가 원수가 되어야 하다니…….'

민승호는 이하응과의 관계가 이상하게 돌아간다고 생각했다.

***

날씨가 점점 쌀쌀해지고 있었다. 해가 기울면서 대궐의 빽빽한 침전과 누각 사이를 내달리는 바람 소리가 여우의 울음소리처럼 음산해졌다.

'하늘이 나를 시새움하는 거야.'

자영은 교태전 서온돌에 앉아 넋을 놓고 있었다. 10월이었다. 해가 일찍 떨어져 방 안이 어둠침침했다. 그러나 자영은 어두워진 것조차 느끼지 못하고 있었다. 자영의 눈앞에는 방긋방긋 배냇짓을 하던 공주의 얼굴만 어른거렸다.

눈에 넣어도 아프지 않을 것 같은 공주였다. 그 공주가 태어난 지 8개월 만에 죽은 것이다. 허망한 일이었다. 그러나 자영은 공주의 죽음을 슬퍼하고만 있을 수는 없었다. 이미 민승호는 병조판서로 돌아와 있었고 이하응은 어떻게 하든지 민승호를 외직으로 다시 내치려 하고 있었다. 이하응의 심복인 천하장안이 민승호의 비행을 조사하고 있다는 풍문도 들렸다.

'이젠 내가 먼저 선수를 쳐야 해.'

재황은 이미 최익현을 동부승지에 제수한다는 어명을 내려놓고 있었다. 그 어명을 도승지 민겸호가 받들고 포천으로 떠났다. 민겸호가 돌아오면 최익현이 어떤 태도를 취할지 속속들이 알 수 있을 것이었다. 최익현이 동부승지에 제수되어 조정에 나오면 이하응에게 강력한 적이 되는 것이다.

"게 누구 있느냐?"

자영은 문득 고개를 들어 밖을 향해 찢어질 듯이 소리를 질렀다. 이 일 저 일 생각하느라고 잡인의 출입을 금지시켰던 것인데 방 안이 너무 어두웠다.

"중전마마, 박 상궁 대령해 있습니다."

박 상궁이 황급히 서온돌로 들어왔다.

"방에 불을 켜라! 벌써 사방이 어두워지지 않았느냐."

"분부 받자옵니다."

장지문이 열리고 무수리들이 촛불을 켰다.

"대전에서는 아무 소식이 없느냐?"

"예."

박 상궁이 조심스럽게 대답했다.

"알았다."

자영이 고개를 끄덕거리자 박 상궁이 발소리를 죽이며 물러갔다. 공주가 죽은 지 열흘도 안 되어 자영은 신경이 날카로워져 있었다.

"중전마마."

밖에서 제조상궁인 김 상궁이 아뢰는 소리가 들렸다.

"무슨 일이냐?"

"도승지 민겸호 대감께서 드셨습니다."

"어서 뫼셔라."

자영은 반가웠다. 왕명을 받들고 포천으로 간 민겸호가 돌아온 것이다.

"예를 갖출 필요는 없소."

민겸호가 들어와 절을 하려는 것을 자영은 손을 내저어 그만두게 했다. 민겸호가 자영의 앞에 와서 무릎을 꿇고 앉았다.

"그래, 최익현은 어찌 지내고 있습니까?"

자영이 다급하게 물었다.

"포천에서 학문에만 정진하고 있습니다."

"조정에 나오겠다고 합니까?"

"아닙니다. 벼슬에 뜻이 없다고 사직상소를 올렸습니다."

"또 사직상소를?"

"예, 방금 전하게 올렸습니다."

"어떤 내용이오?"

"아뢰옵기 황공하오나 전하께 올리는 상소문이라……."

"보지 못했다는 말이오?"

"그러하옵니다."

"쯧쯧……."

자영이 혀를 찼다. 최익현이 올리는 상소문을 먼저 보지 못한 것이 안타까웠다. 그러나 어쩔 수 없는 일이었다.

"전하께서는 그 상소문을 보시고 무어라 말씀이 계셨소?"

"아무 말씀이 없으셨습니다. 상소문을 품속에 갈무리하신 뒤 다시 꼼꼼히 읽어보시겠다고 하셨습니다."

"그 자리에는 누가 있었소?"

"영돈령부사 홍순목, 좌의정 강노, 우의정 한계원 대감이 계셨습니다."

"국태공은 없었소?"

"오늘은 입궐하지 않으셨습니다."

"잘되었소. 그만 물러가시오."

"예."

민겸호가 절을 한 뒤 물러가고 얼마 되지 않았는데 재황이 돌아왔다. 자영은 재빨리 보료에서 일어나 재황을 맞이했다.

"중전, 최익현이 사직상소를 올렸소."

재황이 소맷자락 속에서 최익현의 상소를 꺼냈다. 자영은 불빛에 비춰가며 최익현의 상소를 읽기 시작했다.

"……신 최익현 북향하여 사배를 올리고 삼가 아뢰나이다. 신이 연전에 소명(召命)을 받고 벼슬 반열에 나섰으나 얼마 되지 않아 견책 파면하였으니 신의 무상함은 이미 전하께서도 아시는 바입니다. 신은 이를 다행히 여기고 향리에 물러가서 쉬면서 고생을 달게 하고 낮은 벼슬을 하는 것도 감히 바라보지 못하였거늘 왕명을 출납하는 승지 벼슬을 내리신다니 놀랍고 황송하여 죽을 곳을 모르겠습니다. 또 근년에 아첨하는 무리가 세를 펴고 곧은 선비가 사라져 가혹한 세금과 학정으로 민생은 어육(魚肉)과 같이 된 지 오래입니다. 사정이 이러한데도 정치가 민심을 어루만져 구휼하지 않으니 하늘의 재변이 위에서 나타나고 땅의 변괴가 아래서 일어나 우(雨, 비), 한(旱, 가뭄), 한(寒, 추위), 서(暑, 더위)가 모두 정상적이지 않습니다. 이는 하늘이 노한 것이니 반드시 시정해야 합니다. 신은 늙고 병든 아비를 부양해야 하는 까닭에 감히 사직하오니 체임하여주시옵소서……."

동부승지 직을 사임하는 상소였다. 자영은 최익현의 상소문을 두 번이나 되풀이해서 읽었다. 최익현의 상소는 재황의 친정에 대해서 전혀 언급이 없었다. 실망스러운 일이었다. 다만 국정의 어지러움을 신랄하게 비난하고 있어서 조금만 신경 쓰면 그 화살이 이하응에게 향하고 있다는 것을 간파할 수 있는 내용이었다.

"중전이 보기엔 어떻소? 최익현의 상소가 아버님을 공격하고 있는 것 같은데……."

재황이 자영의 눈치를 살피며 물었다. 이미 이러한 상소문이 올라오리라고 각오하고 최익현을 동부승지에 제수했는데도 막상 일이 닥치자 두려운 빛을 보이고 있었다.

"전하, 최익현의 상소는 비록 언사가 과격하긴 하나 시의적절한 것입니다."

"시의적절하다고요?"

"이 상소문을 의정부에 보내어 논의하게 하소서."

"의정부에서 논의하면 분명 귀양을 보내라고 할 것이오."

"그들이 논의를 마치고 아뢰러 오면 첩이 일러주는 대로 하십시오."

자영은 궁녀들이 듣지 못하게 낮은 목소리로 재황에게 계책을 알려주었다.

"알겠소. 내 그렇게 하리다."

재황이 고개를 끄덕거리면서 미소를 지었다. 그는 아버지 이하응의 간섭을 더 이상 받아서는 안 된다고 생각했다. 이하응은 아직도 그를 어린애 취급하고 있었다.

최익현의 상소문은 이튿날 아침에 의정부로 보내졌다. 영의정은 홍순목이 사직하여 영돈령부사로 물러나 자리가 비어 있었고 좌의정 강노와 우의정 한계원이 자리를 지키고 있었다. 그들은 최익현의 상소를 보자 금세 얼굴이 붉으락푸르락해져 상소문을 사헌부와 사간원으로 내려보내 회람케 하는 한편, 곧장 재황에게 알현을 청했다. 그들은 재황을 알현하여 최익현을 엄벌에 처할 것을 요청할 생각이었다. 그러나 그들이 입을 열기도 전에 재황의 엉뚱한 비답(批答)이 내려졌다.

"동부승지 최익현의 상소는 충절에서 우러나온 것이다. 조정이나 승정원에서 이를 반박하고자 하는 일이 있다면 언로를 막는 일이 될 것이다. 아울러 최익현의 충절을 가상하게 여겨 과인은 호조참판을 제수하여 다시 부르고자 하노라!"

좌의정 강노와 우의정 한계원의 얼굴에서 핏기가 싹 가셨다. 국왕의 말은 최익현을 탄핵하면 역적이라는 말이나 다를 바 없었다. 최익현을 탄핵하기 위해 국왕을 배알하러 왔다가 오히려 혹을 붙인 격이었다.

"황공하옵니다."

강노와 한계원은 입도 열지 못하고 물러 나왔다.

"대체 이게 어찌 된 일이오? 최익현을 탄핵하지 말라는 말씀이 아니오?"

"우리 보고 물러나라는 말씀이오."

강노와 한계원은 얼굴이 하얗게 변해 사직상소를 올렸다.

'좌의정 삼가 아뢰나이다. 최익현의 상소 중에 신들의 실정을 통박한 대목이 있는지라 신등이 책임을 지고 사직코자 하오니 윤허하여주십시오.'

우의정 한계원도 같은 내용의 사직상소를 올렸다. 그들의 사직상소는 도승지 민겸호를 통해 재황에게 올라왔다. 재황은 중궁전 동온돌에 앉아서 자영과 함께 사직상소를 읽었다.

"어찌하는 것이 좋겠소?"

재황이 자영에게 물었다.

"전하께서는 어찌하시겠습니까?"

"과인은 이들의 사직을 윤허하고 싶지 않소."

"그럼 그렇게 하십시오."

자영의 대답은 간단했다. 이미 최익현을 호조참판에 제수한다는 어명이 포천으로 전해졌을 터였다.

"도승지는 들으라."

"예."

"최익현의 상소는 충절에서 비롯된 것이니 좌의정과 우의정은 개의치 말라 하라."

"삼가 명을 받들겠습니다."

도승지 민겸호가 의정부로 물러가 왕명을 전했다. 좌의정 강노와 우의정 한계원은 어리둥절했다. 왕명의 깊은 뜻을 헤아리기 위해 머리를 짜보았으나 아무리 생각해도 진의를 파악할 수가 없었다.

이때 영돈령부사 홍순목이 사직을 청했다. 재황은 홍순목의 사직도 받아들이지 않았다. 이에 사간원과 사헌부가 일제히 사직상소를 올렸다. 그러자 재황은 기다렸다는 듯이 이들의 사직을 윤허했다.

***

운현궁에는 사람들이 잔뜩 모여 있었다. 세검정으로 단풍놀이를 다녀오던 이하응은 집 앞에 사람들이 잔뜩 모여 있는 것을 보고 눈살을 찌푸렸다. 대신들 중에는 강노와 한계원까지 있었다.

"정승대감이 내 집에 무슨 일이오? 혹시 내 집을 대궐로 착각한 것이 아니오?"

이하응은 말에서 내리자 대신들에게 농을 던졌다.

"대감, 지금 농을 할 때가 아닙니다."

강노가 사색이 되어 최익현의 상소로 일어난 소동을 이야기했다.

'일이 어떻게 돌아가는 거지?'

이하응은 어리둥절하여 그들을 사랑으로 불러들였다. 한계원이, 국왕이 최익현을 두둔하고 있다고 고했다.

"좌상과 우상은 대체 무엇들을 하고 있었소? 내 집에서 문객입네 하고 밥을 얻어먹는 자들은 모두 식충이인가?"

이하응은 운현궁에서 몸을 부르르 떨며 호통을 쳤다. 최익현의 상소가 처음 올라왔을 때 이하응은 대수롭지 않게 여겼다. 최익현의 상소 내용 중에 이하응 자신을 겨냥한 내용이 전혀 없었기 때문이다. 그러나 재황이 사간원과 사헌부의 사직을 허락하고 최익현을 탄핵하는 것을 언로를 막는 일이라고 말했다고 하자 일이 심상치 않게 돌아가고 있다고 생각한 것이다. 이하응은 누군가 자신의 목을 죄고 있는 듯한 기분이 들었다.

"저하, 심려를 끼쳐드려 송구하옵니다."

이하응이 불같이 역정을 내자 강노와 한계원은 무릎을 꿇고 몸을 부들부들 떨었다.

"대체 공들은 무엇을 하고 있었기에 방약무인한 최익현을 논죄하지 않소?"

"저하, 승정원과 홍문관에서도 사직을 청했사오나 주상 전하께오서 모두 가납하셨습니다."

"뭣이?"

"또 경연에서 강관(講官)인 이승보와 권정호가 최익현을 논죄하여야 한다고 아뢰었으나 주상 전하께서 오히려 역정을 내셨다고 합니다."

"역정을 내?"

이하응은 어이가 없었다. 최익현의 상소를 물리쳐야 마땅한 재황이 오히려 최익현을 두둔하고 있는 것이다.

"그러하옵니다."

"참으로 답답한 일이 아니오? 최익현의 상소는 그대들을 비난하고 있는데 그대들은 어찌 수수방관하고 있소?"

"송구하옵니다."

"돌아들 가시오! 돌아가서 일을 수습하시오. 이까짓 일 하나 처리하지 못해서야 어찌 한 나라의 국정을 책임 맡고 있는 정승들이라고 할 수 있소?"

이하응은 버럭 화를 냈다. 좌의정 강노와 우의정 한계원은 서둘러 운현궁을 물러 나왔다. 따지고 보면 최익현의 상소는 대신들을 겨냥하고 있지 이하응을 직접 겨냥하는 것은 아니었다. 그들은 조정으로 돌아와 대책을 짰다. 그러나 상소를 올리는 일 외에 뚜렷한 대책이 없었다.

최익현이 올린 상소 한 장은 조정을 벌집처럼 들쑤셔놓았다. 그러나 최익현은 포천에 엎드린 채 미동도 하지 않았다.

삼사의 상소문은 격렬했다. 최익현을 참수해야 한다는 주장에서부터 역신이라는 주장까지 다양했다. 승정원에서도 상소를 올리고 성균관에서도 최익현을 맹렬하게 비난했다. 그러나 재황은 이들의 상소가 빗발쳐도 꿈쩍하지 않았다.

'내 나이 벌써 스물둘이 아닌가? 스물둘이라면 이름뿐인 왕이 아니라 실질적인 국왕의 권한을 행사해야 한다!'

재황은 몇 번이나 같은 생각을 되풀이했다. 언제까지나 아버지인 이하응에게 질질 끌려다닐 수는 없는 일이었다. 그러나 일말의 불안감이 없는 것도 아니었다. 열두 살 어린 나이에 국왕이 되어서 겪은 일들은 필설로 형언하기 어려운 것들이었다. 그 세월이 10년이었다. 돌이켜보면 아득하기도 하고 어제 일처럼 새로운 것들도 있었다.

"중전, 오늘도 최익현을 탄핵하는 상소가 빗발치고 있구려."

"오늘은 누가 상소를 올렸습니까?"

"형조참의 안기영과 전 정언 허원식이오."

"내용은 어떠하옵니까?"

"최익현은 본래 방약무인한 자로 임금을 기만했으니 마땅히 국문을 해야 한다고 하오."

"당치 않은 일입니다. 전하, 이들을 파직하고 귀양을 보내도록 하소서."

"알았소."

재황은 즉각 도승지를 불러 안기영과 허원식을 유배하라는 어명을 내렸다. 그러자 성균관 유생들이 일제히 권당(捲堂)을 했다. 권당은 왕명에 대한 가장 강력한 항거 수단으로, 유생들이 성균관을 나와 고향으로 돌아가는 것이었다.

"성균관이 권당이라고?"

재황은 도승지 민겸호의 보고를 받자 안색이 하얗게 질렸다. 자영은 온몸을 부르르 떨었다. 예상했던 것보다 훨씬 강경한 반응이었다.

"그러하옵니다."

"도승지, 권당을 발론한 자들은 즉시 멀리 유배를 보내고 권당에 참여한 자들은 낱낱이 조사하여 정거(停擧) 처분을 내리도록 하세요!"

자영이 재황을 대신하여 어명을 내렸다. 민겸호가 놀라서 재황을 쳐다보자 재황이 고개를 끄덕거렸다. 그대로 시행하라는 뜻이었다. 정거는 과거에 응시하는 자격을 박탈하는 것이었다. 한 번 정거 처분이 내려지면 평생 과거에 응시할 수 없으니 성균관 유생들에게는 청천벽력 같은 왕명이었다.

"도승지."

"예, 중전마마."

"사직을 청한 대신들은 모두 받아들이세요."

"예."

자영의 지시는 서릿발 같았다. 최익현의 상소를 반박하기 위해 상소를 올렸거나 사직을 청한 대소 신료들은 졸지에 벼슬을 잃게 되었다. 그 바람에 새로운 사대부가 신진 세력으로 떠올랐다. 그 대표적인 예가 새로 임명된 사헌부 장령 홍시형으로, 그는 사헌부 장령에 임명되자마자 최익현을 두둔하는 상소를 올렸다.

"신이 전 승지 최익현의 상소문을 읽어보니 과연 정직하고, 훌륭한 시대에 어진 관리가 바른말을 올렸다고 볼 수 있습니다. 그러나 안기영과 허원식 따위들이 꼬리를 물고 일어나서 전하의 귀와 눈을 가리고 바른 신하를 모해하고 있으니 통탄할 일입니다."

재황은 홍시형의 상소를 보고 흡족했다. 홍시형의 상소가 구절구절 옳다는 비답을 내리고 대뜸 부수찬에 임명했다. 이하응은 최익현의 상소로 조야가 분분한데도 입궐을 하지 않고 있었다. 일말의 불안감이 없지 않았으나 아들이 아버지를 내치리라고는 상상도 하지 않고 있었다. 게다가 조정의 대소 신료들은 약속이나 한 듯이 최익현의 처벌을 강력하게 주장하고 있었다.

'며칠이나 버티려고…….'

이하응은 운현궁의 사랑에서 장침을 베고 누워 한가로운 생각에 잠겼다.

'재황은 성격이 모질지가 못하다. 그러한 성격으로는 빗발치는 상소를 감당하지 못할 것이다.'

10월이 가고 11월이 왔다. 음력 11월이면 이미 겨울이 아닌가. 바깥 날씨는 을씨년스러웠다. 잿빛 구름장이 무겁게 하늘을 덮고 칼날 같은 바람이 북한산을 치고 내려와 문풍지를 흔들어댔다.

11월 3일, 이하응은 좌의정 강노의 방문을 받고 땅이 꺼지는 듯한 절망감을 느꼈다.

"대체 최익현이 나와 무슨 원한이 있기에 이다지 방자한 상소문을 또 올린다는 말인가?"

호조참판에 제수되고도 입조하지 않고 포천에 엎드려 있던 최익현이 또다시 사직상소문을 올린 것이다. 이번에는 전보다 더욱 강경한 것으로, 이하응의 퇴진을 직접적으로 거론하고 있었다.

"삼가 성상전에 북향 사배하고 엎드려 아뢰나이다. 현재 나라의 폐단이 없는 곳이 없으나 가장 큰 것을 든다면 황묘(皇廟, 만동묘)의 철거로 군신의 윤리가 무너진 것이요, 서원의 혁파로 사제 간의 의리가 끊어진 것이요, 죽은 자가 양자 가는 것으로 부자간

74

의 윤리가 무너진 것이요, 호전(好錢)을 사용하는 것으로 중화와 오랑캐의 구별이 문란해진 것입니다. 이에 학문하는 유림의 사기를 크게 떨어트려 학문이 진작되지 못하고 퇴보하였으며 국적(國賊)이 신원(伸寃)되어 충신과 역적이 모호하게 되었나이다. 이는 모두 전하께서 하신 일이 아니라 전하의 보령이 유충하시어 신하들이 성상의 총명을 가리고 위엄과 복을 마음대로 부린 탓입니다. 이제 전하께서는 몸소 백관을 진퇴시키되, 그 어떤 자리에도 있지 않고 친친(親親)의 열(列)에 속한 사람은 그 지위를 높이고 그의 녹을 중하게 하시되 나라 정사에는 일체 간여하지 말게 하소서. 신은 성상께서 내리시는 호조참판 직을 엎드려 사직하며 황송함이 간절함을 이기지 못해 죽음을 무릅쓰고 사직상소를 올리나이다.'

'친친의 열에 속하는 자' 는 이하응을 지칭하는 것이었고, '녹을 후하게 주어 나라의 정치에 간여하지 말게 하라' 는 것은 이하응을 물러나게 하라는 것이었다. 이에 사간원과 사헌부가 일제히 최익현을 탄핵했다.

"최익현의 상소는 임금의 의중을 빙자하여 언사가 흉악하기 짝이 없으니 의금부로 하여금 잡아다가 국문케 하여 왕부의 위엄을 바로 세우소서."

재황의 비답은 간단했다.

"최익현의 상소는 신하 된 자로 그 언사가 비록 흉악하다고는 하나 시골의 어리석은 백성에 지나지 않으니 굳이 옥사를 벌일 필요는 없다."

놀라운 일이었다. 이번에도 재황은 최익현을 감싸고 있었다.

좌의정 강노가 재황의 비답을 받고 절망감을 느끼고 있을 때 자영은 병조판서 민승호와 밀담을 나누고 있었다. 최익현의 상소는 마침내 이하응의 퇴진을 거론하고 재황의 친정을 주장하고 있었다. 자영과 민승호가 절실하게 기다리던 상소문이었다.

자영과 민승호는 기쁨을 감추고 사태의 추이를 예의 주시했다. 최익현의 상소로 조정은 걷잡을 수 없는 혼란에 빠져 있었다. 최익현을 극형에 처해야 한다는 상소문이 하루도 빠지지 않고 승정원으로 날아들었다.

"오라버님, 이 사람들이 진정으로 나라를 근심하고 임금에게 충성하기 위해 상소를 올리는 것인지 의심스럽군요."

자영은 최익현을 탄핵하는 상소가 빗발치자 쓴웃음을 지었다. 그럴수록 이하응을 밀어내야 한다는 투지가 불타고 있었다.

"중전마마, 그들은 한 치도 앞을 내다보지 못하는 어리석은 무리들입니다."

"그런 인물들이 조정의 정무를 맡고 있었으니 나라가 이 꼴이 되었던 것입니다."

자영이 차갑게 대꾸했다. 재황의 친정은 시대의 순리다. 한 나라에 임금이 둘일 수 없듯 성년이 된 재황이 친정을 해야 하는 것은 당연한 이치이다. 그런데도 조정의 대신들과 직간하는 것을 업으로 하는 삼사가 일제히 반발하고 있는 것이다. 어떤 정책에 따른 반발이 아니었다. 임금이 임금의 권리를 되찾겠다는데도 신하된 자들이 명분도 없이 반발하고 있었다.

"중전마마, 이제는 친정을 선포하는 일만 남았습니다."

민승호는 화제를 바꾸었다.

"수고하셨습니다, 오라버님."

자영이 고개를 끄덕거렸다. 자영의 아름다운 얼굴에도 기쁜 표정이 넘치고 있었다.

"모두가 중전마마의 영명하신 지혜로 이루어진 일입니다."

"여러분이 애쓴 덕분이지요. 그러나 아직도 할 일이 많이 남아 있습니다."

"할 일이라니요?"

민승호가 어리둥절하여 자영의 얼굴을 쳐다보았다. 자영의 얼굴은 어느새 차갑게 굳어 있었다.

"먼저 최익현을 하옥시켜야 합니다."

"중전마마, 최익현을 하옥시키다니요?"

민승호가 깜짝 놀라서 자영을 쳐다보았다. 최익현은 재황의 친정을 직접 거론한 인물이다. 서슬 퍼런 이하응의 위세에 눌려 조정의 간관들조차 숨을 죽이고 있을 때 최익현은 과감하게 친정을 요구하는 상소문을 올린 것이다. 물론 그 이면에는 민문의 전폭적인 지원과 유림의 절대적인 지지가 있었다.

민승호는 민규호와 민겸호를 번갈아가며 포천에 보내 최익현을 회유했고 나중에는 이유원 대감까지 보내 최익현을 설득했다. 그런데 자영이 이제 와서 헌신짝 버리듯 최익현을 하옥시키라고 하는 것이다.

"오라버님, 제 말씀을 명심해 들으십시오. 최익현을 이 시점에서 하옥하지 않으면 누군가에게 살해됩니다. 그렇게 되면 우리의 계획이 수포로 돌아가지 않겠습니까?"

"최익현을 누가 살해합니까?"

"누군 누구겠어요? 최익현을 미워할 사람들이 하나둘이 아닐 거라고 생각합니다."

"하면 국태공이 살해한다는 말입니까?"

"이하응만이 아닐 것입니다. 조정의 대신들도 최익현을 죽이려고 안달을 할 것입니다. 그대로 두면 최익현은 어느 귀신에게 죽임을 당할지 모릅니다."

"중전마마, 제가 아둔하여 그 점을 헤아리지 못했습니다."

민승호는 진심으로 탄복했다.

"지금 최익현을 탄핵하는 상소가 빗발치고 있습니다. 그들의 상소를 가납하는 척하며 최익현을 하옥시키면 최익현을 보호하고 상소를 올리는 무리들도 다독거릴 수 있어 일거양득이 됩니다."

자영이 입꼬리에 미소를 달며 엷게 웃었다.

"과연 현명하신 처사입니다."

민승호는 거듭 감탄했다. 자영은 구중궁궐 안에서 사태의 핵심을 정확하게 꿰뚫어 보고 있었다.

"최익현에 대한 일은 내가 처리할 터이니 오라버님은 병권을 확실하게 장악하도록 하십시오."

"병권을요?"

"만사는 불여튼튼이라고 했습니다. 어떤 무리들이 어떤 짓을 저지를지 모르니 병사들이 동요하지 못하도록 하고 장신들을 철저하게 감시하십시오."

"예."

"앞으로 며칠이 고비입니다. 이 고비만 잘 넘기면 어려움은 없을 것입니다. 또 한 가지는, 대궐 수비를 엄히 해야 할 것입니다."

"대궐 수비를요?"

"수문장들을 모두 오라버님의 수하로 바꾸십시오."

"예."

"이는 속히 해치워야 합니다."

"중전마마, 오늘밤으로 해치우겠습니다."

"또 이하응이 오라버님을 부르시면 절대로 가지 마십시오. 이하응이 불러서 오라버님이 가시면 그 자리가 곧 오라버님의 무덤이 될 것입니다."

"명심, 또 명심하겠습니다."

"오라버님, 알았으면 속히 물러가 시행하십시오."

"예."

민승호가 허리를 굽히고 물러갔다.

자영은 민승호가 물러가는 것을 보다가 낮게 한숨을 내쉬었다. 민승호에게 얘기한 대로 일은 막바지를 향해 치달리고 있었다. 불과 이틀에서 사흘이면 모든 것이 결판날 것이다. 그러나 한 가지 우려되는 일이 있었다. 그것은 운현궁 사가에 있는 이하응이 입궐하여 재황을 만나면 모든 일이 수포로 돌아갈 수도 있다는 점이었다. 재황은 심약했다. 아버지인 이하응이 최익현을 효수하고 민문을 처벌하라고 하면 그렇게 하지 않을 수 없을 것이다.

'서둘러야 해.'

자영은 입술을 지그시 깨물었다.

"밖에 누구 있느냐?"

"예."

문밖에 있던 박 상궁이 재빨리 대답을 했다.

"사정전으로 행차한다. 옥교를 놓아라."

"예."

박 상궁이 대답했다. 자영은 장지문을 열고 고랑마루로 나섰다. 바람이 찼다. 북한산에서 찬바람이 휘몰아쳐 내려와 전각과 누각 사이를 누비고 다니며 음산한 소리를 냈다. 11월 4일 해 질 녘이었다.

"중전마마 듭시오!"

80

사정전에는 좌의정 강노와 우의정 한계원이 재황 앞에 무릎을 꿇고 앉아 있었다. 대전별감 김 내관이 자영의 출현을 알리자 그들은 황망한 표정으로 몸 둘 바를 몰라 했다. 전례가 없는 일이었다. 대비조차 발을 사이에 두지 않고서는 신하들을 마주하지 않는다. 그만큼 궁궐의 내외는 엄격하게 금지되어 있었다.

사정전은 임금이 정사를 보는 곳이다. 비록 국모요 왕비라고 해도 행차를 해서는 안 된다. 그러나 자영은 그러한 금기를 깨고 사정전에 나타난 것이다. 파격이었다. 재황도 확연히 놀란 표정으로 자영을 쳐다보았다.

"경들은 잠시 물러가 있으시오."

자영의 입에서 싸늘한 옥음이 떨어졌다. 좌의정 강노와 우의정 한계원은 고개도 들지 못한 채 몸을 부들부들 떨었다.

"신 좌의정 분부 받자옵니다."

좌의정 강노가 먼저 몸을 일으켜 뒷걸음으로 물러갔다. 우의정 한계원도 조심조심 뒷걸음으로 사정전을 물러나갔다.

"중전, 어인 행차요?"

재황이 화로에 손을 쬐며 자영에게 물었다. 자영은 재빨리 재황 옆으로 다가가서 살포시 앉았다.

"전하, 긴히 드릴 말씀이 있습니다."

"긴히 드릴 말씀이라니요?"

"최익현을 귀양 보내세요."

"최익현을 귀양 보내요?"

"자세한 것은 묻지 마시고 의금부에 명을 내려 최익현을 서둘러 귀양 보내야 합니다."

"나는 무슨 영문인지 모르겠소."

"전하, 자세한 것은 중궁전에서 말씀 올리겠나이다."

"알겠소."

"그럼 신첩 물러가옵니다."

자영이 가볍게 허리를 숙여 보이고 사정전을 물러나갔다.

"게 누구 있느냐?"

재황은 자영이 치맛자락을 끌고 사정전에서 나가자 내관을 불렀다.

"예."

"도승지를 들라 해라."

"예."

대전별감 김 내관이 문밖에서 머리를 조아렸다. 이내 도승지 민겸호가 들어왔다. 재황은 자영이 일러준 대로 의금부에 최익현을 귀양 보내는 법조문을 적용하라는 어명을 내렸다. 그 자리에는 좌의정 강노와 우의정 한계원이 다시 들어와 배석해 있었다. 그들은 재황이 최익현을 귀양 보내라는 지시를 내리자 속으로 미소를 지었다.

'우리가 이겼어!'

그들은 그렇게 생각했다. 좌의정 강노는 북인 출신이고 우의정 한계원은 남인 출신이었다. 그들은 누대에 걸친 당쟁으로 벼슬길에 나서지도 못하다가 이하응에게 발탁되어 정승의 반열에 오른 사람들이었다. 이하응에 대한 충성심이 남다를 수밖에 없었다.

"최익현을 귀양 보내는 일로 끝날 일은 아니지 않소?"

그들은 퇴궐하자 운현궁으로 이하응을 찾아갔다. 그러나 이하응은 최익현을 귀양 보낸다는 데도 만족한 기색이 아니었다.

'내가 최익현을 제거하려는 것을 눈치챘다는 말인가?'

이하응은 불안하고 조바심이 났다.

"내일 경연 때 저희들도 참석할까 하옵니다."

"경연에요?"

"경연에서 최익현의 처벌을 강력히 주장하겠사옵니다."

"글쎄……."

이하응은 연죽을 끌어당겨 입에 물었다. 사태가 그렇게 간단해 보이지 않았다.

"경연에서의 일은 죄를 묻지 않는 법이옵니다. 제가 주상 전하를 훈계하겠사옵니다."

이하응은 잠자코 연죽만 빨고 있었다. 포천으로 보낸 장사들이 어떻게 하고 있을지 궁금했다. 어쩌면 지금쯤 최익현의 목을 베었을지도 모를 일이었다.

"저하, 저하께오서 지금이라도 주상 전하를 배알하시는 것이 좋을 듯하옵니다."

잠자코 침묵만 지키던 우의정 한계원이 조심스럽게 입을 열었다. 최익현의 상소가 처음 올라왔을 때도 한계원은 그런 주장을 했었다. 그는 최익현 뒤에 거대한 비밀 세력이 도사리고 있을 것이라고 추측했고, 그 세력을 왕비와 민승호로 보고 있었다. 이것은 단순한 권력 싸움이나 당쟁이 아니었다. 그는 최익현의 상소가 골육상쟁을 내포하고 있다고 본 것이다.

"저하!"

"당치 않소!"

"이는 엄밀히 따지면 부자간의 일입니다. 최익현이 친열을 거론한 이상 저하께서 몸소 나서야 할 것으로 봅니다."

"듣기 싫소!"

이하응이 눈을 질끈 감았다. 안면이 부르르 떨렸다.

"저하, 최익현의 뒤에서 사주하는 세력이 있습니다."

"사주하는 세력?"

"저하만이 그 세력을 물리칠 수 있습니다."

"아비와 자식은 천륜이요, 지아비와 지어미는 인륜이라고 했소. 누가 감히 천륜을 갈라놓을 수 있겠소?"

이하응은 아들을 믿고 싶었다. 아들이 아버지를 내치는 불효는 저지르지 않으리라고 생각했다.

"저하, 그러시면 병조판서라도 부르십시오."

"승호를?"

"승호가 민문의 두령이 아닙니까?"

"일없소!"

이하응은 불쾌한 표정으로 내쏘았다. 심사가 잔뜩 뒤틀려 있었다. 지나간 10년, 누구 하나 그의 명을 거스르는 자가 없었다. 그런데 최익현이 올린 상소문 한 장이 그를 실각의 위기로 몰아넣고 있는 것이다.

"저하, 저희들이 다시 주상 전하를 뵙고 최익현을 의금부에 하옥한 뒤 추국하라고 청하겠습니다."

이하응은 대꾸가 없었다.

***

후드득. 빗방울이 우박으로 바뀌어 떨어졌다. 우박이 떨어지는 서리가 콩 볶는 소리처럼 요란했다. 왕비는 잠시 우박이 떨어지는 소리에 귀를 기울이다가 서늘한 시선으로 홍계훈을 응시했다. 밖에서 궁녀들이 우박이다, 우박이 주먹만 하다고 환성을 지르는 소리가 중궁전까지 들렸다. 우박을 보고 소리를 지르는 것은 민간이나 대궐이나 다를 바가 없다고 생각했다.

홍계훈은 문득 아내의 얼굴이 떠올랐다. 서교도로 공주 감영에 있을 때 온갖 고초를 당한 아내였다. 시름시름 앓다가 열흘 전에 죽었다. 왕비는 그런 아내를 위해 약재를 챙겨주고 음식을 보내주었다.

"중전마마께 꼭 보답하세요."

아내는 죽기 전에 홍계훈의 손을 잡고 당부했다.

"내가 지켜드리겠소."

"주님의 가호가 있으시기를……."

아내는 그 말을 남기고 눈을 감았다. 주님의 가호가 왕비에게 있으라고 한 것인지 홍계훈에게 있으라고 한 것인지 알 수 없었다.

"날씨가 좋지 않은 모양이다."

왕비의 몸에서 사향 냄새가 은은하게 풍겼다.

"명을 내려주십시오."

"네가 거느린 갑사들을 데리고 포천에 다녀와야겠다."

왕비는 아내의 죽음을 전해 듣고 안타까워했다.

"포천에요?"

"의금부에서 최익현을 잡으러 갈 것이다. 너의 임무는 최익현을 보호하는 것이다."

최익현은 임금의 친정을 요구하는 상소를 올려 조정을 발칵 뒤집어놓았었다.

"천하장안이 장사들을 데리고 최익현을 죽이러 갈 것이다."

"최익현을 보호하여 의금부로 압송하겠습니다."

"부탁한다."

왕비가 잔잔하게 미소를 지었다. 명령을 내린 것이 아니라 부탁한다고 했다. 홍계훈은 머리를 조아리고 중궁전을 물러나왔다. 잿빛 하늘에서 우박이 세차게 쏟아지고 있었다. 홍계훈은 하늘을 쳐다본 뒤에 내금위로 달려갔다. 우박이 몸을 때려 아팠다.

"갑사 20명은 나를 따르라."

홍계훈은 내금위 갑사들을 무장시켜 포천을 향해 달리기 시작했다.

"이랴!"

홍계훈은 세차게 채찍을 휘둘렀다.

'왕비가 무엇인가 수상한 일을 꾸미고 있다.'

홍계훈은 말을 달리면서 대궐에 심상치 않은 바람이 불어오는 것을 느꼈다. 그러나 그는 왕비를 위해 목숨을 바칠 것이라고 생각했다. 동대문을 나서 제기현을 넘자 포천으로 말을 사납게 달렸다. 어느 사이에 우박이 그치고 날씨가 쌀쌀해졌다.

홍계훈이 포천에 이른 것은 날이 어두워지기 시작했을 때였다. 포천에는 이미 의금부에서 일고여덟 명의 나졸들이 최익현을 압송하기 위해 와 있었는데 한 떼의 건정한 사내들이 나타나서는 의금부 나졸들에게서 최익현을 탈취하려고 옥신각신하고 있었다.

"우리가 누구인지 몰라서 이러는 거요?"

장사들이 눈을 부릅뜨고 나졸들을 위협했다.

"국태공 저하의 분부라고 해도 죄인을 내줄 수는 없소."

의금부 나졸들이 장사들과 팽팽하게 대치했다. 최익현의 집 앞에는 많은 선비들이 몰려와 웅성거리고 있었다.

"정 이렇게 나오면 피를 볼 수밖에 없소."

장사들이 일제히 칼을 뽑았다. 그러자 나졸들도 장사들을 향해 창을 겨누었다.

"멈춰라!"

홍계훈은 벼락을 치듯이 고함을 지르면서 그들에게 달려갔다.

"호조참판 최익현을 의금부로 압송하는데 방해하는 자는 모조리 죽이라는 어명이다. 누가 감히 왕명을 거역할 것이냐?"

홍계훈의 호통에 장사들의 얼굴이 하얗게 변했다.

"의금부 나졸은 속히 죄인을 압송하라!"

홍계훈의 호통에 의금부 나졸들은 최익현을 우거에 태워 한양으로 향했다. 장사들은 낭패한 표정을 지으며 내금위 갑사들의 보호를 받으면서 한양으로 올라가는 최익현을 바라보았다.

***

좌의정 강노와 우의정 한계원은 영돈령부사 홍순목과 합세하여 대궐에 들어가 재황에게 알현을 청하였다. 재황은 그들을 대전으로 불러들였다.

"시간이 야심한데 정승들께서는 무슨 일로 알현을 청한 것이오?"

재황은 자영과 나란히 앉아 있었다. 전례가 없는 일이었으나 홍순목과 한계원, 강노 등은 찾아온 목적을 말하지 않을 수 없었다.

"최익현의 상소는 극악하기가 짝이 없는지라 용서해줄 수 없는 문제입니다."

홍순목이 먼저 입을 열었다.

"이미 귀양 보내는 법조문을 적용하였소."

재황이 간단하게 답변을 했다.

"전하, 최익현은 역적입니다."

"최익현이 무엇 때문에 역적이오?"

"신등은 그 상소를 미처 보지 못하고 고약한 몇 마디 말을 듣게 되어 차자를 올리게 되었습니다."

"영돈령부사, 영사께서는 최익현의 상소문 중에서 어느 구절이 고약하여 역모로서 다스리자는 것이오?"

재황의 옆에 앉아 있던 자영이 낭랑한 목소리로 물었다. 홍순목은 가슴이 뜨끔했다.

"전하께서 비답을 내리실 때 임금에게 압력을 가했다고 했습니다. 그러니 전하께서 아실 것입니다."

"영돈령부사의 입으로 말씀해보시오!"

자영의 목소리가 날카로워졌다. 홍순목은 등줄기로 식은땀이 흐르는 것을 느꼈다.

"전하께서 알고 계시는데 신등이 굳이 어느 조목이라고 말씀 올릴 까닭이 있습니까?"

홍순목도 만만치 않았다. 홍순목은 홍 대비의 아버지로, 재황 이나 이하응조차 만만히 볼 수 없는 인물이었다.

"나는 영사의 입으로 말하라고 하였소!"

"최익현은 호조참판을 사직하는 상소에서 의리와 윤리가 파괴 되었다고 흉악한 문구를 사용하였습니다."

"의리와 윤리를 파괴하였다는 구절은 전에도 있었소."

"옛날에도 간혹 있기는 하였으나 지금은 태평성대입니다. 이러 한 시대에 어찌 그와 같은 흉악한 문구를 사용할 수 있겠습니까?"

"그 구절 때문에 이미 귀양 보내는 처분을 하였소."

자영은 한마디로 일축해버렸다.

"이런 죄인에게 어찌 일반적인 귀양을 보내는 것으로 그치십 니까?"

"영사, 죄인을 귀양 보내는 것이 어찌 중벌이 아니라는 말씀이 오?"

"의금부에 추국청을 설치하여 최익현을 추국해야 하옵니다."

"그럴 수는 없소!"

자영이 차갑게 말했다.

"신등은 최익현을 추국하라는 어명이 있기 전에는 물러갈 수 없습니다."

"경들이 그렇게까지 간절히 주청하니 먼 섬으로 귀양 보내는 처분을 내리겠소."

재황이 지루한 표정으로 퉁명스럽게 대꾸했다. 그러나 대신들은 계속해서 최익현을 추국할 것을 요구했다.

"전하, 흉측하고 고약한 죄를 지었는데도 사형 법조문을 적용하지 않는다면 장차 역적들을 어찌 다스리시겠습니까? 신등은 윤지를 받들 수가 없습니다."

"그러하옵니다. 이것은 온 나라의 신하들이 한결같이 바라는 일입니다."

"신등은 전하께서 가납하실 때까지 물러가지 않겠습니다."

좌의정 강노와 우의정 한계원도 홍순목에게 합세하여 최익현을 사형에 처하라고 주장하였다. 만만찮은 반발이었다. 자영은 이들이 이하응의 사주를 받은 것이 분명하다고 생각했다.

'강한 것에는 강하게 부딪쳐야 해.'

자영은 입술을 지그시 깨물고 대신들을 노려보았다. 이제는 한판 승부를 벌여야 할 때라고 생각했다.

"전하!"

자영이 낮게 기침을 하면서 재황에게 눈짓을 보냈다. 재황이 고개를 끄덕거려 알겠다는 표시를 하고 느릿느릿 입을 열었다.

"경들은 들으시오!"

대신들은 일제히 재황의 용안을 우러러보았다.

"대왕대비마마께서 수렴청정을 철회하신 후 지금까지 국태공께서 정사를 협찬해오셨소. 과인이 이미 오래전에 성년에 이르렀으나 여러 이유로 친정을 미루어왔소. 하나 더 이상 친정을 미루는 것은 종묘사직에 대한 불충이요, 국가의 대계에 백해무익하다는 것이 중신들의 한결된 주장인 바, 이제 국태공을 대로에 봉하여 여생을 편히 지내게 하고 과인이 만기를 친재할 것이오. 이는 대왕대비전의 엄중한 지시가 있는지라 나는 감히 그 영을 어기지 못하겠소. 경들은 그렇게 아시오."

엄청난 선언이었다. 영돈령부사 홍순목을 비롯하여 좌의정 강노와 우의정 한계원에게는 재황의 어명이 천둥소리처럼 귓전을 울렸다. 이로정연(理路整然)한 말이었다. 국왕은 15세만 넘어도 친정을 한다. 그런데 20세가 넘은 재황이 친정을 하겠다는데 누가 감히 막을 수 있겠는가. 그것은 당연한 일이었다.

"이 일은 내일 아침 조보에 실어 중외(中外)에 널리 알리도록 하시오!"

재황의 음성은 냉랭했다. 왕명이었다. 대신들은 왕명을 받으면 곧장 복명을 아뢰어야 한다. 그러나 그들은 벌어진 입을 다물지 못하고 몸만 부들부들 떨었다.

18
야인시대

이하응은 겨울비가 음산하게 흩날리는 운현궁의 뜰을 우두커니 내다보았다. 동짓달이었다. 음산하게 흩날리는 빗방울 속에 겨울의 차가운 냉기가 느껴졌다.

'이제 북풍한설이 몰아치겠지.'

겨울에는 바람이 북쪽에서 분다. 북쪽에서 부는 오랑캐 바람이니만치 살이 에일 듯이 차갑다. 이하응은 자신에게 불어닥칠 바람이 북풍한설 못지않게 매서우리라는 것을 알고 있었다.

'벌써 10년 전인가?'

지나간 10년의 세월이 주마등처럼 머릿속으로 달려왔다. 온갖 조롱과 멸시를 받으면서도 아들 하나를 국왕의 자리에 앉히기 위해 노심초사하던 10년 전의 일들이 어제 일처럼 생생하게 되살아

났다.

'국왕의 친정은 당연한 것이야.'

재황이 친정을 하겠다는 데 어찌해볼 도리가 없었다. 그러나 나라를 경영하는 일은 재황의 능력으로 어려우리라고 생각했다. 재황이 친정을 하면 나라는 다시 철종조의 혼란으로 되돌아갈 것이 불을 보듯 뻔했다. 그것만은 어떻게 하든지 막아야 한다고 생각했다.

"밖에 누구 있느냐?"

이하응은 밖을 향해 소리를 질렀다. 벌써 사방이 어둑어둑해지고 있었다. 이제는 더 이상 머뭇거리고 있을 수가 없는 일이었다.

"저하, 불러 계십니까?"

집사 김응원이 황급히 달려와 머리를 조아렸다.

"이놈들이 아직도 돌아오지 않았느냐?"

이하응이 이놈들이라고 말한 것은 최익현을 잡으러 간 장사들과 민승호를 잡으러 간 천하장안을 일컫는 것이었다.

"예."

"대궐에서는 연통도 없고?"

"예."

"에이, 고약한 놈들 같으니. 무엇을 이리 꾸물거리고 있다는 말이냐?"

이하응이 버럭 역정을 냈다. 천하장안에게는 민승호를 잡아오라고 일렀고, 대궐의 내시 이민화에게는 대전 내 사정을 소상히 알아오라고 영을 내렸으나 아직까지 아무 소식이 없는 것이다.

"물러가 있거라!"

이하응은 유원식에게 짜증을 부렸다. 목소리가 낮았는데도 집 안이 적막하여 자신의 소리가 유난히 크게 들렸다.

'흥, 최 충신이라고?'

이하응은 입술을 비틀고 코웃음을 쳤다. 재황은 11월 4일 밤에 친정을 선포하고 그 사실을 조보에 실어 중외에 알렸다. 그리고 11월 5일 경연이 파하자 대신들의 의견을 받아들이는 체하고 최익현을 의금부에 하옥한 뒤 추국하라는 지시를 내렸다.

대신들은 11월 5일에도 최익현을 사형에 처하라는 법조문을 적용하라고 촉구했다. 그러나 재황은 대신들에게 오히려 역정을 내고 최익현에게 제대로 심문하기도 전에 제주도에 위리안치하라 는 영을 내렸다.

대신들은 격렬히 항의했다. 재황은 영돈령부사 홍순목, 좌의정 강노, 우의정 한계원에게 파면하는 법조문을 적용하고 최익현은 제주도로 위리안치하라는 영을 내렸다. 최익현을 실은 우거(牛車) 가 도성을 떠날 때 최익현을 따르는 사대부들이 몰려나와 전송을 했다. 백성들은 그를 충신이라고 부르며 눈물을 뿌렸다.

이하응은 그 얘기를 전해 듣고 배알이 뒤틀렸다. 어처구니없는 일이었다. 만동묘를 복설하고 서원 철폐를 폐지하라는 최익현의 주장은 그가 아무리 당대의 충신이라고 해도 공허한 염불에 지나지 않는 것이다. 서원이 단순히 학문하는 선비들이 모이는 곳이라면 애초부터 철폐할 필요가 없었다. 그러나 서원은 복마전이었다. 백성들의 고혈을 짜는 돼먹지 않은 양반들의 온상이었다. 그것을 최익현이 모른다면 유림을 대표하여 조정을 공격할 자격이 없는 것이다.

'내가 서정을 개혁하기 위해 얼마나 노력했거늘……'

이하응은 배신감에 치를 떨었다.

'이는 주상의 음모가 아니야.'

이하응은 왕비를 생각했다. 원자가 대변불통 증상에 걸렸을 때 쇠붙이를 써야 한다며 격렬하게 반발하던 왕비를 생각하자 머리끝이 쭈뼛해왔다. 이제 겨우 스물두 살을 갓 넘긴 젊은 왕비였다. 그 젊은 왕비가 정국을 소용돌이치게 하고 있는 것이 분명했다.

'민문이 똘똘 뭉쳤겠지.'

그것은 어렵지 않게 짐작할 수 있는 일이었다. 그때 내시 이민화가 사복 차림으로 헐레벌떡 달려왔다.

"어찌 이리 늦었느냐?"

이하응은 찌르듯 날카로운 눈빛으로 이민화를 쏘아보았다.

"송구하옵니다, 저하. 대궐의 경비가 삼엄하여 간신히 빠져나왔습니다."

이민화는 그가 대궐에 심어놓은 심복 내시였다.

"이 일을 누가 주도했느냐?"

"아뢰옵기 황공하오나 중전마마와 죽동 대감께서 주도하셨습니다."

죽동 대감은 병조판서 민승호를 말하는 것이었다.

"가담한 자는 누구냐?"

"가오실 대감 이유원, 한성 판윤 박규수, 흥인군 대감⋯⋯."

"흥! 형님도 한몫했군."

이하응이 입술을 삐죽거리며 내뱉었다. 그만하면 의정부를 구성할 인물로는 손색이 없었다. 박규수는 만만치 않으나 이하응의 둘째 형인 흥인군과 이유원이라면 민승호 일파가 얼마든지 주무를 수 있을 것이라고 생각했다.

"또 누가 있느냐?"

"공조판서 민치상 대감, 대왕대비마마의 일족인 조성하 형제, 사영 김병기⋯⋯."

이민화의 보고에 이하응은 뒤통수를 얻어맞은 듯한 기분이었다. 조성하 형제는 이하응이 낙척한 종친 노릇을 하고 있을 때 이하응을 따르던 인물들이었다. 그들이 자신에게서 떨어져나갔다는 사실에 이하응은 아차 했다.

"풍양 조씨의 하찮은 졸개들이 간에 붙었다 쓸개에 붙었다 하는구나!"

이하응은 기가 찼다. 이유원을 비롯하여 형인 이최응, 박규수,

그리고 조성하 형제들이 자신에게서 등을 돌렸다는 것이 믿어지
지 않았다.

"아뢰옵기 황송하오나 큰서방님도……."

"서방님이라니?"

"송구하옵니다."

"재면이 말이냐?"

"그러하옵니다."

"이, 이런 죽일 놈!"

이하응이 눈을 부릅뜨고 주먹을 움켜쥐었다. 재면이란 이하응
의 장자 이재면을 말하는 것이다. 이하응이 항상 둔우(鈍牛)라고
질책을 하던 그 아들이 배신을 한 것이다.

"알았다! 날이 어두우니 그만 돌아가도록 하라!"

이하응은 등을 돌려 방으로 들어왔다. 분노로 두 다리가 후들
거렸다.

"대감마님, 소인들 돌아왔습니다."

밖이 웅성웅성하면서 천하장안의 목소리가 들리자 이하응은
다시 대청으로 나왔다. 천하장안은 비를 맞아 후줄근한 모습으로
웅크리고 있었다. 꼴이 말이 아니었다. 천하장안 넷이 모두 피투
성이가 되어 있었다.

"어찌 되었느냐?"

피투성이가 된 그들을 보면서 이하응은 민승호를 잡아오는 데

실패했다는 것을 짐작했으나 버럭 소리를 질러 물었다.

"아뢰옵기 송구하오나 죽동 대감 댁은 병사들이 삼엄하게 호위를 하는지라……."

"민승호를 잡아오지 못했다는 말이냐?"

"그러하옵니다. 하인 놈들에게 몽둥이찜질만 당하고 돌아왔습니다."

"허, 천하장안이 당해?"

"하인 놈 중에 이창현이란 자가 있사온데, 이제는 국태공이 아니라 일개 야로(野老)에 지나지 않으니 병판대감 댁에 와서 행패를 부리지 말라고 했습니다. 모두 잡아들여 참수해야 마땅하지만 저하의 체면을 보아 용서한다고도 했습니다."

"에이, 못난 놈들 같으니! 그러한 봉변을 당하고도 그냥 돌아왔다는 말이냐?"

"함부로 거리를 휘젓고 다니면 살려두지 않겠다는데 어떻게 합니까?"

천희연이 볼멘소리로 대답했다.

"송구하옵니다."

"내가 네놈들을 믿고 있었던 것이 잘못이다. 입궐 차비나 갖추어라."

이하응은 짤막하게 영을 내렸다. 천하장안이 민승호의 하인에게조차 멸시를 당했다는 사실이 기가 막혔다. 재황이 친정을 선포한 것은 최익현이 상소를 올린 지 열흘밖에 되지 않았을 때의 일이다. 민문 일파가 철저하게 계획을 세운 것이 분명했다.

"예!"

천하장안이 일제히 대답을 하고 차비를 준비하기 시작했다. 이하응은 내당으로 들어가 조복으로 갈아입었다.

"입궐하십니까?"

부대부인 민씨가 옷을 갈아입는 것을 도와주는 시늉을 하며 물었다. 민씨의 목소리는 여느 때처럼 차디찼다. 조경호에게 시집간 딸이 의문의 죽음을 당한 뒤부터 부대부인은 이하응을 내심으로 경멸하고 있었다.

"부인."

이하응은 조복을 갈아입으며 부대부인 민씨를 불렀다. 부인에게까지 경멸을 당한다는 사실에 자신도 모르게 서글퍼졌다.

'내가 이토록 인심을 잃은 것인가?'

아들이 등을 돌리고 부인까지 등을 돌렸다는 사실이 이하응은 참담했다. 이런 일은 일찍이 상상조차 못한 일이었다.

"말씀을 하시지요."

부대부인이 차갑게 대꾸했다. 정이라고는 눈곱만치도 깃들지 않은 메마른 목소리였다.

"부인은 내가 이렇게 되기를 바랐을 터이니 흡족하겠구려."

이하응이 입술을 실룩거리며 빈정거렸다.

"당치 않은 말씀입니다."

"생각해보니 나는 사방에 적만 만들고 있었던 모양이오."

이하응의 목소리가 폐부에서 우러나오는 것처럼 묵직했다.

"내가 부인의 가슴에 못을 박았소?"

"그야 대감께서 더 잘 아시겠지요."

"홍선이 천하의 오입쟁이라는 것은 성안이 다 아는 사실, 부인은 이제 노여움을 푸시오. 나도 이제 자중하리다. 조경호에게 시집간 딸이 의문의 죽음을 당한 것은 내가 한 짓이 아니오. 믿어주시오. 부모와 자식은 천륜이 아니오? 세상에 그 어떤 부모가 자기 자식을 독살한다는 말이오?"

"……."

"그렇군, 내가 서교도를 박해한 것도 부인의 가슴에 못을 박았겠군. 그 점에 대해서는 달리 할 말이 없소. 그 일은 내가 아니더라도 누군가는 했을 것이오."

이하응은 낮게 한숨을 내쉬고 내당에서 나왔다. 부대부인이 몸을 돌리고 소리 죽여 흐느껴 울기 시작했다.

"아버님, 조경호에게 시집간 누이가 죽은 까닭이 무엇입니까?"

이하응은 얼마 전 사정전에서 재황이 묻던 말을 떠올렸다.

'어느 놈이 주상에게 고자질을……'

그때 이하응은 가슴이 철렁했다. 누군가가 자신에 대해 '딸을 죽인 포악한 아버지'라고 재황에게 고한 것이 분명했다. 그것은 부자지간의 골을 깊이 파려는 음모였다.

"갑자기 배가 아프다고 하면서 죽었다고 합니다. 아마 급체를 한 것으로 보입니다."

"누가 독살을 한 것은 아닙니까?"

"독살을 하면 구규에서 피를 흘리며 죽습니다. 누가 감히 주상의 누이를 독살하겠습니까?"

"누이는 천주학을 했습니다."

"천주학을 했다고 해서 주상의 누이를 독살할 정도로 간이 큰 자는 없습니다."

이하응은 가슴이 덜컥 내려앉았다. 재황의 눈빛이 자신을 의심하는 것 같았다.

"하인 이연식은 포청에 끌려가 죽었습니까?"

"그러하옵니다. 그것은 사실입니다."

"아버님은 그를 구휼하려고 하지 않으셨습니까?"

"국태공의 자리에 있는 몸입니다. 어찌 제 밑에 있는 하인이라고 해서 감싸고 돌 수 있겠습니까?"

재황이 이하응을 똑바로 응시했다. 이하응은 입술이 바짝바짝 타들어가는 느낌이었다. 재황의 눈빛은 마치, '그러한 이치라면 천주학을 하는 딸이라도 죽이는 것이 당연하겠군요' 하고 묻고 있는 것 같았다.

"전하, 법을 세우는 일은 상벌이 엄격해야 합니다."

"누님은 독살되지 않으셨다는 말씀이군요?"

"그렇습니다. 주상 전하도 아시다시피 주상의 모친도 천주학을 하고 있습니다. 조경호에게 시집간 주상 전하의 누이가 독살되었다면 모친 또한 독살되어야 마땅합니다. 의심을 버리십시오."

그때 마침 대신들이 사정전으로 들어오는 바람에 재황과의 대화는 그것으로 끝이 났다. 이후 두 번 다시 그 문제를 거론한 일은 없었다. 그러나 이하응은 언제나 그 일이 가슴속에 찜찜하게 남아 있었다.

***

중궁전에는 숨이 막힐 듯한 긴장감이 흘렀다. 날씨는 음산한 것도 모자라 우박이 내리고 빗발도 날렸다. 며칠째 날씨가 좋지 않아 대궐이 더욱 뒤숭숭했다. 재황은 사색이 되어 있었다.

"국태공 저하께서는 어찌하고 계시느냐?"

자영이 밖에 있는 유재현을 향해 물었다.

"비를 맞으며 전하의 알현을 청하고 있습니다."

유재현이 조심스러운 목소리로 대답했다. 중궁전에 흐르는 긴장감은 농도를 더해 무섭기까지 했다.

"전하께서 환후가 있어서 인견할 수 없다고 하여라."

"그 말씀을 올렸으나……."

"다시 고하라."

자영이 서릿발 가득한 목소리로 명을 내렸다.

"예."

내시 유재현이 물러갔다.

재황이 친정을 선포하려고 하자 이하응이 면담을 요청한 것이다. 그러나 그 사실을 미리 간파한 자영이 대궐문을 닫아걸자 이하응이 빗속에서 재황을 만나겠다고 버티고 있었다. 이하응은 재황을 설득하여 친정을 철회하려고 하는 것이다.

"중전, 아버님이 비를 맞고 있다고 하니 내가 나가보아야 하겠소."

재황이 당황하여 말했다. 재황은 아까부터 앉지도 서지도 못하고 좌불안석이었다.

"전하, 안 됩니다. 국태공 저하를 인견하시면 지금까지 쌓아올린 탑이 한순간에 무너집니다. 첩에게 국태공 저하를 물러가게 할 계책이 있습니다."

자영이 재황을 주저앉혔다.

"내금위 별감 홍계훈을 부르라."

자영이 추상같은 영을 내리자 일각도 되지 않아 홍계훈이 달려왔다.

"신 홍계훈 대령했습니다."

홍계훈이 밖에서 고했다.

"갑사들을 끌고 나가서 천하장안을 잡아들여라. 죄목은 조경호의 부인을 독살한 것이다. 국태공이 물러가지 않으면 군기시 앞에서 효수하라."

재황은 가슴이 철렁했다.

"예."

홍계훈이 물러갔다. 재황은 놀라서 입을 다물지 못했다.

"감찰상궁 장순아를 끌고 오라."

자영이 제조상궁에게 명을 내렸다.

"감찰상궁에는 중궁전 상궁 박간난을 명한다."

숨 돌릴 틈도 주지 않고 자영의 명이 떨어졌다. 중궁전의 궁녀들과 내시들이 벌벌 떨었다. 이내 장순아가 궁녀들에게 끌려왔다.

"저 계집은 천하장안이라는 무뢰배의 여동생이다. 대궐의 일은 어떠한 일이 있어도 밖으로 알리지 않는 것이 궁중의 법도다. 그런데도 궁중의 일을 염탐하여 국태공에게 전했을 뿐 아니라 아녀자로서 행실이 음탕했다. 이에 일벌백계로 궁중의 기강을 바로 세우고자 한다. 형틀을 준비하여 곤장을 때려라."

자영이 명을 내리자 궁녀들이 벌벌 떨었다.

***

비가 쉬지 않고 내렸다. 밖은 점점 어두워지고 있었다. 몸이 으슬으슬 떨렸다. 겨울이 시작되어 해가 짧았다. 이하응은 우산도 쓰지 않고 대궐 앞에서 비를 맞고 있었다. 지나가던 백성들이 조복을 입고 대궐 문 앞에 서 있는 이하응을 수상스러운 눈빛으로 살폈다.

'참으로 무심한 자식이구나. 아비가 밖에서 비를 맞으며 떨고 있는데 내다보지도 않다니⋯⋯.'

이하응은 눈물이 흘러내릴 것 같았다. 그가 대궐문 앞에 서 있다는 말을 들은 대신들이 달려왔다.

"대감, 이게 어찌 된 일입니까?"

"대감, 겨울비라 오랫동안 맞으면 큰일 납니다."

대신들이 다투어 그에게 우산을 씌워주었다.

"모두 물러가시오. 이는 부자지간의 일이오."

이하응은 눈에서 불을 뿜었다.

"대감, 그러면 우산이라도 쓰십시오."

"모두 물러가라고 하였소."

이하응이 대신들을 물리쳤다. 그때 대궐에서 한 무리의 갑사들이 쏟아져 나와 천하장안을 포박했다.

"이놈들을 군기시 앞으로 끌고 가서 효수하라."

무예별감 홍계훈이 영을 내리자 천하장안의 얼굴이 하얗게 변했다.

"나리, 살려주십시오."

천하장안이 갑사들에게 끌려가면서 애원했다.

"장 상궁이 궁중에서 곤장을 맞고 있습니다. 허벅지 살점을 도려냈다고 합니다."

이 귀인이 무수리를 보내 알렸다.

'참으로 교활하구나. 내 주위 사람들에게 피눈물을 흘리게 하여 나를 압박하다니.'

이하응은 하늘을 쳐다보았다. 차가운 빗방울이 그의 얼굴로 떨어졌다.

"듣거라. 나는 양주 곧은골로 간다!"

이하응이 하인들에게 영을 내렸다. 조선 팔도를 벌벌 떨게 한 거인(巨人)이 정치 무대에서 퇴장한다는 선언이었다.

***

눈보라가 살을 엘 듯이 매섭게 불어댔다. 이하응은 눈보라 속에서 제수를 진설하고 향을 피웠다. 그러고는 눈물을 글썽이며 배례를 올린 뒤 술을 따랐다. 여기는 충청도 덕산, 이하응이 10년 만에 아버지인 남연군의 무덤을 찾아온 것이다.

'아버님, 이제야 소자가 돌아왔습니다. 10년 만에 야인이 되어 아버님 곁으로 돌아왔습니다.'

이하응은 입 속으로 부르짖었다. 열일곱 살인가 열여덟 살 때

천하의 명당이라는 지관의 말을 듣고 덕산군 가야산에 무작정 남연군의 장지를 썼다. 지관이 본 풍수가 옳았는지 어쨌는지 알 수 없으나 서슬 퍼런 안동 김문의 박해를 피해 다니다가 기어이 둘째 아들 재황을 조선의 제26대 국왕으로 등극시키는 데 성공했다. 그때 얼마나 감격스러웠는지, 이하응은 남몰래 눈물을 흘리기까지 했다.

'아버님, 저는 이제 아버님의 영전 앞에 한 점 부끄러움이 없사옵니다. 당신의 손자가 이 나라 국왕이 되어 조선 팔도를 다스리는데 무슨 여한이 있겠습니까?'

이하응은 남연군의 무덤을 오랫동안 떠날 수가 없었다. 지난 10년의 세월이 주마등처럼 머릿속을 스쳐 가고 스쳐 오고 하였다. 그러나 회한이 없을 리 없었다. 속으로는 한 점 부끄러움이나 후회가 없다고 다짐을 하면서도 두 볼을 타고 흘러내리는 뜨거운 눈물을 억제할 수가 없었다.

이하응은 그날 양주의 직곡산장으로 은거했다.

"나는 이제 여기서 난이나 치련다."

이하응은 그렇게 다짐을 했다. 한성에서 기생도 데려오고 찬모도 데려왔다. 하인들로는 천하장안을 비롯해 김응원이 따라왔다. 천하장안은 이하응이 낙향을 결심하자 곧바로 석방되었다. 서장자 이재선도 틈틈이 찾아왔다. 그러나 쓸쓸하기 짝이 없는 나날이었다.

이하응은 난을 치기 시작했다. 석파란이었다. 이하응의 석파란 솜씨는 이미 달인의 경지에 올라 있었다.

한성에서 들려오는 소식들은 모두 우울한 것뿐이었다. 그러나 이하응은 잊으려고 했다. 아들에 대한 원망, 최익현에 대한 미움…… 모든 것을 잊고 몸과 마음을 안정시키며 휴양하려고 했다. 어쨌거나 재황은 그의 아들이었다. 그러나 민씨 일파가 친족정치를 할지도 모른다는 생각을 하면 가슴이 터질 것 같았다.

"영의정에 가오실 대감이 제수되었습니다."

서장자 이재선이 이따금 양주까지 와서 조정의 소식을 전해주곤 했다. 적실 장자인 이재면은 좀처럼 찾아오지도 않았다.

"이유원 말이냐?"

"그러하옵니다. 세 번이나 사양을 하다가 입조했다고 합니다."

"흥."

이하응은 코웃음을 쳤다. 이유원은 함경도 관찰사를 지내고 우의정까지 지낸 인물이었다.

"좌의정엔 흥인군 대감이 제수되었사옵니다."

"종친에 대한 배려로군."

"우의정엔 전 한성 판윤 박규수 대감이 제수되었사옵니다."

"박규수?"

난을 치던 이하응의 손이 멈칫했다.

"예."

"유림을 대표해서 뽑은 것이겠지."

이하응은 아들 재선의 얼굴에서 눈을 떼고 다시 난을 치기 시작했다. 예상한 대로였으나 조각을 하는 솜씨가 제법이지 싶었다. 그러나 그것이 아들의 솜씨가 아니라 며느리 자영의 솜씨라는 데 슬며시 배알이 뒤틀렸다.

"도성에 올라가거든 이민화에게 다녀가라고 해라."

"내관 말씀입니까?"

"그래."

이하응은 무겁게 대답을 했다. 문득 소실의 자식이라고 하여 벼슬길에도 나서지 못하는 재선이 안쓰러웠다. 지금 그를 따르는 피붙이라고는 재선밖에 없었다.

"재선아."

"예."

문득 허균이 지었다는 《홍길동전》이 생각났다. 홍길동 역시 서출의 자식이라고 하여 과거를 볼 수도 없었으려니와 아버지를 아버지라고 부를 수도 없었다.

"왜 아버지라고 부르지 않느냐?"

"법도가 그렇지 않습니다."

"부자지간에 법도가 무슨 소용이 있느냐? 그까짓 사람이 만든 법도가 천륜을 가를 수 있다는 말이냐?"

"……."

재선이 입술을 지그시 깨물었다. 눈에는 자신도 모르게 이슬 같은 것이 맺혀서 눈앞이 부옇게 흐려 보였다. 이하응은 그런 재선의 모습을 보자 가슴이 뭉클해졌다.

"내가 밉겠지?"

"제가 어찌 아버님을……."

"괜찮다. 내가 그동안 자식들을 너무 엄혹하게 가르쳤어. 자식 들을 따뜻하게 부애로 가르쳤어야 했는데……."

이하응이 낮게 한숨을 내쉬었다. 지난 일을 후회하는 듯한 쓸 쓸한 낯빛이었다.

"조금만 참고 기다려라. 네가 비록 서출이라고는 하나 벼슬에 나갈 수 있는 길을 열어주마."

"아버님!"

"돌아가 쉬어라."

"예."

이재선이 주먹으로 눈물을 훔치고 물러갔다.

이하응은 난을 치다 말고 물끄러미 허공을 응시했다. 어디선가 산이 우는 소리가 들렸다. 붓을 내려놓고 방에서 나와 뜰을 지나 대문 밖으로 나서자 유리알처럼 매끄러운 초겨울 하늘을 이고 있 는 도봉산이 보였다. 산은 거하고 말이 없었다. 그 잿빛의 연봉들 은 보면 볼수록 의연하기만 했다.

'산도 보는 사람에 따라 모습을 바꾸는가?'

들판은 잔뜩 얼어붙어 있었다. 이미 가을걷이가 끝난 황량한 들판이 사금파리처럼 반짝이는 것은 얼음이 얼었기 때문일 것이다.

"대감마님."

어느새 천하장안이 뒤를 따라왔다. 이하응은 대꾸 없이 논둑길을 휘적휘적 걸었다. 목표를 정해놓고 걷는 걸음이 아니었다. 그러나 날씨가 찬 탓에 걸음이 빨라지고 있었다.

"대감마님."

안필주가 이하응을 따라잡으며 히죽거리고 웃었다.

"어디로 행차하십니까?"

"어디로 가든 네놈이 알 바 아니다."

"주막거리로 행차하시렵니까?"

이하응은 걸음을 멈추었다.

"소인들이 안내를 합지요."

"그래라. 모처럼 걸쭉한 탁주 맛이나 보자꾸나."

이하응이 다시 걸음을 뗐다. 천하장안은 히죽거리며 이하응을 수행했다. 이하응이 낙척한 종친이었을 때도 그들은 이하응을 그림자처럼 따라다니며 수행했었다. 이제 이하응이 야인이 되자 그들은 다시 할 일이 생긴 것처럼 신명이 났다.

이내 그들은 양주 읍내로 들어섰다. 주막은 삼거리에 있었다.

"아이고, 어서 오세요."

주막으로 들어서자 주모가 반색을 하며 뛰어나왔다.

"날씨가 차네. 방이 있는가?"

천희연이 손을 호호 불며 주모에게 물었다. 이하응은 습관적으로 주위를 살폈다. 술청 한쪽 구석에 일가족인 듯한 걸립패가 옹숭거리고 앉아 있었다. 옷이 해지고 땟국에 절어 있는 것으로 보아 굶주린 것 같았다. 얼굴들이 부석부석했다.

"그럼은입쇼. 아주 따끈따끈한 방이 있습니다."

주모가 호들갑을 떨며 이하응 일행을 방으로 안내했다. 이하응은 남루한 옷을 입은 처녀의 해사한 얼굴을 힐끗 쏘아보고는 방으로 들었다. 그 처녀가 어디서 본 듯한 느낌이었다.

'그래. 이제 보니 민치록의 딸을 닮았군.'

이하응은 쓸쓸하게 웃었다. 비록 남루한 옷가지가 가리고는 있으나 처녀의 눈빛이 쏘는 것처럼 강렬한 것이 며느리 자영과 흡사했다.

"걸인들인가?"

"유민들입죠."

"아직도 유민이 있나?"

"해마다 윤질이 돌고 흉년이 드는데 왜 유민이 없겠습니까? 농사라고 지어봐야 죄 양반들 차지고…… 저렇게 유리걸식하다가는 길바닥에서 얼어 죽고 굶어 죽지요."

주모가 혀를 찼다. 주모의 말대로 방은 따뜻했으나 내실인 모양으로 황토 흙벽에 메주가 주렁주렁 걸려 있고 주모의 옷가지들이 함부로 나뒹굴고 있었다.

이하응은 얼굴을 찌푸렸다. 오랜만에 맡아보는 황토 흙벽의 알싸한 냄새와 메주 뜨는 냄새가 퀴퀴하여 고약스럽기는 했으나 고향으로 돌아온 듯한 안온한 기분이 들었다.

"대감마님 한잔 받으시지요."

이내 술상이 들어왔다. 장순규가 먼저 이하응의 잔에 술을 따른 뒤 킁킁거렸다.

"왜 그러느냐?"

"메주 뜨는 냄새가 고약하지 않습니까?"

"그게 사람 사는 냄새야."

"그야 그렇습죠."

장순규가 멋쩍은 듯이 머리를 긁적거렸다. 이하응은 서민적이고 소탈한 데가 있었다.

"천가야."

"예."

"밖에 있는 걸립패들에게 먹을 것을 가져다주라고 일러라. 행색이 굶주린 것 같지 않느냐?"

"예."

천희연이 고개를 숙여 보이고 밖으로 나갔다. 이하응은 묵묵히 술잔을 들어 입으로 가져갔다. 10년 만에 마셔보는 탁주였다. 한때는 막걸리 대감이라는 별호까지 얻었던 이하응이었다. 벌컥벌컥 한 사발을 마신 뒤 버릇처럼 수염을 쓱 문질렀다.

"대감마님."

탁주잔을 비우는 이하응에게 장순규가 히죽거리고 웃으며 다시 술을 따랐다. 이하응은 고개를 들고 장순규를 쳐다보았다.

"왜?"

"참으로 오랜만이지를 않습니까? 대감마님께서 낙척한 종친으로 계실 때는 이런 술자리도 자주 마련했었고 투전이며 오입까지 같이 하지 않았습니까? 그때가 벌써 10년이나 전의 일입니다."

장순규의 아득히 회상에 젖는 말에 이하응은 말없이 고개를 끄덕거렸다. 그렇다. 천하장안과 술자리를 같이한 지가 어느덧 10년이지 않는가. 도성의 골목이 좁다 하고 상갓집과 투전판을 휩쓸고 다니던 일이 어제 일처럼 선명하게 머릿속에 떠올랐다.

'그때는 그래도 썩은 정치를 바로잡으려는 원대한 야망이 있었지.'

이하응은 다시 술잔을 입으로 가져가며 그렇게 생각했다. 썩은 정치를 바로잡으려는 원대한 포부가 있었기에 권신들이 조롱을 하고 상갓집 개라는 손가락질을 받아도 견딜 수 있었다. 그러나 이제는 모든 것이 끝나지 않았는가. 민승호의 하인 놈이 빈정거렸던 말처럼 이제는 한낱 야로에 지나지 않는 것이다.

"그동안 적조했구나."

이하응은 천하장안을 돌보지 않은 것이 마음에 걸렸다. 그가 임금보다 더한 권세를 휘두르면서도 천하장안에게 변변한 벼슬자리 하나 주지 않았던 것이다. 물론 천하장안은 시정의 불한당들이었다. 그러나 이하응이 벼슬자리를 줄 마음만 있었다면 얼마든지 그렇게 할 수 있었다.

"저희는 그래도 신명 나는 세월이었습니다."

"내가 너희들에게 아무것도 해주지 못했어."

이하응은 진심으로 후회를 했다.

"저희들은 처음부터 대감마님께 무엇을 바라고 모신 것은 아니었습니다."

장순규가 우직한 목소리로 대답을 했다.

"고맙구나."

이하응은 술잔을 들어 술을 벌컥벌컥 마셨다. 천하장안도 각자의 잔에 술을 부어 돌아앉아 마셨다.

"대감마님."

"무엇이냐?"

"이번 일은 모두 중전마마가 꾸몄다는 소문이 파다하옵니다. 저자에서는 중전마마를 악독한 소부라고 부르고 있습니다."

"소부?"

이하응이 눈을 희번덕거렸다. 저자에서 회자된다는 '악독한 소부'라는 말이 참으로 적절하다고 생각했다. 민자영은 확실히 표독한 면이 있었다.

"언제 환저하시겠습니까?"

"나는 곧은골에서 죽을 것이다."

"대감마님께서는 할 일이 태산 같지 않습니까?"

"세월이 나를 버렸지 않느냐?"

"저희들이 세월을 잡아다가 대감마님께 바쳐 올리겠습니다."

"네놈들이?"

이하응이 입꼬리를 뒤틀며 고개를 흔들었다.

"시중에서 회자되는 대로 대감마님께서는 악독한 소부의 독기로 가슴앓이를 하고 계십니다. 저희들이 특효약을 지어 올릴 테니 당분간 저희들을 찾지 마십시오."

"무슨 계책을 꾸미고 있는 게로구나."

"지금은 말씀 올릴 일이 아닙니다."

"허튼짓을 해서는 안 된다. 너희들은 국태공 이하응의 손발이라는 사실을 명심해야 하느니라."

"명심하고 있습니다."

그때 문이 덜컹 열리고 주모가 개기름이 흐르는 얼굴을 들이밀었다.

"무슨 일이냐?"

천희연이 눈을 부릅뜨고 주모에게 호통을 쳤다.

"아이고 깜짝이야. 웬 목청이 그리 큰지 애 떨어질 뻔했네."

"들지도 않은 애가 왜 떨어지느냐? 공연한 수작 부리지 말고 냉큼 물러가거라."

"아따, 성미도 급하시긴…… 저기 술청에 있는 걸립패 노인이 나리를 좀 뵙겠다고 해서 왔습니다."

천희연이 이하응을 힐끗 쳐다보았다. 어떻게 하는 것이 좋겠느냐는 무언의 질문이었다.

"노인이 왜 나를 보자고 하느냐?"

"글쎄요. 동냥질이나 하려는 못된 수작이 아닐까 합니다마는……."

"들라 해라."

이하응은 허공을 노려보며 고개를 끄덕거렸다. 어디선가 개 짖는 소리가 사납게 들려왔다.

이내 걸립패의 노인과 해사한 얼굴의 처녀가 방으로 들어왔다. 천하장안이 서로 눈짓을 하고 자리를 비켜주자 노인과 처녀가 깊숙이 절을 했다.

"너희들은 어디 사는 누구냐?"

"소인은 전라도 완주에 사는 사람으로 7년째 흉년이 들어 농토를 버리고 유리걸식을 하고 있사옵니다. 제 옆의 계집은 여식이옵니다."

"나를 보자고 한 연유가 무엇이냐?"

"나리께서 저희들에게 먹을 것을 주시어 굶주림을 면하게 하여 주셨사오니 인사를 드리지 않으면 사람의 도리가 아닌지라……."

"그것뿐이냐?"

"송구스러운 말씀이오나 저희들은 고향으로 돌아가고 있습니다. 몇 푼 노자라도 던져주시면 여식을 맡기겠습니다."

"하면 딸을 팔겠다는 말이냐?"

이하응은 주먹을 움켜쥐었다. 딸을 팔겠다는 노인의 말에 수염이 부들부들 떨렸다.

"아뢰옵기 송구하오나 여식은 제가 데리고 있는 것보다 나리 같은 어진 양반에게 의탁하는 것이 여식을 위하여도 좋은 일입니다. 부디 저희 부녀의 원을 들어주십시오."

"네 의향은 어떠냐?"

이하응은 다소곳이 앉아 있는 처녀에게 물었다.

"나리를 성심껏 모시겠습니다."

처녀의 대답은 의외로 또렷했다.

"내가 누군지 아느냐?"

"나리가 누군지 소녀가 어찌 알겠습니까마는 범상하신 분이 아니시라고 생각합니다."

이하응은 고개를 끄덕거렸다. 처녀의 눈빛은 그를 빨아들일 듯이 강렬했다.

'역시!'

그날 저녁, 목욕을 하고 새 옷으로 단장한 처녀를 보자 이하응의 가슴이 찌르르 울렸다. 처녀는 미색도 가려했다.

“네 이름이 무엇이냐?”

“해월이옵니다.”

“해월이라……”

이하응은 흡족했다. 젊디젊은 처녀의 살냄새가 향긋하게 풍겨 이하응은 모처럼 춘정이 동했다. 이미 오십 고개를 넘어선 이하응이었다.

“소인은 양반아치의 소실이었사옵니다.”

“양반아치?”

“염종수라고 하온데, 이 세상 사람이 아닙니다.”

“네 나이 몇이냐?”

“스물셋이옵니다.”

“요물이로다.”

이하응은 염종수가 누구인지 얼핏 생각이 나지 않았다. 그러나 해월은 천하의 절색이었다. 스물세 살의 나이인데도 색기가 흐르는 얼굴이 묘한 매력을 풍겼다.

이튿날 이하응은 누구보다도 일찍 일어났다. 그는 해월을 품에 안음으로써 새로운 의욕이 솟구치는 것을 느꼈다. 그날부터 양주 곧은골에 있는 이하응의 산장으로 수상쩍은 사람들이 속속 모여들었다.

눈발이 희끗희끗 날리기 시작하였다. 자영은 무거운 몸을 이끌고 재황과 함께 아미산을 거닐었다. 모든 일이 계획대로 완벽하게 이루어져 자영은 기분이 날아갈 듯 가벼웠다.

최익현의 상소가 처음 올라온 음력 10월 25일부터 재황이 친정을 선포한 11월 4일까지의 열흘간 자영은 피를 말리는 듯한 나날을 보냈다. 그러나 재황의 친정은 싱거우리만치 일방적인 승리로 끝이 났다. 대신들의 완강한 반발이 의외였으나 무력까지 동원하여 반발을 하리라 예상했던 이하응은 상소 한 장 올리지 않고 양주로 내려갔다. 아들에 대한 불만을 그렇게 나타낸 것이었으나 그것은 임금에게 올린 상소 한 장의 효과도 없었다.

"전하, 육조를 순행하신 소감이 어떠십니까?"

자영이 한 손으로 허리를 받치고 재황에게 살갑게 물었다. 자영은 재황의 친정을 의욕적으로 출발하게 했다. 재황이 명실상부한 친정을 하게 된 이상 선정을 베풀어 청사에 성군의 이름을 길이 남게 하고 싶었다. 그런 까닭으로 오늘 아침 광화문 앞 육조 관청을 순행하게 한 것이다.

"나는 오늘 처음으로 서린방 전옥서(典獄署)를 보았소."

재황이 잔뜩 부른 자영의 배를 살피며 웃음을 깨물었다. 자영이 잔뜩 부른 배를 쓸어안고 걷는 모습이 우습기도 하고 사랑스럽기도 했다.

서린방 전옥서는 형조 관할의 감옥이었다. 다른 말로는 서린옥이라고도 불렸는데 좌포도청과 담장 하나를 사이에 두고 있었다.

"전옥서를 보셨다니 느낌이 새로우셨겠군요."

"그렇소. 전옥서에는 많은 죄수들이 갇혀 있었소."

"전하, 죄수가 없는 나라가 치도가 잘 이루어진 나라입니다. 백성을 덕으로 다스리소서."

"그렇잖아도 전옥서를 보고 그런 생각을 했소."

재황이 눈발이 어지럽게 날리는 하늘을 쳐다보며 고개를 끄덕거렸다. 벌써 섣달이었다. 잿빛의 우중충한 하늘에서 눈발이 자욱하게 날리고 있었다.

"전하."

"중전, 말씀을 하시오."

재황이 자영을 사랑이 가득 담긴 눈빛으로 돌아보았다. 아버지 이하응을 보지 않은 지 벌써 한 달이 넘어가고 있었다. 재황은 친정도 친정이려니와 눈빛 사나운 아버지를 다시 보지 않게 된 것이 무엇보다 다행스러웠다. 그러나 그 말을 입 밖으로 꺼내어 말할 수는 없었다.

"왜구가 심상치 않습니다. 그들의 서계에 황상이니 황조니 하는 발칙한 말을 쓰고 있는 것을 보면 음모가 있는 듯싶습니다."

"음모가 있다니요?"

"남쪽 변방에 포군을 배치하여 왜구를 방비하심이 옳을 듯싶습니다."

"국방을 튼튼히 하라는 말씀이구려."

"그러하옵니다. 남쪽과 북쪽 모두 소홀히 할 수 없습니다."

"알겠소. 기왕의 포대는 정비를 하라 영을 내리고, 상주목(尙州牧)과 전라도 남관진(南關鎭), 함경도 자성군(慈城郡)에도 포군을 증설하라고 영을 내리겠소."

"또한 팔도 각지에 암행어사를 보내어 민정을 살피셔야 합니다."

"암행어사요?"

"백성들의 삶이 어떤지, 목민관들이 과연 선정을 베풀고 있는지 알아야 바른 정치를 할 수 있습니다."

"알겠소. 내 사정전으로 돌아가는 대로 팔도에 암행어사를 보내겠소."

"전하, 또 한 가지는 충신과 학문이 높은 신하를 가려서 써야 합니다."

"충신을 가려 써야 한다는 것은 알겠으나, 어떤 신하가 충신인지 가리기가 어렵지 않소?"

"김옥균, 김홍집, 김윤식 같은 젊은 인재들을 가까이 두소서. 김옥균은 알성시에서 장원을 한 인물이 아닙니까?"

김옥균이 과거에 급제했다는 조보를 본 자영은 그를 발탁해야 한다고 생각했다.

"김옥균을 홍문관 교리에 제수하겠소."

"또한 왕명이 칼날 같아야 할 것입니다."

"왕명이 칼날 같아야 한다는 것은 무슨 뜻이오?"

"하늘에는 해와 달이 하나뿐입니다. 이 나라의 해와 달은 전하와 신첩입니다. 누구도 전하와 신첩을 대신할 수 없습니다."

"알겠소."

재황이 고개를 끄덕거렸다.

자영과 재황은 아미산을 한 바퀴 돌아 재황은 사정전으로 가고 자영은 교태전으로 돌아왔다. 날은 이제 겨우 신시초(申時初, 오후 3시)를 지나고 있었다.

자영은 중궁으로 돌아오자 사방침에 비스듬히 기대어 누웠다. 모든 것이 제대로 돌아가고 있어서 흡족했다. 재황의 사랑은 그녀에게 완전히 기울어 있었고 새로운 체제도 무리없이 구축되고 있었다. 민승호가 병권을 장악하고 있으니 천하의 이하응이라고 해도 옴짝달싹할 수 없었다.

'사람들은 내가 국태공을 내친 것을 며느리의 여란(女亂)이라고 하겠지.'

그러나 이하응은 왕 위의 왕 노릇을 하려고 했다. 그는 너무 강한 인물이었다. 재황이 제26대 조선의 국왕으로 등극했을 때 그런 까닭으로 임금의 생친은 정치에 간여하지 말게 해야 한다는 주장이 당시의 실세들인 안동 김문에 의해 제시되었었다. 그러나 신정왕후는 안동 김문의 세도를 꺾기 위해 이하응에게 대정을 협찬케 했다.

'아이가 어쩜 이렇게 순할까?'

자영은 회임을 한 지 벌써 8개월이 되었다. 이맘때면 태아는 발로 차거나 움직여야 하나 배 속의 아이는 전혀 그런 움직임을 보이지 않고 있었다.

'나는 시아버지와 대립을 한 게 아니야.'

자영은 다시 엉뚱한 생각에 잠겼다. 유교적 관점에서 그것은 엄청난 패륜이었다. 자영은 스스로 패륜을 저지른 여자가 아니라고 생각했다.

'설사 내가 시아버지와 대립을 했다고 해도 패륜이 아니야. 그것은 오히려 유교가 잘못하고 있는 거야.'

신라시대에는 여왕이 셋이나 되었다. 그러나 조선에 와서는 어찌 된 일인지 남자들은 처첩을 여럿을 거느려도 잘못이 되지 않으나 여자는 투기만 하여도 칠거지악이라고 하여 내치곤 하였다. 잘못된 관행이었다. 공자의 말씀을 따르는 유교가 언제부터 그렇게 변질되었는지 알 수 없었으나 반드시 혁파하리라고 생각했다.

그날 밤이었다. 자영은 저녁 수라를 마치자 대왕대비전으로 갔다. 대왕대비전에서 의녀가 지어 올리는 탕제를 마시고 나이 많은 의녀들에게 발을 사이에 두고 진강(進講)을 듣는 것은 요즘의 저녁

일과였다. 진강은 일종의 태교였다. 그 자리에는 언제나 신정왕후
도 임어했다.

그때였다. 천지를 진동하는 굉음이 울려 퍼지면서 대왕대비전
이 우르르 흔들렸다. 아른아른한 졸음기를 느끼며 의녀의 진강을
듣고 있던 자영은 화들짝 놀랐다.

"이게 무슨 소리냐?"

신정왕후가 놀라서 소리를 질렀다. 궁녀들이 웅성거리며 밖으
로 뛰어나갔다.

"불이다!"

"중궁전에 불이 났다!"

그러나 궁녀들이 되돌아오기도 전에 궁녀들과 내관들, 무예청
병사들이 다급하게 외치는 소리가 들려왔다. 자영은 얼굴이 창백
하게 질려 궁녀들의 부축을 받으며 자경전을 뛰어나왔다. 불은 교
태전의 부속건물인 순희당에서 일어나 교태전으로 삽시간에 번지
고 있었다.

"중전마마, 자기유황(自起硫黃)이 폭발했습니다. 어서 옥체를 피
하소서!"

박 상궁이 다급하게 외쳤다. 자기유황은 강력한 폭발물이었다.
이미 순희당은 지붕이며 전각이 날아가 여기저기서 불똥이 튀고
있었다.

"주상 전하는 어디에 계시느냐?"

자영은 울부짖는 궁녀들과 내관들을 붙잡고 물었다. 불길은 맹렬했다. 화광이 하늘 높이 치솟고 불길은 노도처럼 내달리며 서지당과 자미당으로 옮아 붙고 기어이 자경전까지 휩쓸고 있었다. 궁녀들과 내관들이 우왕좌왕하며 불길을 잡으려고 했으나 소용이 없었다.

"중전마마, 어서 피하소서!"

"주상 전하는 어디 계시느냐?"

"중전마마, 불길이 노도 같습니다!"

"주상 전하가 어디에 계시는지 묻지 않느냐?"

자영은 충천하는 불길을 바라보며 발을 동동 굴렀고, 궁녀들은 기어이 울음을 터트렸다. 궁녀들은 소란 중에 자영에게 어떤 위해가 미칠까 우려했고, 자영은 재황의 안위를 걱정했다.

그때 대전별감인 김 내관이 어깨를 산(山) 자로 흔들면서 달려와 보고를 했다.

"중전마마, 상감마마께서는 안전하시다고 합니다."

"오, 그게 사실이냐?"

자영의 얼굴에 비로소 화기가 돌았다.

"그러하옵니다. 주상 전하께서 교태전에 납시었다가 나오신 뒤 곧바로 불이 난 줄 아뢰오."

"천우신조로다."

자영은 감격했다. 교태전은 자영의 처소인 중궁전이 아닌가.

재황이 자신을 찾아 교태전에 왔다가 자기유황이 터져 봉변을 당했다면 모든 일은 헛수고가 될 것이다. 그리고 조선의 제27대 국왕에는 이 귀인이 낳은 왕자 완화군이 등극하게 될 것이다. 생각만 해도 몸서리가 처지도록 끔찍한 일이었다.

"중전마마, 어서 몸을 피하소서!"

"알았다."

자영은 그제야 제수각으로 자리를 옮겼다. 불길은 계속해서 행각으로 옮겨 붙고 있었다.

자영은 제수각의 방에 들어가 앉았다가 궁녀들이 올리는 율무차를 마시고 제수각 대청으로 나왔다. 제수각에 한가하게 앉아 있을 수가 없었다.

'누군가 나를 태워 죽이려고 한 짓이야!'

자영은 어금니를 꽉 깨물었다. 불길은 악마가 혓바닥을 날름거리듯이 무서운 기세로 번지고 있었다.

"중전마마, 다행히 불길을 피하셨군요."

퇴궐했던 민승호가 허겁지겁 달려와서 자영 앞에 부복했다.

"오라버님, 대내에서 이런 일이 일어나다니 도대체 어찌 된 일입니까?"

"황송하옵니다. 화약이 터지는 소리가 들렸다는 것으로 보아 누군가 일부러 저지른 소행이라고 생각합니다."

"그렇기에 내가 무어라고 했습니까? 운현궁을 철저하게 감시하라고 하지 않았습니까?"

"차마 이런 일을 저지르리라고는 생각조차 못했습니다."

"어떻게 하든지 범인을 잡아야 합니다. 도성을 이 잡듯이 뒤져서라도 범인을 색출하세요!"

자영은 이를 갈았다. 민승호는 그 와중에도 군사를 풀어 자영을 경호하게 하고 재황이 있는 사정전을 철통같이 지키게 했다. 소란 중에 누군가 재황을 시해하거나 자영을 시해할 우려가 있었기 때문이다. 그러나 불행 중 다행으로 그런 일은 일어나지 않았다. 불길은 새벽녘에야 겨우 잡혔다. 교태전을 비롯하여 수많은 전각과 누각 360여 간을 모조리 태운 대화재였다.

자영은 이튿날부터 무거운 몸을 이끌고 몸소 범인 색출에 나섰다. 대궐 밖은 좌우포도대장에게 영을 내려 수사에 나서게 했다. 좌우포도대장은 임시로 사용하는 중궁전에 불려가 호된 질책을 받았다.

다음 날 아침부터 장안에는 포졸들이 쫙 깔렸다. 기찰과 순라가 삼엄하여 장안에는 살벌한 기운이 감돌고 흉흉한 소문까지 나돌았다. 그럴수록 자영은 좌우포도대장을 다그쳤다. 그러나 시간이 흘러도 좌우포도대장은 범인을 색출해내지 못했다.

"궐내에도 바깥의 범인과 연통한 자가 있을 것이다! 외인이 어떻게 구중궁궐 깊은 곳까지 들어와 자기유황을 묻는단 말이야?"

자영의 한마디는 그대로 법이었다. 내명부에 형틀이 설치되고 이하응의 심복 노릇을 하던 내명부의 내관과 여관들이 속속 잡혀와 잔혹한 고문을 당했다.

'중전마마는 내명부의 물갈이를 하고 계시는 거야!'

나이 든 상궁들은 스무 살을 갓 넘긴 자영의 지모에 혀를 내둘렀다. 자영이 낳은 원자의 대변불통 증상 때문에 이하응과 강력하게 맞서던 자영을 보았던 궁녀들은 자영이 단순히 범인을 색출하기 위해 궁녀와 내관들을 잡아다가 고문을 하는 것이 아니라는 사실을 깨달았다. 자영의 눈에는 서릿발이 서려 있었다. 내명부의 여인들은 자영과 눈이 마주치면 소름이 끼치는 듯한 전율을 느꼈다. 대신들은 입을 다물었다. 중전 자영이 도에 지나치게 행동하는 것을 알고 있었으나 내명부의 일이라 누구도 입을 열어 간언하지 않았다. 그러는 동안 창덕궁으로 이어가 결정되었다.

자영은 경복궁이 중건을 시작하면서부터 화재가 끊임없이 일어나는 것은 경복궁 터가 풍수상의 길지가 아니라 흉지이기 때문이라고 주장했다.

"풍수란 대체 무엇인가. 풍수란 문자 그대로 바람과 물을 말하는 것이 아니냐? 그런데도 크고 작은 화재가 자주 일어나는 것은 경복궁의 터에 수맥이 없어 불의 기운을 막지 못하기 때문이 아니냐."

대신들은 할 말이 없었다. 경복궁 터는 태조 때부터 천하의 대명당이라고 알려진 곳이었다. 그러나 경복궁이 중건되면서부터 자주 일어난 화재가 대신들을 꼼짝 못하게 만들었다. 왕실은 12월 20일에 창덕궁으로 이어했다.

***

다시 묵은해가 가고 새해가 밝았다. 1874년 갑술년이었다. 자영은 2월 8일에 원자를 순산했다. 창덕궁 관물헌이 산실청이었다. 재황은 원자의 탄생을 경축하기 위해 사면령을 내리고 증광시를 실시하게 했다. 우의정 한계원이 판중추부사에 제수되고 백성들의 각종 신역이 60일간 면제되었다. 왕자의 이름은 척(坧)으로 지어졌다.

재황의 친정 선포, 경복궁의 화재로 어수선했던 1873년과 비교해 1874년은 조용히 시작되었다. 재황은 음력 2월 24일 김옥균을 홍문관 교리에 제수했다. 3월 1일에는 춘당대(春塘臺)에서 실시된 전시(殿試)에서 김윤식이 뽑혔다.

"일본이 조선을 침략한다는 것은 와전인 듯싶습니다. 일본과 국교를 재개하게 되면 일본이 번성한 사정을 잘 살피어 우리도 따라야 할 것입니다."

자영은 민승호가 중궁전으로 문안을 드리러 오자 화사하게 웃으며 말했다. 여자는 남자의 사랑을 받으면 아름다워진다. 민승호는 자영의 아름다운 얼굴을 보고 재황의 총애가 지극하다는 것을 피부로 느낄 수 있었다.

"나는 이제 한낱 아녀자로 돌아가렵니다. 규중 아녀자의 가장 큰 소망은 지아비를 잘 섬기고 어린 자녀를 잘 양육하는 것입니다."

"중전마마, 지당하신 말씀입니다."

민승호도 흡족하여 대답했다.

"오라버님은 병조판서가 아닙니까? 국방을 튼튼히 하는 것을 무엇보다 큰 소임으로 알아야 할 것입니다."

"명심하고 있습니다."

"무위소의 병사들을 잘 조련하십시오."

무위소(武衛所)는 지난 4월 25일 신설한 국왕 친위부대였다. 4월 25일에 신설할 때는 궐내입번파수군(闕內入番把守軍)이라는 명칭을 갖고 있었으나 6월 20일 무위소로 개칭되었다.

"무위소 병사들은 가장 날랜 병사들로 가려 뽑고 있습니다."

"무위소 별장은 그 직책이 막중하므로 훈련도감, 포도대장, 도감중군(都監中軍)을 역임한 자로 해야 할 것입니다."

"명심하겠습니다. 무위소에 훈련도감, 금위영, 어영청의 표하병(標下兵) 5백 명, 기마병 70명을 배속했습니다."

"잘하셨어요. 하면 그들에 대한 대우는 어떻습니까?"

"국고가 넉넉지 않아 흡족한 대우는 못해주고 있습니다."

"아니, 어째서 국고가 넉넉지 않다는 말씀입니까?"

"경복궁의 화재로 개축 비용이 막대하게 들어가고 있습니다."

"언제나 그놈의 경복궁이 말썽이군요."

"해서 진무영(鎭撫營) 소관 삼세(蔘稅)를 4만 냥만 무위소의 군수로 사용할까 합니다."

"그것은 오라버님이 알아서 하세요. 아무튼 조정의 국고가 넉넉지 않다는 것은 큰 문제입니다. 각 관청에 명을 내려 재용을 절약하게 하고 물자를 아껴 쓰도록 하세요."

"명심하겠습니다."

민승호가 머리를 깊이 숙였다. 민승호는 자영의 새로운 면모에 흡족했다. 나라의 국고를 걱정하고 물자를 아끼라고 하는 것은 자영이 조선의 국모로서 자리를 잡아가고 있음이 아닌가. 민승호는 마치 자영이 국모로 간택되기 전의 슬기롭고 총명한 모습을 보는 것 같았다. 자영은 어느덧 살벌한 권력투쟁에서 살아남은 여걸의 형태를 말끔히 씻어버리고 현모양처의 부덕을 갖춘 우아한 왕비의 면모를 되찾은 것이다.

"오라버님, 또 한 가지 명심하셔야 할 일이 있습니다."

자영이 위엄을 갖추고 민승호를 지그시 쏘아보았다. 민승호는 얼굴빛이 바로 변했다.

"오라버님은 척분의 두령이십니다."

"예."

"오라버님이 저와 피 한 방울 섞이지 않은 오누이라고 해도 저는 오라버님을 깍듯이 친정오라버님으로 모셨습니다."

"중전마마."

갑작스런 자영의 태도 변화에 민승호는 전신이 긴장감에 휩싸였다.

"제 말씀을 끝까지 들으세요!"

자영이 민승호의 말허리를 단호하게 잘랐다. 민승호는 재빨리 머리를 깊숙이 조아렸다.

"이하응이 오라버님을 멀리한 것은 척분의 발호를 두려워했기 때문입니다."

"예."

"나도 척분이 발호하는 것을 경계하겠습니다."

민승호는 가슴이 철렁했다. 자영이 재황의 친정을 이루었다고 해서 이제 나를 버리려는 것인가. 여우 사냥이 끝나면 토끼를 잡아먹는 것인가. 측천무후가 왕권을 장악하기 위해 아들까지 독살했다더니 이제 친정오라비인 나를 내치려는 것인가 하는 생각이 들었다.

"오라버님, 척분의 발호라는 것은 외척이 세도를 누리고 권세를 부리는 것을 말합니다."

"예."

"여흥 민문에서는 그런 사람이 없어야 할 것입니다. 민문에서는 결코 탐학하는 무리가 없어야 합니다!"

자영이 계속해서 다짐을 했다.

"명심하겠습니다."

"세종 때의 정승 황희는 조복이 한 벌밖에 없었고, 맹사성 같은 이는 퇴궐하면 손수 푸성귀를 채마밭에 가꾸어 먹었다고 합니다. 어디 그뿐입니까? 맹사성이 죽은 뒤에는 남루한 초가집뿐이었다고 하니 청백리의 표본입니다."

"과연 그러하옵니다."

민승호는 비로소 자영이 말하는 의도를 알아차렸다.

"그렇다고 내가 능력이 있는 척분까지 내치고자 하는 것은 아닙니다."

민승호는 마른침을 꿀꺽 삼켰다.

"아무리 민문이라고 해도 능력이 있는 자는 적재적소에 쓰겠습니다. 그러나 재물을 탐하거나 벼슬자리를 매관매직하는 자가 있다면 법도의 엄중함을 보이겠습니다. 나라를 다스리려면 법도가 바로 서야 합니다."

"명심하겠습니다."

민승호는 갑자기 오한이 일어나는 듯한 기분을 느꼈다.

"오랜만에 친정오라버님을 만났는데 공연히 잔소리만 늘어놓았습니다. 민문을 사랑하고 가문을 아끼는 마음에서 드린 말씀이니 노여워하지 마십시오. 우리 낮것(점심)이나 같이 드십시다."

자영이 얼굴 표정을 바꾸며 말했다. 자영의 차갑던 얼굴은 어느 사이에 봄바람이 불듯 온화해져 있었다.

"황공하옵니다."

민승호는 그제야 긴장을 풀었다.

8월이 가고 9월이 왔다. 9월 26일 우의정 박규수가 사직했다. 재황은 훈국군(訓局軍) 및 금위영, 어영청의 아병(牙兵)과 순뢰(巡牢)를 모두 무위소로 배속했다. 아병은 각 군부의 병사들이고, 순뢰는 군령을 상징하는 순령기와 죄인들을 다루는 뇌자를 말한다. 이로써 도성 안의 모든 병사들이 무위소의 관할로 들어가게 된 것이다. 민씨 일문이 군대의 편제를 바꾸면서 명실상부하게 병권을 장악했다.

이하응은 정치 일선에서 물러난 이후 계속해서 양주 곧은골에 칩거하고 있었다. 실의의 나날이었다. 겨울, 봄, 여름, 그리고 가을이 속절없이 흘러갔다. 무심한 것은 세월이고 유정한 것이 시간이라고 했던가. 산장문 앞에 우뚝 솟은 도봉산이 몇 번 옷을 갈아입자 다시 겨울이 왔다. 이하응은 사랑에서 할 일이 없이 난을 치고 있었다.

"죽동 대감이 모친상을 당했다고 합니다."

죽동 대감은 병조판서 민승호를 말했다. 민승호의 어머니면 이하응에게 장모가 된다.

"그런가?"

이하응은 전(前) 진주 병사 신철균의 얘기를 듣고 가슴이 묵직해왔다. 장모가 죽었으니 찾아가서 장례를 치러야 한다. 그러나 이하응은 민씨들이 득실거리는 상갓집에 가고 싶지 않았다.

"저하, 이제 환저하셔야 하지 않겠습니까?"

신철균이 난을 치고 있는 이하응을 살피며 물었다. 신철균의 초명은 신효철로 병인양요 당시 영종 첨사로 있었다. 신철균은 불란서군이 철수하자 곧바로 진주 병사로 특진했다. 그러나 재황이 친정을 하면서 운변(雲邊, 운현궁) 사람이라고 하여 파직되었다. 그후 신철균은 사흘이 멀다 하고 이하응을 찾아왔다.

"당치 않은 소리!"

이하응이 꾸짖듯이 낮게 호통을 쳤다. 신철균의 얼굴을 돌아다보지도 않은 채였다. 신철균은 무안하여 잠시 고개를 숙이고 있다가 다시 입을 열었다.

"죽동 대감은 벼슬직을 사임하고 집에만 틀어박혀 있습니다."

"모친상을 당했으니 당연히 사임을 해야지……."

"파수군을 무위소로 개칭했습니다."

"무위소는 표독한 소부(小婦)의 사병이야."

소부는 왕비 자영을 일컫는 것이다.

"부사과 이휘림이 상소를 올렸습니다."

"들어서 알고 있네."

"서교도에 대한 탄압을 중지했다고 합니다."

이하응이 붓을 놓았다. 고개를 들어 신철균을 쏘아보는데 눈빛이 얼음장처럼 싸늘했다. 신철균은 황망히 고개를 떨어트렸다.

"고개를 들어라."

신철균이 고개를 들었다. 이하응이 장죽을 입에 물고 옆에 앉은 계집이 부시를 쳐서 불을 붙였다. 신철균은 그제야 계집에게 슬쩍 눈길을 던졌다가 거두었다.

"이 아이를 보게."

"아, 예……."

신철균은 면구스러운 표정을 꾸미며 계집에게 다시 눈길을 던졌다. 계집종은 비녀를 꽂은 것으로 보아 이하응의 소실이거나 어느 기루에서 데려온 계집이지 싶었다. 그것도 아니라면 양주의 관기일 것이다.

"인물이 가려하지 않는가?"

"그러하옵니다."

계집은 연치가 어려 보였으나 몸이 포실포실했다. 살짝 아미를 들어 신철균을 훔쳐보는데 눈빛이 서늘했다. 신철균은 나이답지 않게 가슴이 두근거렸다.

"어떤가? 이 아이를 거두겠는가?"

"저하, 무슨 말씀이십니까?"

신철균이 어리둥절하여 눈을 크게 뜨고 계집과 이하응을 번갈아 쳐다보았다. 계집은 한눈에 우물(尤物)이라는 것을 알아볼 수 있었다. 그러나 이하응이 애첩처럼 옆에 두고 있는 계집을 거두라고 하는 까닭을 신철균은 이해할 수가 없었다.

"해월아."

이하응이 계집의 이름을 나직이 불렀다.

"예."

계집이 다소곳이 대답을 했다.

"네가 이 어른을 모시겠느냐?"

계집이 대답을 하기에 앞서 고개를 들고 신철균을 그윽한 눈빛으로 쏘아보았다. 신철균은 계집종의 눈빛을 대하자 가슴이 뻐근하게 울려왔다. 씀바귀꽃처럼 해사한 얼굴에 고양이처럼 강렬한 눈빛, 앵두처럼 붉은 입술이 흡사 신철균을 빨아들이는 것 같았다.

"대감마님의 분부시면 받자옵겠습니다."

계집이 염기가 흐르는 목소리로 대답했다. 천연덕스럽기까지 한 대답이었다.

"그러면 건너가 행장을 꾸려라."

"예."

계집이 다소곳이 대답을 하고 몸을 일으켰다. 황국(黃菊)보다 더 진한 송화색 노랑저고리 밑으로 다홍치마가 부챗살처럼 퍼졌다. 계집은 한 손으로 치맛자락을 말아 쥐고 사뿐사뿐 물러갔다.

"저만하면 빼어난 미태가 아닌가?"

"그러하옵니다."

"아름다운 계집이지. 자네가 소실로 거느리도록 하게."

"저하, 저하께서 아끼시는 여인 같은데 어찌 저 같은 미거한 자에게 거두라고 하십니까?"

"누가 저 아이의 얼굴을 보고 방부(放夫)할 상이라고 하였네. 내가 그 말을 믿는 것은 아니지만 자네가 거두었으면 좋겠네. 싫으면 그만이지만……."

이하응이 뜻 모를 미소를 지었다. 방부할 상이란 남편을 죽인다는 뜻이다. 신철균은 이하응의 말을 듣고 비로소 이하응이 계집종을 자신에게 주는 까닭을 알았다.

"처음에는 염종수라는 자의 첩이었네. 그런데 염종수가 죽자 친정으로 돌아와 유리걸식하는 것을 내가 거두어들였네. 어떤가, 자네가 거두겠나?"

"예. 그러시다면 제가 거두겠습니다."

신철균은 선선히 승낙했다. 계집은 천하의 절색이었다. 그런 계집을 데리고 하루만 살아도 여한이 없을 것 같았다.

"방부하는 계집이라는데도?"

"방술이라면 저도 어느 정도 알고 있습니다. 무장인 제가 그런 요설을 두려워하겠습니까?"

신철균은 호기 있게 대답했다. 계집의 얼굴이 방부할 상이라고 하면 그를 막아낼 비책도 있을 것이라고 생각했다.

"그럼 자네가 거두도록 하게."

이하응이 고개를 끄덕거리며 빙긋이 웃었다.

"자네, 병사로 있었으니 자기황을 다룰 줄 알겠군."

"자기황이라면 화약을 말씀하시는 것이 아닙니까?"

"그래, 화약이지."

이하응이 살기에 가까운 눈빛을 폭사시키며 대꾸했다. 신철균은 공연히 손발이 뻣뻣해지는 기분을 느끼며 입을 열었다.

"제 집에 출입하는 자 중에 장가(張哥)라는 자가 자기황을 잘 다룹니다."

"해월이를 데리고 가도록 하게. 해월이의 말을 잘 따르면 좋은 일이 있을 것이야."

"예."

신철균은 깊숙이 머리를 수그렸다. 신철균은 그제야 이하응이 해월이라는 젊은 소부를 자신에게 주는 것이 예사로운 일이 아님을 깨달았다.

***

죽동에 이르자 해가 완전히 떨어져 명문대가 집들의 처마 밑으로 어둑어둑 땅거미가 깔리기 시작했다. 이창현이 도포 소맷자락을 펼치고 행랑채로 들어가자 청지기가 죽동 대감 민승호가 산사(山寺)에서 돌아와 그를 찾는다고 귀띔을 해주었다. 이창현은 민승호가 기거하는 사랑채 대청 앞에서 허리를 굽혔다.

"대감마님, 소인을 찾으셨습니까?"

"그래."

민승호가 장지문을 열고 밖을 내다보았다.

"무슨 심부름이라도 시킬 일이 있으신지요?"

이창현은 의아한 표정으로 민승호의 얼굴을 살폈다. 방 안이 어둑한 탓에 민승호의 낯빛도 어두워 보였다.

"오늘 대궐에서 나왔느냐?"

"예. 박 상궁이 중전마마의 봉서를 가지고 왔습니다."

"이 함도 박 상궁이 가지고 왔느냐?"

민승호가 비단 보자기에 싸인 함 하나를 들어 보였다. 이창현은 어리둥절했다.

"소인은 잘 모르겠습니다."

"그럼 이 함을 누가 가져다 놓았느냐?"

"소인은 외출을 하여 지금 들어온 탓에……."

이창현은 면구스러운 기색으로 고개를 숙였다.

"어디를 다녀왔느냐?"

민승호의 언성이 높아졌다.

"소인 잠시 왕십리 사가에 다녀왔사옵니다."

"왕십리 사가?"

"사가라기보다 그저 움막이나 다름없습니다. 비어 있는 때가 더 많아서 그런지 가끔 비렁뱅이들이 들어와 제 집처럼 기거를 하는 탓에 자주 살피곤 합니다."

"나가서 누가 이 함을 가져다 놓았는지 알아보도록 해라."

"예."

이창현이 허리를 숙여 보이고 사랑채를 돌아 대문께로 갔다.

민승호는 비단 보자기에 싸인 함을 다시 내려다보았다. 함은 무엇이 들었는지 묵직했다.

'중전마마께서 보내신 것인가?'

민승호는 함이 대궐에서 온 것이려니 생각했다. 봉서를 대궐의 박 상궁이 가져왔으므로 함도 박 상궁이 봉서와 함께 가져왔으려니 여긴 것이다.

대궐과 죽동 민승호의 집에는 하루에 한 번씩 비밀스럽게 봉서가 오고 갔다. 모친상(민승호의 생모)을 당해 민승호가 관례대로 병조판서 직을 사임하고 집에 들어앉게 되자 자영은 봉서를 보내 자문을 구하고 있었다.

"대감마님."

이창현이 사랑채로 뛰듯이 걸어와 허리를 숙였다.

"누가 가져왔다고 하더냐?"

"절에서 보낸 것 같다고 하옵니다."

"절에서?"

민승호가 고개를 갸우뚱했다. 절이라면 민승호가 방금 돌아온 도봉산의 흥덕사를 말하는 것이다. 민승호는 그 절에 생모의 위패를 봉정하고 열 살 된 아들의 무병장수까지 기원하고 돌아온 참이다.

"절에서 보낸 것이 아닐 거야."

민승호가 고개를 흔들었다. 그때 내당에서 양모(명성왕후의 생모)가 민승호의 열 살 된 아들의 손을 잡고 사랑채로 걸어왔다. 이창현은 섬돌 아래에 내려서서 허리를 숙였고 민승호는 방에서 대청으로 나와 양모를 맞이했다.

"어떻게, 불공을 잘 드렸나?"

한창부부인 이씨가 민승호에게 인자한 미소를 흘려보냈다. 민치록의 딸 자영이 왕비로 간택됨으로써 하루아침에 부부인에 봉해진 이씨였다.

"예."

민승호는 한창부부인에게 공손히 인사를 올렸다.

"그 함은 어디서 온 건가?"

"자세히는 모르겠사옵니다. 봉서와 함께 있기에 이 집사에게 물어보던 참입니다."

"아까 대궐에서 항아님이 다녀가셨네. 중전마마의 봉서를 가지고 왔다 하시면서 다른 사람이 보면 안 된다고 하기에 사랑에 들여놓으라고 했네. 자상하기도 하시지. 우리 중전마마께서 이런 것까지 챙겨 보내시다니……."

한창부부인 이씨는 비단 보자기에 싸인 함을 왕비가 보냈다고 생각하고 있었다. 민승호는 고개를 갸우뚱했으나 이씨 부인의 말을 반박하고 싶지 않았다.

144

"사랑으로 오르시지요."

민승호는 한창부부인 이씨를 자신의 거처인 사랑으로 청했다.

"그러세."

민승호가 먼저 사랑으로 오르고 한창부부인 이씨가 따라 들어왔다. 열 살 난 아들도 호기심이 가득한 눈빛을 하고 따라 들어왔다. 민승호는 푸른색의 비단 보자기를 풀었다. 문득 사랑채 바깥에 이창현을 혼자 두었다는 생각이 들었으나 함 속의 봉물이 무엇인지 살핀 뒤에 물러가라고 해도 늦지 않으리라 생각했다.

민승호는 열쇠를 돌려보았다. 그러나 의외로 열쇠가 잘 돌아가지 않았다.

'열쇠가 맞지 않는 것인가?'

민승호는 짜증이 나기 시작했다. 방 안은 이미 어둠침침하여 열쇠구멍이 잘 들여다보이지 않았다. 날이 어두워졌는데도 계집종들이 불조차 켜놓지 않은 것이다.

"집사 있는가?"

민승호는 집사를 큰소리로 불렀다.

"예."

밖에서 집사의 대답이 들렸다.

"들어와 불을 켜게. 날이 어두워지면 방에 불을 켜야 할 게 아닌가."

"예."

집사가 민승호의 짜증스러운 목소리에 황급히 사랑방으로 들어왔다. 그때 열쇠가 오른쪽으로 한 바퀴 돌았다.

'아!'

민승호는 열쇠가 돌아가자 짧은 탄성을 내뱉었다.

그 순간 요란한 폭음과 함께 유황 냄새가 확 풍기면서 뜨거운 것이 얼굴을 강타했다. 민승호는 재빨리 얼굴을 감싸 쥐며 처절한 비명을 질러댔지만 그의 비명 소리는 거대한 폭발음이 한 입에 삼켜버렸다. 순식간에 일어난 일이었다. 천장과 벽이 무너져 내리고 방바닥이 거대한 웅덩이처럼 푹 파였다.

"자기황이 터졌다!"

"불이다!"

폭발음을 듣고 하인들이 하얗게 질린 얼굴로 달려왔다. 집 안이 금세 발칵 뒤집혔다. 하인들이 달려왔을 때 민승호의 사랑채는 이미 목불인견의 참상으로 변해 있었다. 유황 냄새가 자욱한 가운데 천장과 사면 벽이 무너지고 문짝들은 박살이 난 채 화염에 휩싸여 있었다. 하인들은 피투성이 민승호를 사랑채 마당으로 끌고 나왔다. 그러나 민승호는 이미 처참한 몰골로 숨이 끊어져 있었다. 그의 아들도 숯덩이가 되어 죽어 있었고, 한창부인 이씨는 겨우 숨이 붙어 있었으나 위독했다.

11월 28일의 일이었다. 민승호는 불과 45세를 일기로 짧은 영화의 막을 내렸다.

이 일은 즉각 대궐에 알려졌다. 재황은 보고를 받자 자영에게 달려왔다.

"이런 참변이 있는가? 어느 놈이 나의 친정오라버니를 죽였다는 말이냐?"

자영은 넋을 잃었다. 슬픔 때문에 밤새 한잠도 자지 못했다.

"이 중신의 정중하고 너그러운 자태와 순박하고 독실한 몸가짐으로 얼마나 충성을 다해왔는가? 그런데 뜻밖에 부고가 날아드니 놀랍고 슬픈 마음을 달랠 길이 없구나."

재황은 민승호의 장례를 후히 지내주게 하여 자영의 슬픔을 위로하려고 했다. 그러나 11월 30일 한창부부인 이씨까지 죽자 자영의 슬픔은 더욱 커졌다.

"이것은 필경 운현궁의 짓이야!"

자영은 슬픔을 가누지 못하면서도 치를 떨었다.

"어떤 일이 있어도 범인을 체포하여 사지를 찢어 죽일 것이다!"

자영은 형조판서와 포도대장을 중궁전으로 불러 범인을 잡으라고 호통을 쳤다. 그러나 민승호를 죽인 범인은 경복궁 교태전 마루 밑에 자기황을 묻어 폭파시킨 범인처럼 잡히지 않았다.

"의금부에서는 무엇을 하는가? 의금부에서도 범인을 잡아야 할 것이 아닌가? 그대들은 누구의 신하인가?"

자영은 의금부 당상관들까지 불러서 호통을 쳤다. 이날 사헌부 장령을 지낸 손영로가 다시 이하응의 환거(還去)를 청하고 영의정 이유원을 비판하는 상소를 올렸다.

"아니, 대원위가 얼굴에 인두겁을 썼음이 아닌가? 폭약을 보내 처남을 살해하고 그것도 모자라 상소를 올려 임금을 협박해?"

자영은 옆에서 보기에 민망할 정도로 펄펄 뛰었다. 재황도 대로했다. 민승호의 집에 폭약을 보내 살해한 범인이 운변 인물이라는 정황이 뚜렷했다. 물증이 없을 뿐이었다. 조선조 창업 5백 년에 정적을 제거하는 데 화약이 사용된 것은 이번이 처음이었다. 재황은 손영로를 전라도 진도부(珍島府) 금갑도(今甲島)로 귀양 보냈다.

"영상은 무엇을 하고 있는 거요?"

자영은 영의정 이유원을 추궁했다.

"그대들은 나라의 녹을 받고 있으면서 어찌 범인을 잡지 않는 것이오?"

의금부 당상들도 중궁전으로 불려와 범인 색출이 더디다고 질책을 받았다.

'중전마마께서 저리도 무서운 분일 줄이야……'

의금부 당상들은 중궁전으로 불려가기만 하면 얼굴이 새파랗게 질려서 돌아왔다. 의금부는 국가의 대옥(大獄)을 맡아보는 관아로 주로 역모에 관한 사건을 다루었다. 그러나 그들은 민승호의 집 폭사 사건의 범인을 잡을 수가 없었다.

민승호의 집 폭사 사건이 자영의 성화에도 불구하고 미궁에 빠져 있을 때 12월 17일 흥인군 이최응의 집에 불이 나는 사건이 또

발생했다.

"규호 오라버니는 아니다. 누가 우리 민문을 이간질하는 것이다."

자영은 민규호를 의심하지 않았다. 민심은 흉흉해졌다. 출처불명의 소문들이 그럴싸하게 포장되어 장안에 나돌았다. 민승호의 집을 폭파한 범인이 민규호의 사주를 받았다느니, 흥인군 이최응의 집에 불을 지른 것이 이하응이 교사한 짓이라는 소문 등이었다. 그러나 심증만 있지 물증은 없었다.

그때 장가라는 사내가 자기황을 잘 다룬다는 고변이 좌포도청에 들어왔다. 좌포도청은 즉각 장가를 잡아들여 고문을 했다. 그러나 장가라는 사내는 신철균의 문객이라는 사실 외에는 좌포도청의 혹독한 문초에도 끝내 입을 열지 않고 버티다가 옥사했다. 이에 의금부가 나서서 신철균을 잡아들여 국문하기 시작했다. 그러나 신철균도 입을 열지 않았다. 의금부는 신철균을 더욱 가혹하게 고문했다. 신철균은 마침내 의금부의 고문에 못 이겨 경복궁의 화재와 민승호의 집 폭사 사건, 흥인군 이최응의 집 방화 사건을 모두 자신이 교사했다고 자백했다.

'신철균을 죽인다고 끝나는 것이 아니야.'

자영은 신철균을 조종한 자가 있을 것이라고 생각했다. 재황은 신철균을 효수해야 한다는 의정부의 계언에 수결을 놓았다.

신철균은 새남터에서 군문 효수되었다. 신철균의 목이 회자수의 칼에 떨어질 때 구경꾼들 중에 젊은 소부가 있었다. 해월이었다. 해월은 흰 소복을 입고 있었기에 사람들의 눈에 유난히 잘 띄었다.

'국태공 저하는 역시 사람 하나는 잘 보셔!'

해월은 정인이 죽었는데도 눈썹 하나 까딱하지 않았다. 오히려 그 일을 예상하고 있었다는 듯이 새침한 얼굴에 냉소까지 머금고 있었다.

"갑시다."

해월의 뒤에 서 있던 네 사내가 해월을 재촉했다. 해월은 서늘한 눈을 들어 핏빛 노을이 지는 샛강을 응시하다가 걸음을 돌렸다. 피 냄새를 맡은 까마귀 떼가 까악까악 흉측한 소리를 지르며 하늘을 선회하고 있었다.

'역시 이하응의 짓인가?'

변복을 한 금위대장 조영하가 천하장안에 에워싸여 형장을 빠져나가는 젊은 소부의 뒷모습을 응시하며 신음을 삼켰다.

'하늘이 내린 인물들이야.'

조영하는 속으로 혀를 내둘렀다. 신철균을 효수하는 자리에 수하를 보낸 이하응이나, 이하응의 수하들이 나타날 줄 알고 변복을 한 뒤 감시하라는 분부를 내린 왕비의 지략이 막상막하라는 느낌이 들었다.

"저 네 놈을 잘 감시해라."

조영하는 금위영 군관에게 지시를 내리고 대궐로 향했다. 왕비에게 보고를 하기 위해서였다.

"이제 되었습니다. 운현궁이 또 무슨 계교를 꾸밀지 모르니 잘 감시하십시오."

자영은 금위대장 조영하의 보고를 받자 이미 예상했던 일이라는 듯 담담하게 대꾸했다.

"중전마마, 죽동 대감 댁 폭사 사건은 운변 인물의 짓이라는 것이 드러났습니다. 천하장안을 잡아 국문할 수 있도록 윤허하여주시옵소서."

조영하는 머리를 조아리고 자영의 환심을 사기 위해 천하장안을 잡아들일 수 있도록 윤허해달라고 청했다.

"천하장안은 국태공의 수족입니다."

"중전마마, 신이 천하장안을 잡아들이고자 주청하는 것도 그 까닭입니다."

"모르는 소리예요. 큰 나무가 보기 싫다고 해서 베어버리면 그 나무에서 열리는 과실이나 그늘도 얻기 어렵습니다. 이와 마찬가지로 현명한 고양이는 쥐를 막다른 골목으로 몰아넣지 않습니다. 그러면 고양이가 쥐에게 물리는 우스운 꼴이 일어납니다."

자영은 조용히 웃고 있었다. 처연해 보이는 웃음이었다. 이하응을 궁지로 몰아넣으면 자신이 역습을 받으리라는 사실을 우려하는 것 같았다.

19
방부하는 여자

1875년 새해가 되자 자영은 세자 책봉을 서둘렀다. 자영이 낳은 원자 척은 아직 돌도 되지 않았으나, 재황의 친정을 도모하고 원자를 낳았다는 기쁨으로는 만족할 수 없었다. 자신이 낳은 왕자가 세자가 되지 않으면 원자를 낳았어도 중전의 자리가 위태로워지는 것이다. 자영은 그 강박관념에서 좀처럼 벗어날 수가 없었다. 더구나 이하응은 실각한 뒤에도 계속해서 자영을 제거하려고 절치부심하고 있었다.

'오라버니의 집에서 자기황을 폭발시킨 것은 누가 뭐래도 국태공의 짓이야.'

그것은 금위대장 겸 무위소 도통사로 임명되어 있는 조영하의 보고로도 뚜렷이 알 수 있는 일이었다. 세간에는 민규호가 민승호를 죽였다는 소문이 나돌기도 했으나 그것은 근거 없는 억측일 뿐이었다.

재황은 영의정 이유원을 세자책봉도감으로 삼고 좌의정 이최응은 세자부(世子府)로 임명했다. 이에 앞서 우의정 직을 사임한 박규수의 후임에 김병국을 임명하고, 제주도에 유배시킨 최익현을 방면했다. 최익현의 방면은 승정원, 옥당(玉堂), 양사(兩司), 시원임대신이 일제히 반대를 했으나 받아들여지지 않았다.

세자 책봉은 2월 18일 인정전에서 성대하게 거행되었다.

그러나 자영을 곤혹스럽게 하는 정보가 청나라를 통해 들어왔다. 그것은 청나라에서 왕자의 어머니가 왕비든 후궁이든 가리지 않고 장유의 순서에 따라 세자를 책봉하려 한다는 것이었다.

'곰 같은 되놈들! 제 놈들이 무엇이건대 조선의 왕실까지 간섭을 해.'

자영은 피가 나도록 입술을 깨물었다. 그러나 화를 내는 대신 대책을 세워야 했다.

"영상, 영상께서 세자책봉주청사로 청국에 다녀오셔야 하겠습니다."

자영은 영의정 이유원을 중궁전으로 불러들였다. 세자를 완화군으로 책봉하게 할 수는 없었다. 그렇게 되면 이하응을 몰아내면서까지 재황의 친정을 도모한 일이 모두 수포로 돌아가는 것이다.

'중전마마께서 세자 책봉을 어찌 이리 서두르시는가?'

영의정 이유원은 머리를 조아린 채 대답을 하지 않았다. 세자 책봉주청사의 임명이 재황의 뜻인지 자영의 뜻인지 헤아릴 수 없었던 것이다.

"전하께서 그리하라고 하셨습니다."

"묘당에 돌아가 논의하겠습니다."

"묘당에서 논의할 일이 아닙니다. 이는 왕명이니 지체 없이 거행하셔야 합니다."

"중전마마, 원자께서는 아직 돌도 되지 않으셨습니다."

"세자의 자리는 막중한 자리입니다. 영상은 노숙한 정승인데 어찌 그만한 사리를 모릅니까?"

"송구하옵니다, 중전마마."

"영상, 나는 정궁입니다. 정궁의 몸에서 낳은 원자가 세자로 책봉되어야 하는 것은 당연한 일입니다."

자영의 한마디 한마디가 명쾌했다.

"삼가 명을 받들겠습니다."

영의정 이유원은 도리 없이 자영의 지시를 수렴했다. 자영의 지시를 거부할 명분이 없었다.

"이른 시일 내에 차비를 해서 청국에 다녀오셔야 합니다. 예조에 명을 내려서 사신의 준비를 갖추도록 하겠습니다."

"중전마마의 명을 받자와 반드시 소임을 다하고 돌아오겠습니다."

"영상, 분명히 알아두세요."

자영이 단호하게 말했다.

"나는 원자가 세자로 책봉되지 못하면 내 목숨이라도 버릴 것입니다!"

자영이 얼음처럼 싸늘하게 말했다. 영의정 이유원은 자영의 말에 흠칫 몸을 떨었다. 자영이 목숨을 버리겠다고 하는 것은 단호한 결의를 표명하는 말이었다. 마치 너도 죽을 각오를 해라 하는 뜻이 숨어 있는 비수 같은 말이었다.

'중전마마는 무서운 분이야.'

예학을 숭상하는 조선에서는 내외가 엄격했다. 특히 궁궐에서는 외인이 내명부를 가까이하는 것을 엄격하게 금지하고 있었다. 수렴청정을 하는 대비들조차 발을 치고 대신들을 마주했다. 그러나 자영은 이미 그 모든 것을 혁파하고 묘당이든 옥당이든 가리지 않고 대신들을 불러다가 분부를 내렸다.

"명색이 정궁입니다. 정궁이 낳은 원자를 세자로 책봉해주지 않는다면 청국을 상국으로 섬기지 않겠습니다."

"중전마마."

"병인양요 때 청국이 무어라고 하였습니까? 또 신미양요 때는 무어라고 했습니까? 불란서가 조선을 원정하겠다고 했을 때도 청국은 스스로 말하기를 조선은 청국의 속국이 아니라고 했고, 신미양요 때도 청국은 미리견에게 조선이 속국이 아니라고 했습니다.

나는 그때 이미 청국에 사대의 예를 할 필요가 없다고 생각했습니다. 그런데 이제 와서 청국이 세자 책봉이 이러니저러니 할 수는 없는 것입니다."

영의정 이유원은 자영의 목소리가 가을 아침의 서릿발처럼 차갑게 느껴졌다. 자영의 목소리가 울부짖듯 들려서도, 가슴에 맺힌 울분을 토해내듯 비장해서도 아니었다. 자영의 말 한마디 한마디가 이로정연해서 당대의 재상인 이유원도 감히 반박할 엄두가 나지 않은 것이다.

"그러나 이빨 빠진 호랑이라고 해서 함부로 건드리고 싶지 않습니다. 영상께서는 어떻게 하시든지 청국 예부를 잘 설득해서 세자 책봉의 허락을 받아오시기 바랍니다."

자영의 얘기는 그것으로 끝이 났다.

이튿날 영의정 이유원은 청나라로 떠나고 좌의정 이최응은 비밀리에 부산으로 떠났다.

"내가 알기에 일본과의 개국은 거부할 수 없는 시대의 흐름입니다. 판중추부사 박규수 대감의 말씀을 들어보면 오히려 때늦은 감이 있습니다. 그러니 어쩌겠습니까? 일본은 메이지(明治)라는 자가 왕이 되어 스스로 천황이라고 칭한다니 가소롭기 짝이 없는 일입니다. 그러나 서양 문물을 일찌감치 받아들여 군대가 매우 강성하다고 합니다. 일본은 군대가 강성해지면 이런저런 구실을 붙여 조선을 노략질해왔습니다. 나는 일본과 개국을 하는 것이 썩 내키지 않으나 시대의 흐름이 그렇다고 하니 거역할 명분이 없습니다. 일본은 지금 오키나와 정벌을 하고 철병을 하기에 앞서 청국에 여러 가지 조건을 내세우고 있다고 합니다. 이때 조선이 일본에게 수교를 해주는 조건으로 청국에 압력을 넣어달라고 말하면 조선과 수교를 할 욕심으로 일본이 거절하지 못할 것입니다."

자영이 좌의정 이최응에게 지시한 말이었다. 자영은 영의정 이유원을 세자책봉주청사로 청국에 보내는 한편 좌의정 이최응을 보내 세자 책봉에 일본까지 이용하려고 했다.

자영은 음력 4월 5일에 또다시 왕자를 낳았다. 그러나 그 왕자는 열사흘 만에 죽었다. 자영은 이로써 두 왕자와 공주를 잃는 슬픔을 맛보아야 했다.

일본은 이 해에도 조선과 수교하려는 움직임을 보였다. 일본은 쇄국주의자인 이하응이 정계에서 물러나 있을 때 조선과 수교를 하려고 모리야마 시게루를 조선에 파견했다. 모리야마는 일본 외무대신 테라지마 무네노리와 대마도 도주(島主) 무네 시게마사가 조선의 예조판서에게 보내는 문서를 휴대하고 있었다. 그러나 이들 문서에는 조선 측에서 문제를 삼은 황(皇)과 칙(勅)이라는 말이 그대로 들어 있어서 외교적인 타결은 전혀 불가능했다.

동래 부사 황정연은 일본과의 타협이 실패했다고 조정에 알려왔다.

황정연의 장계를 놓고 재황은 시원임대신들을 모두 불러들여 어전회의를 열었다. 이때는 영의정 이유원도 세자책봉주청사로서의 소임을 무사히 마치고 돌아와 있었다. 자영의 우려와 달리 청국은 상국으로서의 관대함을 보이려고 그랬는지, 아니면 조선이 속국에서 떨어져나가는 것을 방지하기 위해서 그랬는지 자영이 낳은 왕자 척에게 세자 책봉을 허락한다는 조칙을 내렸다.

"경들도 동래 부사 황정연의 장계를 보았으니 이를 어찌 처결해야 할지 말씀들을 하여보시오."

재황이 용상에 좌정하여 대신들을 굽어보며 의향을 물었다. 판중추부사 박규수가 큰 소리로 외쳤다.

"신 박규수 아뢰오!"

재황이 의아한 표정으로 박규수를 살폈다.

"신이 세계정세를 살피건대 삼면이 바다로 둘러싸인 조선으로서는 밀려오는 외세를 감당하기가 어려워 불란서건 미리견이건 개국하지 않으면 안 될 처지에 있습니다. 일본이 스스로를 존대하여 황상이니 조칙이니 하는 말을 세계에 사용하고 있음은 오랜 교린에 위배되는 행위이나, 청국에서는 이미 일본을 인정하고 일본과 사신 왕래를 하고 있는 실정입니다. 이러한 사실로 미루어 보건대 개국은 필연적인 대세라고 할 수 있습니다. 병인양요 때 강화도가 함락되고 신미양요 때 어재연 장군의 순절이 있었다고 하나 강화도가 유린된 것은 모두 양이의 군선 몇 척 때문입니다. 이제 우리도 양이나 왜국이라고 하여 오랑캐로만 볼 것이 아니라 배울 것은 배워야 할 것입니다. 왜주가 비록 아비를 참살한 대역죄인이요 난신적자라고는 하나 아비를 참살한 축생 같은 자의 부덕은 버리고 일본의 좋은 것만을 취한다면 교린하여 잃을 것이 없다고 생각합니다."

박규수의 말에 재황은 감탄하는 빛을 얼굴에 띠었다.

"신 좌의정 이최응 아뢰오."

이때 좌의정 이최응이 다시 입을 열었다. 홍순목과 김병국 등이 박규수의 말을 반박하려는 순간이었다.

"판중추부사 박규수 대감의 말씀은 시의에 적절한 것입니다. 조선이 사대의 예를 바치는 청국 또한 일본을 비롯해 양이 여러 나라와 이미 개국을 하였고 예부에서 조선에 개국을 권면하고 있음을 통촉해주십시오."

재황은 가만히 대신들을 훑어보았다. 이하응이 집정을 할 때는 대신들의 의견이 분분한 일이 없었다.

"신 이조판서 민규호 아뢰옵니다."

그때 민승호 폭사 사건이 있은 후 이조판서에 제수된 민규호가 입을 열었다. 재황은 그제야 정신이 번쩍 들어 민규호에게 시선을 돌렸다. 지난밤 자영이 무조건 민규호의 말을 따르라고 일러주던 말이 생각난 것이다. 재황은 대신들의 의견이 상반되자 어떤 것을 취해야 할지 내심 당황하여 어찌할 바를 모르고 있었다.

"전하. 일본은 이미 군선을 부산 앞바다에 보내어 조선을 위협하고 있습니다. 이때에 일본과 교린을 허락하지 않으면 임진년과 같은 큰 병란이 있을까 우려됩니다. 판부사 대감의 말씀을 좇아 교린을 윤허하여주십시오."

"전하, 윤허하여주십시오."

영의정 이유원이 동조하고 나섰다.

"경들은 들으시오. 과인의 생각에도 일본과의 교린은 필연적인 것 같소. 그러나 동래 부사 황정연의 장계대로 서계의 세 가지 불가항목을 바로 고치지 않고 서계를 접수하는 것 또한 이치에 맞다고 볼 수 없소. 지금 날이 몹시 더워 대청에 나가서 쉬어야 하겠으니 경들이 충분히 논의해서 결정토록 하오."

재황은 서계의 접수를 대신들에게 미루었다. 음력 5월 10일의 일이었다.

* * *

자영은 이때 왕자 척을 돌보고 있었다. 왕자 척은 돌이 지나고 세자로 책봉되었으나 병치레가 심했다. 돌이 지났는데도 일어서지를 못했다.

'어째서 내가 낳은 왕자는 몸이 이다지도 허약한가?'

자영은 가슴이 저미는 듯한 슬픔을 느꼈다. 첫 번째 낳은 왕자는 대변불통 증상으로 사흘 만에 죽었고, 두 번째는 공주를 낳았으나 돌도 지내지 못하고 여덟 달 만에 죽었다. 세 번째가 세자 척이고, 네 번째가 태어난 지 보름도 못 되어 죽은 왕자였다. 애통하기 짝이 없는 일이었다. 자영은 왕자 척이 병치레를 할 때마다 가슴이 덜컥하고 내려앉고는 했다. 게다가 이하응이 실각한 지 불과 1년 남짓 되었을 뿐인데도 이하응을 청환(請還)하라는 상소가 빗발치고 있었다.

"사리를 분별하지 못하고 언로를 내세워 국론을 분열시키는 유생들의 상소는 심히 그릇된 행위다. 유생들을 원지에 유배하라!"

재황은 단호하게 어명을 내렸다. 아버지 이하응을 또다시 궁중으로 불러들여 국정을 맡기고 싶지 않았다. 그러나 유생들의 상소는 그치지 않았다. 5월에 들자 경기도 유생 조충식, 영남 유생 최화식, 전라도 유생 조병만이 잇달아 상소를 올렸다. 한성의 임도준, 강원도의 이병익, 평안도의 이수 등도 상소를 올려 이하응을 한양으로 돌아오게 하라는 여론이 비등해졌다.

"중전마마, 이는 필시 양주에 칩거하고 있는 국태공이 유생들을 선동하고 있음이 분명합니다."

이조판서 겸 무위도통사인 민규호가 중궁전을 찾아와 고했다.

"국태공이?"

자영은 눈꼬리를 살짝 치켜올렸다.

"유생들을 선동한다고 해서 국태공에게 무슨 이득이 있겠소?"

"중전마마, 이하응은 비록 양주에 칩거하고 있으나 아직도 조정 대신들에게 막강한 영향력을 행사하고 있습니다."

"음……."

자영은 입술을 깨물고 생각에 잠겼다. 조정 대신들을 굳이 분류한다면 아직도 이하응 계열이 요직을 두루 장악하고 있다고 해도 과언이 아니었다. 그러나 조선은 국왕이 다스리는 나라였다. 국왕만 강력하면 신하나 백성들은 그다지 문제 될 것이 없었다.

'일본의 서계가 조선의 입장에서 보면 받아들이기 어려운 점이 있는 것도 사실이야.'

자영은 생각을 계속했다.

'그런데 국태공을 환저케 하라는 상소가 빗발치고 있으니 해괴한 노릇이 아닌가?'

상소문의 문구는 단순히 이하응을 환저케 하라는 것에 그치지 않고, 재황에게 불효한 임금이라고 몰아치고 며칠 내에 돌아오게 하라는 강경한 비난까지 서슴없이 내뱉고 있었다. 이하응은 정계에서 실각한 이후 스스로 양주의 직곡산장으로 은거한 것이었다. 비록 타의에 의해 야인이 되어 직곡산장에 은거한 것이지만 자영이나 재황 쪽에서 양주로 내친 것은 아니었다. 유생들의 상소는 핵심을 제대로 알지도 못한 터무니없는 주장일 뿐이었다.

'국태공이 유생들을 사주한 것인가?'

자영은 고개를 설레설레 흔들었다.

'설령 국태공이 사주했다고 해도 손을 쓸 수는 없어.'

자영은 너그럽게 생각했다.

"중전마마."

민규호가 생각에 잠겨 있는 자영을 불렀다.

"국태공을 단순히 주상 전하의 생친이요 중전마마의 시아버님으로 생각하여서는 안 됩니다."

민규호는 자영의 마음을 꿰뚫어 보고 있었다.

"경복궁 교태전의 화재, 민승호 대감 폭사 사건, 홍인군 대감 댁의 화재를 생각하시면 이하응의 인물됨이 어떠하리라는 것을 짐작하시리라 믿습니다."

자영은 민규호의 말에 가슴이 찌르르 울렸다. 민승호와 어머니의 죽음, 어린 조카의 죽음을 생각하자 가슴이 타는 것 같았다.

민승호는 불과 45세를 일기로 세상을 마쳤다. 권모술수도 능하고 성격도 유순하여 이하응을 실각시키는 데 결정적인 역할을 했다. 그런 민승호가 자신의 경륜을 미처 펼쳐보지도 못한 채 비명에 죽은 것이다.

'이것으로 국태공과 나의 은원을 끝내야 해. 더 이상의 희생은 필요하지 않아.'

자영은 민승호의 폭사 사건이 있은 후 신철균을 참형에 처하고는 더 이상 사건을 확대하지 않았다. 이하응의 수족이나 다름없는 천하장안을 잡아다가 국문을 했으면 이하응이 연루되었다는 것을 충분히 밝힐 수 있었을 것이다. 그러나 자영은 그렇게 하지 않았다. 이하응과의 대립을 가능한 피하고 싶었고, 민승호의 죽음으로 이하응이 자신에 대한 보복을 끝내기를 기대한 것이다. 그러나 아무것도 모르는 유생들은 상소문을 올려 임금인 재황을 비난하고 있었다. 무엇인가 대책을 세우지 않으면 안 된다고 생각했다.

"그러면 어찌하는 것이 좋겠습니까?"

자영이 민규호를 서늘한 눈빛으로 쳐다보았다.

"유생들을 국문하여 배후를 밝히심이 옳을 줄로 아옵니다."

"배후가 국태공이라는 것이 명약관화한데 국문을 합니까?"

"국태공이 배후라는 것은 심증만 있지 물증이 없습니다."

"하면 물증을 찾아내어 국태공이라는 것이 밝혀지면 어찌 처결하시겠습니까?"

민규호도 자영의 단도직입적인 질문에 말문이 막혔다. 이하응을 배후로 밝히는 것에만 골몰했지 이하응의 처리에 대해서는 깊이 생각해보지 않은 것이다.

"국태공에게 사약을 내리시겠습니까? 그도 아니면 국태공을 제주도로 위리안치하겠습니까?"

"……."

"들으세요! 승호 오라버님이 비명에 돌아가신 후 민문의 실질적인 두령은 이조판서대감 한 분뿐입니다. 국태공이 비록 우리 민문을 적대시하고 있으나 주상 전하에게는 생친이요, 나에게는 시아버지이고, 어린 세자에게는 할아버지입니다. 비록 대역죄를 짓고 모반을 도모했다고 해도 그에게는 사약을 내릴 수도 없고 원지에 유배할 수도 없다는 사실을 왜 모르십니까? 더욱이 임금에게 충성을 하고 부모에게 효도하는 것을 근본으로 삼고 있는 이 나라에서 어찌 국태공에게 위해를 가할 수 있겠습니까? 이는 당치 않은 일입니다."

민규호는 머리를 푹 숙였다. 자영의 말이 비수처럼 가슴을 찌르는 기분이었다.

"하나 유생들의 상소가 잇달아 올라오니 뭔가 대책이 있어야 하겠지요."

자영이 낮게 한숨을 내쉬며 말했다. 자영도 가슴이 답답했다.

"유생들의 상소는 왕부의 위엄을 실추시키고 있습니다."

"그러면 이리하십시오. 먼저 상소를 올리는 우두머리들을 처벌하십시오."

"중전마마의 분부대로 거행하겠습니다."

민규호가 고개를 숙여 보이고 물러갔다.

다음 날 재황은 경연석에서 허무맹랑한 상소로 왕부의 위엄을 실추시키는 자는 엄벌에 처하겠다고 선언했다. 그러자 이번에는 조정의 원로대신들이 일제히 반발하고 나섰다.

"예부터 선비라 함은 임금에게 바른 말씀을 아뢰는 것을 스스로의 본분으로 알고 있습니다. 이제 성상께서 충간하는 유생들을 엄벌에 처하겠다고 말씀하시니 이는 언로를 막는 일이 될 것입니다. 그들의 상소가 비록 사리에 합당하지 않고 거친 언사를 사용하고 있다고 하더라도 어진 임금께서는 순한 말씀으로 그들을 깨우쳐야지 형벌을 남용하여서는 아니 될 것입니다."

김병학, 홍순목, 한계원, 우의정 김병국 등이 연명으로 재황을 비난했다.

"경들은 들으시오! 유생들의 상소는 국론을 오도하고 분열케 하고 있으니 이는 망국지변이나 다름없소! 경들은 순한 말로 유생들을 깨우치라 하고 있으나 그 뒤에서 사주하는 자가 있음이 분명하오! 앞으로는 국태공의 정양처(靜養處)에 조정의 동정을 알리고 국태공의 지시를 받아 조정의 대소사를 논하려는 자는 두 임금을 섬기려는 자로 알고 극형으로 다스릴 것임을 명심하시오!"

연명으로 상소를 올린 빈청(賓廳, 의정부)에 재황의 추상같은 비답이 내렸다. 대신들은 재황의 비답을 보고는 얼굴이 창백해졌다. 재황의 비답은 전에 없이 강경하여 그들은 더 이상 주청하지 못하고 황황히 물러 나오고 말았다.

이하응의 환저를 촉구하는 상소는 그것으로 매듭이 지어졌다. 자영은 이하응을 환저케 하라는 상소 사건이 일단락되자 한시름 놓았다.

***

　조선으로부터 수교를 거부당한 일본은 조선에 세 척의 군함을 파견하기로 결정했다. 일본이 파견하기로 결정한 군함은 운요호, 춘일호, 제2정묘호였다. 이 중 운요호는 영국으로부터 구입한 근대 장비를 갖춘 245톤급의 대형 포함이었다. 운요호는 5월 25일 예고 없이 부산항에 입항했다. 이에 왜학훈도 현석운은 모리야마를 찾아가 항의했다.

　"군선이 예고도 없이 조선 영토에 입항할 수 있는가?"

　"이것은 교섭을 독촉하기 위한 것뿐이다. 초량진에 우리 대표가 상주하고 있으니 당연한 일 아닌가?"

　"군선은 그대들 대표를 보호하기 위한 것인가?"

　"그렇다."

　"그렇다면 우리가 그 배를 살펴봐도 좋은가?"

　"좋다. 우리는 조선 측에 우리의 군선을 보여줄 용의가 있다."

　모리야마는 현석운이 운요호에 승선하는 것을 쾌히 승낙했다. 현석운은 조선 수군 17명을 이끌고 운요호에 승선했다. 운요호는 거대한 철선(鐵船)으로, 기껏해야 범선밖에 볼 수 없었던 현석운과 조선 수군들 입장에서는 꼭 한 번 보고 싶었던 군선이었다.

　운요호에 승선한 현석운 일행은 근대적인 장비를 갖춘 운요호의 위용에 아연하지 않을 수 없었다. 운요호는 크기부터 거대했고 배 전체가 철로 제조되어 웬만한 화포를 맞아도 끄떡도 하지 않을 것 같았다. 게다가 소총으로 무장한 일본 정예병사들 수백 명이 그 배에 있었고 군기도 삼엄했다.

"왜놈들은 모두 총을 갖고 있습니다."

현석운을 수행한 군관이 낮게 속삭였다.

"이런 배를 앞세워 침략하면 조선이 버티기 어려울 것이다."

현석운은 침이 바싹 마르는 듯했다. 현석운 일행이 더욱 놀란 것은 거대한 철선이 석탄을 이용한 불의 힘으로 가고 있다는 사실이었다.

'이 배가 강화도를 거쳐 한강으로 들어간다면 도성이 순식간에 유린될 위기에 처하겠군.'

현석운은 운요호의 위력에 압도되어 긴장감을 느꼈다.

그때 운요호에서 함포사격 연습이 일제히 시작되었다. 현석운 일행은 함포사격의 포성에 놀라 혼비백산했다. 그들은 도망을 치듯이 운요호에서 하선했다.

일본이 부산 앞바다에서 함포사격 연습을 한 것은 치밀한 계획에 의한 것이었다. 비록 바다를 향해 함포사격을 한 것이었으나 포성에 놀란 동래부와 부산포의 백성들은 서둘러 피난 짐을 싸기까지 하는 소동을 일으켰다.

"조선인들에게 우리 군함의 위용을 보여주어라."

운요호는 이어서 동해안을 따라 북상하며 조선을 위협했다. 그들은 함경도 영흥만까지 진출했다가 부산으로 돌아와 조선과의 교섭이 실패로 돌아가자 일단 나가사키로 회항했다.

일본은 조선과의 수교 협상이 지지부진하자 운요호의 함장에게 무력도발을 지시했다. 그러나 표면상으로는 청국의 우장(牛莊) 해안에 이르는 해로를 측량한다는 구실을 내세웠다. 운요호가 나가사키를 출발해 강화도 연안에 이른 것은 1875년 음력 8월 20일의 일이었다.

일본이 도발한다는 소식을 들은 유생들은 이하응의 환저를 촉구하는 더욱 격렬한 상소문을 올렸다. 그러나 재황은 이하응의 환저를 청하지도 않았을뿐더러 조정의 소식을 이하응에게 알리는 신하들조차 역적의 죄를 묻겠다고 단호한 명을 내려놓고 있었다.

'내가 저를 어떻게 해서 왕위에 앉혔는데 모른 척해?'

이하응은 그 소식을 듣고 주먹을 불끈 쥐었다.

'어떻게 나에게 이럴 수 있는가. 나이 어린 중전의 치마폭에 싸여 아비도 몰라보는 옹졸한 인간 같으니……'

이하응은 표독한 며느리 자영보다 아들인 재황이 더욱 미웠다.

'어쨌든 더 늦기 전에 운현궁으로 돌아가야 해. 나라가 누란의 위기에 처해 있으니……'

이하응도 일본이 무력도발을 해왔다는 소식을 들은 터였다. 더 이상 양주에 머무르고 싶지 않았다. 그는 왕비 민씨 일족이나 조정 대신들이 이 난국을 어떻게 타개할지 지켜볼 요량이었다. 게다가 왜구는 무력을 앞세워 화친을 요구하고 있으므로 진정 이웃나라로서 교린을 하려는 것이 아니라 침략을 하려는 의도가 분명했다. 조정 대신들이 이 점을 살펴야 한다고 생각했다.

"의장을 갖춰라! 어떻게 하든지 왜구의 무리가 이 강토를 침략하려는 음모를 분쇄해야 한다!"

이하응이 비장하게 외쳤다. 이내 행차가 마련되었다. 이하응은 남여를 탔다. 호위하는 군사들과 구종별배들이 따르고 벽제소리는 드높았다. 이하응은 남여에 흔들리며 뒤를 돌아다보았다. 이하응의 남여를 따라 초라한 가마 한 채가 따라오고 있었다. 해월의 가마였다. 해월은 가마 위에 새침하게 앉아 있었다.

'역시 절색이야.'

이하응은 가마에서 흔들리는 해월의 미태를 살피며 뜻 모를 미소를 지었다. 신철균이 죽은 뒤 해월을 다시 직곡산장으로 불러들인 이하응이었다.

'크게 쓰일 날이 있을 것이다. 내가 어찌 너 같은 계집을 여섯 달씩이나 데리고 살았는지 아무도 모를 것이다!'

이하응은 속으로 웃었다. 도성이 가까워지면서 연도에 흰옷을 입은 백성들이 많아졌다. 구종별배들의 벽제소리에 놀라 황망히 고개만 숙이거나 뻣뻣하게 고개를 들고 구경을 하는 백성들도 있었다. 그러나 이하응은 백성들을 탓하지 않았다.

이하응이 운현궁으로 돌아오자 주변 인물들이 다시 몰려들기 시작했다. 재황이 친정을 해야 한다고 상소를 올린 최익현을 규탄하는 주장을 하여 형조참의에서 파직당하고 귀양을 갔던 안기영도 운현궁을 찾아와 인사를 올렸다.

"저하, 그동안 얼마나 노고가 크셨습니까?"

이하응은 고개를 들어 안기영을 살폈다. 안기영은 이하응보다 한 살 위였으나 혈색이 좋고 눈이 부리부리했다.

'민씨들을 몰아낼 만큼 이 자가 담력이 있을 것인가?'

이하응은 운현궁으로 돌아온 뒤에도 계속해서 칩거를 했다. 그가 기껏 출입하는 곳이라고는 마포나루 근처에 지어놓은 아소당이었고, 그곳을 오가며 난을 치는 것이 하는 일의 전부였다.

'나는 10년 전에도 강태공처럼 세월을 낚고 있었어.'

이제 다시 세월을 낚아야 한다고 생각하자 가슴속으로 휭 하니 찬바람이 불어들었다. 우수의 세월이었다. 재황은 이하응이 환저했는데도 찾아오지도 않고 대궐로 입궐하라는 어명을 내리지도 않았다. 왕비도 마찬가지였다. 아버지가 정양처에서 돌아왔는데도 아들과 며느리가 인사를 드리러 오지 않는 것이다.

'그래, 이젠 아들과 며느리가 아니야.'

이하응은 어금니를 꽉 깨물었다.

"저하, 조정에서는 일본과 교린을 할 듯싶습니다."

이하응이 물끄러미 건너다보기만 하자 안기영이 불쑥 입을 열었다.

'성격이 조급하겠군.'

이하응은 이맛살을 찌푸렸다. 큰일을 하기에는 어렵지 않겠느냐는 생각이 들기도 했으나 현재로서는 안기영만 한 인물이 없다는 생각이 들었다.

'어쨌든 좀 더 두고 보기로 하지.'

이하응은 속으로 그렇게 생각했다.

"술이나 같이 하세."

이윽고 이하응이 빙긋 웃으며 입을 열었다.

"술이요?"

안기영이 어리둥절한 표정으로 이하응을 쳐다보았다.

"게 누구 있느냐?"

이하응이 밖을 향해 소리를 질렀다.

"예."

그러자 장지문 밖에서 나긋나긋한 여인의 목소리가 들렸다. 계집종의 목소리가 아니었다. 안기영은 장지문 밖에 있는 여인의 목소리를 듣기만 했는데도 가슴이 울렁거렸다.

"전 형조참의께서 오셨다. 주안상을 올려라!"

"예."

여인의 목소리가 다시 들렸다.

'국태공 저하께서 사람이 그리우신 모양이군. 나 같은 관리에게 주안상을 다 내리시다니.'

안기영은 이하응의 지시에 감복했다. 형조참의도 적지 않은 벼슬이기는 했다. 형조에서 가장 높은 벼슬로 판서가 있고 그 밑에 참판이 있었으나 그들은 대개 임금을 보좌하는 일을 했고, 실무는 참의인 그가 모두 담당하고 있었다. 한때 세도가 당당했으나 이하응의 운현궁에 오면 말석에도 끼지 못하였다. 운현궁에는 항상 정승과 판서를 지낸 원로대신들을 비롯해 현직에 있는 기라성 같은 대신들이 출입하고 있었다. 이하응이 실각을 하기 전에는 오늘 같은 일은 꿈도 꾸지 못할 일이었다.

이내 주안상이 들어왔다. 주안상을 들고 들어온 여자는 스무 살을 갓 넘긴 아리따운 소부(小婦)였다. 송화색의 노랑 저고리에 다홍치마를 입었는데 얼굴이 절색이었다.

'아!'

안기영은 마른침을 꿀꺽 삼켰다. 경국지색이라는 말이 있다더니 이 여인을 두고 이르는 말이 아닌가. 안기영은 자신의 눈빛이 흔들리는 것도 의식하지 못한 채 젊은 여인의 얼굴을 넋을 잃고 바라보았다.

"전 형조참의 어른이시다. 인사를 올리도록 해라."

"예."

이하응의 분부를 받은 여인이 절을 하기 위해 두 팔을 이마에 올렸다. 그때 여인의 노랑 저고리가 위로 올라가며 겨드랑이의 흰 살이 살짝 드러났다.

"해월이 전 형조참의 어른께 인사 올립니다."

해월이 다소곳이 절을 하기 시작했다. 안기영은 깜짝 놀라 황망히 맞절을 했다.

'도대체 누구이기에 나에게 절을 하라고 하는 것일까?'

안기영은 숨조차 쉴 수 없었다. 안기영을 감탄하게 만든 것은 그것뿐이 아니었다. 이하응은 해월을 시켜 안기영에게 술까지 따르게 했다.

안기영은 그날 마포나루 옆의 아소당에서 대취하여 집으로 돌아왔다. 그는 집에 돌아와서도 해월의 몸에서 풍기던 희미한 살냄새 때문에 잠을 이룰 수 없었다. 이하응이 무엇 때문에 자신을 융숭하게 대접을 해주는지 알 수 없었으나 이하응을 위해서라면 무엇이든지 할 수 있을 것 같았다.

안기영은 그날부터 이하응의 운현궁을 수시로 출입했다.

***

여름이 가고 가을이 왔다. 이해의 추석은 어느 때보다 빨리 왔다. 1875년 음력 8월 20일, 양력으로는 9월 19일이었다. 강화도의 동남쪽인 초지진 앞바다에 거대한 철선이 한 척 나타났다.

"철선이다!"

"이양선이다!"

운요호를 먼저 발견한 것은 강화도 근해에서 고기잡이를 하던 어선들이었다. 이미 병인양요와 신미양요를 겪은 강화도 어민들이었다. 이양선이 나타난 것이 두렵지는 않았으나 그들은 쏜살같이 노를 저어 초지진의 초지 첨사에게 알렸다.

"병사들을 소집하라."

초지 첨사는 병사들을 지휘하여 철선을 감시했다. 철선이 어느나라 배인지도 알 수 없어 긴장해 있는데 철선에서 단정(舟延, 보트)이 나와 초지진으로 접근해 왔다.

"이양선이 분명하니 문정을 하라."

초지 첨사는 병사들에게 지시했다. 병사들이 곧장 나룻배를 타고 단정으로 달려갔다. 그러나 단정에는 통역이 없었다. 말을 알아듣지 못해 그대로 돌아왔다.

"단정에는 통역이 없습니다."

병사가 달려와 초지 첨사에게 보고했다.

"어느 나라 배인지 알아볼 수 있었는가?"

"배는 이양선의 모양을 하고 있었으나 사람들은 이양인이 아닌 듯했습니다. 얼핏 보아 왜인들인 것 같았습니다."

"무엇하러 왔는지 알 수 없는가?"

"그들이 손짓으로 물 마시는 시늉을 하는 것을 보면 물을 찾아온 것 같습니다."

"물을 찾으러 온 것은 흉계가 분명하다. 더 이상 접근하지 못하도록 경고하기 위해 화승총을 몇 발 놓아라!"

초지 첨사는 병사들에게 경고 사격을 지시했다. 몇몇 병사들이 재빨리 화승총에 불을 당겼다. 요란한 총성이 울리자 국적을 알 수 없는 단정이 재빨리 거대한 철선 쪽으로 후퇴했다.

"이양선이 도망갔다!"

초지진 성루에 서 있던 병사들이 일제히 환호성을 울렸다. 단정이 철선으로 돌아간 것을 도망간 것으로 생각한 것이다. 그러나 한 식경이 채 지나지 않아 산처럼 거대한 철선이 초지진으로 육박해 왔다.

"이양선이 다시 온다!"

"이번엔 철선이 온다!"

병사들은 바짝 긴장했다. 어느 사이에 적의 내침을 알리는 북소리가 둥둥 울리기 시작하고 봉화가 높이 솟았다.

초지진의 조선군 병사들이 철선의 정체를 파악하기도 전에 운요호의 함포가 일제히 불을 뿜었다. 천지가 진동을 하면서 날아온 포탄이 바위를 때리고 작렬했다. 초지진의 조선군 병사들도 일제히 대완구를 쏘아댔다. 그러나 운요호에서 날아온 포탄은 순식간에 초지진의 조선군 포대를 초토화시켰다. 조선군 포대는 겨우 응사하는 시늉을 하다가 궤멸되고 말았다. 운요호의 함포는 구경이 110밀리에 달했다. 운요호는 순식간에 초지진 포대를 쑥밭으로 만든 뒤 곧장 영종도로 진격했다. 일본의 본격적인 무력도발이 시작된 것이다.

그러나 조선군의 영종도 방위는 허술하기만 했다. 그들은 자신들을 공격하는 군선이 어느 나라 배인지도 모른 채 공격을 당하고 있었다. 영종 방어사 이민덕은 병사들을 지휘하여 국적을 알 수 없는 철선을 향해 맹렬히 포격을 해댔다. 피아간에 탄우가 빗발치고 포연이 자욱하게 솟았다. 그러나 조선군의 대완구는 일본의 철선에 미치지 못하고 물기둥만 하얗게 일으켰다. 애당초 상대가 되지 않는 전투였다. 일본군의 운요호는 근대적인 군함이었다.

'이럴 수가!'

조선군 병사들은 아연실색했다. 운요호에서 쏘아대는 함포는 여지없이 조선군 포대에 떨어져 영종도 방어진을 초토화시켰다. 병사들의 몸뚱이가 흙무더기와 함께 튕겨져 오르고 포대가 순식간에 날아갔다.

영종 방어사 이민덕은 부하들과 함께 패주했다. 운요호는 조선군 포대를 궤멸시킨 뒤 육전대를 투입하여 영종도를 침략했다. 영종도 성안은 일본군에 의해 불바다가 되었다. 일본군 육전대는 닥치는 대로 민가를 불 지르고 노략질을 자행했다. 그러나 조선군 병사들은 이민덕을 따라 모조리 달아나서 영종도는 아수라장이 되었다. 일본군은 살인과 방화, 약탈을 하고는 닥치는 대로 부녀자들을 겁탈한 뒤 유유히 사라졌다.

이것이 운요호사건이다. 일본은 영종도에서 대포 36문, 화승총

130여 정, 그리고 백성들의 재물을 약탈하여 전리품으로 싣고 갔다. 일본군의 피해는 경상자 2명이었고, 조선군은 백성들을 제외한 병사들만 35명이 전사했다.

운요호사건에 대한 장계는 8월 26일에야 조정에 당도했다. 경기도 관찰사 민태호의 보고에 의해서였다.

'이양선이 또 나타났다는 말인가?'

자영은 이양선이 나타났다는 말에 온몸이 긴장되었다.

'이번에는 전하와 대신들에게 맡기자.'

자영은 왕비의 신분으로 국정에 관여하는 일이 옳지 않다고 생각했다. 이제는 재황이 국왕으로서 국가의 위기를 해결해야 하는 것이었다.

재황은 경복궁 근정전에서 중신회의를 열었다.

"경기도 관찰사 민태호의 장계를 경들도 알고 있을 것이오. 강화도 초지진이 궤멸되고 영종도가 유린되었다고 하는데도 어느 나라 군선인지도 모른다니 참으로 막막하기 짝이 없구려."

재황이 먼저 대소 신료들을 굽어보며 무겁게 운을 떼었다. 병인양요 때와 신미양요 때는 그래도 어느 나라 군선이 내침을 했는지는 알고 있었다. 그러나 지금은 영종도가 유린되었는데도 어느 나라 군선의 짓인지 알 수 없어 재황은 답답했다.

"송구하옵니다, 전하."

좌의정 이최응이 머리를 조아리며 사죄의 말씀을 올렸다.

"군선에서 쏘는 대완구의 위력이 막강하다던데 이양선이 아니겠소?"

재황이 마땅치 않아 하는 기색으로 이최응에게 하문했다. 영의정 이유원은 지난 4월에 사직하여 조정에 나오지 않고 있었다.

"전하, 신도 그리 생각하고 있사옵니다."

이최응이 다시 맥 빠진 대답을 했다. 재황은 우의정 김병국을 굽어보았다. 우의정 김병국이라면 영종도를 유린한 군선이 어느 나라 배인지 알 수 있을 것 같았다. 그러나 김병국은 묵묵부답 머리만 조아리고 있었다.

'도대체 조정의 대신들이 왜 이런 것도 모르는 것일까?'

재황은 자영의 얼굴을 잠깐 생각했다. 자영은 이럴 때 대신들에게 무엇이라고 지시해야 할지 알고 있을 것이 분명했다.

"전하, 영종도를 유린한 철선이 어느 나라 군선인지는 중요하지 않습니다. 신미양요 이후 우리 조정은 해마다 군사를 양성하고 포대를 구축했는데도 영종도가 군선 한 척에 유린되었다는 것은 실로 통탄할 일입니다. 이는 우리의 방비가 허술한 것으로, 우선 영종 첨사 이민덕을 치죄하고 대책을 세워야 마땅할 줄 압니다."

판중추부사 박규수의 직언이었다.

"그러하옵니다. 영종 첨사 이민덕을 파직하소서."

대신들이 일제히 박규수의 직언에 동조하고 나섰다.

"영종 첨사 이민덕을 파직하오."

재황은 좌의정 이최응에게 간단히 지시했다.

"아울러 인천을 방어영으로 승격시키고 영종을 인천 방어영에 이속시키도록 하시오."

"황공하옵니다."

대신들이 일제히 머리를 조아렸다.

"신 박규수 아뢰오. 영종도가 유린된 것은 단순히 외국 군선의 분탕질이 아닐 것으로 생각됩니다. 외국 군선이 영종도를 유린했을 때는 반드시 그 목적이 있을 것으로 추정되는바, 미구에 외국 군선이 다시 내침을 하든가 목적을 알리러 올 것이 예상되니 속히 그 방비책을 세워야 할 것입니다."

"외국 군선이 다시 온다는 말이오?"

"그러하옵니다. 외국 군선이 도적이라면 몰라도 어찌 영종도를 분탕질하는 것으로 그치겠습니까?"

"하면 어떻게 방비책을 세워야 하오?"

"전하, 우선 어명을 내려 우리 군사들에게 전국의 방어진을 굳게 지키게 하시고 일본의 서계를 받아들여야 할 것으로 아옵니다."

"일본의 서계를 받아들이라고요?"

"그러하옵니다. 지난달에도 부산포에서 일본의 철선이 대포를 마구 쏘아대 백성들이 크게 동요한 일이 있었다고 합니다. 전후 사정을 살피건대 영종도에 나타난 군선은 이양선이 아니라 일본의 철선이 아닐까 합니다."

"음⋯⋯."

재황이 신음처럼 짧게 탄식을 했다. 얼핏 박규수의 말이 옳을지도 모른다는 생각이 들었다.

"하나 일본은 세 가지 불가 항목을 고치지 않고 있으니 세계를 받아들일 수가 없지 않소?"

"전하, 조정의 공론이 그러했으나 이제는 시기를 더 이상 늦출수가 없습니다. 시기를 자꾸 늦추다 보면 영종도 유린보다 더 참혹한 치욕을 겪을 수도 있습니다."

박규수가 불만이 가득한 음성으로 내뱉었다. 그는 이미 영종도를 공격하여 민가를 약탈하고 불을 지른 것이 일본군임을 간파하고 있었다.

"신 우의정 김병국 아뢰옵니다. 이양선인지 외국의 어느 군선인지 알 길이 없으나 그들이 물러갔다고 하여 경계를 늦출 수는 없사옵니다. 인천을 방어 사영으로 승격시킨 것이나 연해에 대하여 엄중히 경계하라는 영을 내린 것은 모두 외적을 물리치자는 것입니다. 안으로 정사를 잘하는 요점으로 말씀 올리면 규율을 세우며 탐오를 징계하고 사치를 금지하는 것인데, 그 근본은 오직 학문에 열과 성을 다하는 것입니다. 전하는 오로지 학문에 전념하여 날마다 경연을 열고 덕을 닦아야 할 것입니다. 이처럼 공부를 열심히 하고 덕을 닦는다면 외적을 물리치는 것도 저절로 될 것입니다. 전하께서는 더욱더 학문에 힘쓰시기 바랍니다."

엉뚱한 발상이었다. 외적이 침입을 했는데 학문을 열심히 하라고 주장하고 있는 것이다. 재황은 잠시 박규수와 김병국의 얼굴을 번갈아 굽어보았다. 박규수와 김병국 두 사람 다 경륜이 만만치 않은 사람들이었다. 그러나 두 사람의 의견이 각기 달랐다. 재황은 어느 쪽의 의견을 취해야 할지 알 수 없었다.

"신 좌의정 아뢰오."

그때 흥인군 이최응이 입을 열었다.

"우의정 김병국 대감의 의견이 사리에 합당합니다."

재황이 잠자코 고개를 끄덕거렸다. 생각해보니 우의정 김병국의 생각이 옳은 것 같았다. 아니, 학문을 열심히 하고 덕을 닦으라는데 무슨 할 말이 있겠는가.

"안으로 정사를 잘하고 밖으로 외적을 물리치는 데 있어서 학문을 열심히 하고 덕을 닦아야 하는 것은 당연한 일이다. 내가 어찌 명심하지 않겠는가."

재황은 핵심을 벗어난 지시를 내렸다.

***

자영은 아미산을 천천히 걸었다. 미인의 눈썹을 닮았다고 아미산이라고 부르는 교태전 뒷산은 단풍이 화려하게 물들어 있었다. 추석이 지난 지 며칠 되지 않아 단풍은 더욱 화려했다.

'강화도에 나타난 이양선이 어느 나라 배인지도 모르니…….'

자영은 강화도의 철선이 불길하게 생각되었다.

"이창현이는 죽동에 있느냐?"

자영은 뒤를 따라오는 박 상궁에게 물었다. 장순아는 이하응의 첩자였기에 대궐에서 내쫓았고 박 상궁이 감찰상궁을 맡고 있었다.

"사가에 사람을 보내 민영익과 이창현을 들라고 하라."

"예."

박 상궁이 머리를 조아리고 물러갔다. 민승호가 죽은 뒤에 민치록의 제사를 받들기 위해 민태호의 아들 민영익을 양자로 들였다. 민영익은 열여섯 살밖에 되지 않았으나 8학사라고 불릴 만치 학문이 뛰어나고 총명했다.

자영이 왕비가 되기 전까지 민태호는 가난하게 살았다. 민영익이 태어날 무렵에는 콩죽으로 연명할 정도로 가난했다. 그러나 자영이 왕비가 되면서 민규호, 민태호, 민겸호가 모두 과거에 급제했다. 자영이 민태호의 아들 민영익을 민승호의 양자로 삼겠다고 하자 거절하기까지 했다.

"중전마마께서 어떤 분인데 양자를 거절합니까?"

민규호가 민태호를 윽박질렀다. 이때의 공로로 민규호는 이조판서가 되었다. 자영이 먼 친척에 지나지 않는 민영익을 민승호의 양자로 삼은 것은 그가 총명하다는 소문이 파다했기 때문이다.

민영익과 이창현이 대궐로 들어온 것은 해가 설핏 기울기 시작했을 때였다.

"강화도가 시끄럽다. 알고 있느냐?"

자영이 민영익을 살피면서 물었다.

"예."

"네가 강화도에 가서 철선이 어느 나라 배고 무슨 목적으로 왔는지 살피고 오너라."

"예."

민영익이 머리를 조아렸다.

"이창현이라고 했느냐?"

자영이 민영익 뒤에 꿇어 엎드려 있는 이창현을 향해 물었다.

"예."

"너는 동래부로 가서 왜국의 동정을 자세히 알아가지고 오거라."

"왜국까지 다녀옵니까?"

"왜국까지 갈 필요가 있느냐? 동래에 왜상들이 많다고 하니 그자들을 잘 구슬려 동정을 낱낱이 살펴야 한다."

"예."

"물러들 가라. 경비는 박 상궁에게 받아 가라."

자영이 손을 내저었다. 민영익과 이창현이 머리를 조아리고 물러갔다. 자영은 허공을 응시하면서 잠시 생각에 잠겼다가 박 상궁이 돌아오자 명을 내렸다.

"사역원 당상에 오경석이라는 인물이 있을 것이다. 내일 낮에 오경석을 데리고 오거라."

이튿날 아침, 오경석이 들어오자 자영은 발을 치고 만났다.

"그대는 역관으로 청나라를 자주 왕래했다. 청나라에 있는 외국인들의 이야기를 하라."

"청나라에는 과연 많은 외국인들이 들어와 있습니다. 그들은 처음 들어올 때 통상을 목적으로 들어옵니다."

"통상이라 함은 장사를 말하는 것이 아닌가?"

"그러하옵니다. 장사를 하기 때문에 반드시 이익을 취하고 있습니다."

"그렇다면 통상을 반대해야 하는가?"

"아닙니다. 통상을 하면서 그들의 과학문명을 배워야 합니다. 서둘러 개화를 하지 않으면 탐욕스러운 저들에게 나라를 빼앗길 수도 있습니다."

"쇄국을 하여 변방을 굳건히 지키는 것은 어떤가?"

"안 됩니다. 저들은 군함이라는 철선을 많이 가지고 있습니다. 철선 몇 척도 조선은 감당하기 어려울 것입니다."

"개국은 피할 수 없는데 나라를 지킬 일이 걱정이구려."

자영은 무겁게 한숨을 내쉬었다.

이창현은 보름이 걸려서 동래에 도착했다. 동래부에서 엄중하게 단속을 하는데도 왜상들이 적지 않게 들어와 장사를 하고 있었다. 이창현은 왜국 물건에 관심이 있는 척하면서 왜상들에게 접근했다. 왜상들 중에는 조선말을 하는 자들도 적지 않았다. 이창현은 그들로부터 많은 이야기를 들을 수 있었다.

이창현은 두 달 동안 동래에서 일본인들의 동정을 살핀 뒤에 한양으로 돌아왔다.

'왜국이 그토록 강대한 나라가 됐구나.'

이창현으로부터 자세한 보고를 받은 자영은 절망감에 휩싸였다. 이제는 일본과 수호조약을 맺지 않는 것이 불가능해 보였다.

일본은 치밀한 계획에 의해 영종도를 노략질했으나 예상외로 조선 측에서 아무 반응이 없자 일본 여론에 불을 질렀다.

'대일본제국의 국기를 달고 있는 일본 군함에 포격을 한 것은 일본을 무시하는 행위다. 운요호가 우장을 향해 항해하던 중 강화도 부근에 정박하여 음료수를 얻고자 한 것뿐인데 포격을 했으니 조선에서 일본에 대해 선전포고를 한 것이나 다름없다.'

일본 조야에 순식간에 정한론이 일어났다. 그렇잖아도 6년 동안이나 조선과의 수교를 원했으나 이루어지지 않아 일본인들 사이에 은근히 조선을 정벌해야 한다는 기운이 싹 트고 있을 때였다.

일본은 지난해 4월에 이미 유구국을 정벌했다. 유구국은 청나라의 영토였으나 과감하게 정벌을 한 뒤 배상금까지 두둑하게 받아낸 것이다. 일본 국민들은 빼앗은 영토를 되돌려주는 것이 불만스러웠으나 아직도 청나라와 전쟁을 하기에는 힘이 약하다고 생각하여 배상금을 받는 것으로 만족했다. 청나라를 치기 위해서는 조선을 쳐서 교두보를 마련해야 한다는 것이 군사 전문가들의 상식이었다.

"조선을 치자!"

"조선을 쳐야 아시아를 수중에 넣을 수 있다!"

일본은 호전적으로 외쳤다. 여론이 국민들을 부추기고, 국민들은 일본 조정을 무능하다고 규탄하기 시작했다. 일본 조정의 강경론자들은 여론을 이용하여 정한론에 불을 질렀다.

10월 12일, 일본은 다시 부산의 초량리에서 무력도발을 시도했다. 일본 군함 맹춘호에서 해군 병사 70여 명을 상륙시켜 민가에 불을 지르고 조선군 12명을 살해한 것이다.

왜관 훈도 현석운이 왜관에 항의했다.

"일본 병사들은 해군성의 관할이므로 외무성 관리인 우리로서는 그들을 저지할 권한이 없다."

모리야마 시게루가 비웃었다. 이 일은 곧장 조선 조정에 알려졌다.

조선 조정은 일본과의 교섭이 지리멸렬한 점을 추궁하여 동래

부사 황정연을 홍우창으로 바꾸었다. 한편 좌의정 이최응은 11월에 들어서자 재황에게 일본의 서계를 받아들이라고 강력히 요청했다. 그것으로 박규수는 더욱 힘을 얻었고, 영의정을 사직한 이유원조차 서계를 받아들이라고 재황에게 주창하자 재황은 마침내 이를 봉납하라고 지시했다. 이유원, 이최응, 박규수를 '개국 3재상'이라고 부르는 데는 이러한 이유가 있다.

동래 부사 홍우창은 일본의 서계를 받아들이라는 조정의 지시를 받고 부산의 동래부에 부임했다.

"우리 조정에서는 귀국의 서계를 받아들이기로 결정했소. 귀국에서는 속히 서계를 다시 올리도록 하시오."

그러나 모리야마의 반응은 냉담했다. 얼굴에는 홍우창을 가소롭게 여기는 듯한 조소까지 번지고 있었다.

"조선이 이제야 서계를 받겠다니 우스운 꼴이 되었소."

"우스운 꼴이 되다니, 그게 무슨 소리요?"

홍우창은 어리둥절하여 모리야마를 쏘아보았다. 모리야마와의 협상이 처음이기는 했으나 의외로 냉담한 반응에 놀라지 않을 수 없었다.

"이제는 조선이 서계를 받고 안 받고는 중요하지가 않소."

"그럼 무엇이 중요하오?"

"조선은 일본 군함에 대해 함부로 발포를 했소. 일본은 이 문제를 조선 측에 따지기로 했소."

"조선이 일본 군함에 발포를 했다는 것이 무슨 소리요?"

"조선은 강화 초지진에서 물을 구하러 간 우리 운요호에 포격을 했소. 이것은 우리 일본을 모독한 행위이므로 용납할 수가 없소."

홍우창은 어이가 없었다. 강화도와 영종도에 이양선이 내침했다는 사실은 이미 나라 안에 파다하게 퍼져 있었다. 그러나 그것이 일본의 짓이라고 공식 확인한 것은 처음이었다.

'뻔뻔한 놈들!'

홍우창은 입술을 깨물고 동래 왜관에서 나와 즉각 그 사실을 조정에 알렸다. 그러나 조선 조정은 의논만 분분할 뿐 뚜렷한 대책을 세우지 못했다.

"우리는 강화도에 들어온 배가 일본의 배인 줄 몰랐소. 게다가 일본은 영종도에 침입하여 우리 조선군을 35명이나 살해했소."

홍우창은 모리야마에게 다시 따졌다.

"우리 배에는 일장기가 걸려 있었소."

"일장기가 무엇이오?"

"일장기는 대일본제국의 국기요."

"국기가 무엇이오?"

"국기는 우리 대일본제국을 상징하는 깃발이오."

홍우창은 어리둥절했다. 조선엔 그때까지도 국기가 없었다.

"조선은 우리 대일본제국의 국기를 모독했소."

홍우창은 입을 다물었다. 국기가 무엇인지도 모르는 판에 국기 모독 운운하는 말을 납득할 수가 없었다.

"그러면 일본은 어떻게 할 생각이오?"

"우리는 조선이 운요호에 포격을 한 적대행위를 따지기 위해 전권단을 파견하여 배상을 요구할 것이오."

"배상이요? 아니, 우리 조선군이 포격을 해서 일본이 어떤 손해를 보았소? 배상이라니 당치 않은 얘기요."

"아무튼 우리 일본 정부에서는 전권단을 파견할 것이니 조선에서도 준비를 해놓는 것이 좋을 것이오."

"무슨 준비를 말하는 것이오?"

"조선에서도 전권단을 구성해야 할 것이오."

모리야마는 오만하게 선언했다. 홍우창은 입맛이 썼으나 자신의 권한으로는 어찌해볼 도리가 없었다.

"전권단은 언제 올 것이오?"

"모르겠소."

모리야마는 실눈을 뜨고 내뱉었다.

홍우창은 모리야마와 헤어져 동래부로 돌아오며 깊은 한숨을 내쉬었다. 일본 외무성의 하위 관리에 지나지 않는 모리야마조차 조선을 가소롭게 보고 있는 것이 불안했다. 홍우창은 모리야마와 회담한 사실을 자세히 적어 조정으로 올려 보냈다. 그러나 조정에서는 아무런 지시도 내려오지 않은 채 좌의정 이최응이 영의정에 제수되었다는 소식만 들려왔다.

홍우창은 우울했다. 날씨는 이미 살을 에일 듯이 추워졌다. 음력 11월이면 엄동설한이다. 부산은 조선 반도의 남쪽이라 한겨울에도 눈 대신 빗발이 자주 뿌렸다. 11월 29일이면 한성 장안에는 문고리가 얼어붙고 북풍한설이 몰아칠 때였으나 부산은 빗발이 흩날리고 있었다.

동래 부사 홍우창은 11월 29일 아침 모리야마로부터 일본 외무성의 통보를 받았다.

"대일본 정부 외무성은 천황폐하의 명에 의하여 조선군이 운요호에 발포한 사실을 엄중히 따지고 그 손해배상을 청구하기 위해 특명전권변리대사를 파견하니 조선도 전권대신을 임명하여 협상에 임하기 바라오."

일본의 통고를 받은 조선은 대책회의에 들어갔다. 조선은 전권대신에 신헌을 임명했다.

일본은 강화도에 상륙하여 전권대신을 기다렸다. 조선이 일본의 수교를 허락할 것이라는 소문이 퍼지면서 전국의 유림이 들끓었다. 최익현은 도끼를 등에 지고 대궐 앞에 꿇어 엎드려 통곡하면서 일본과의 수교를 필사적으로 반대했다.

'최익현은 세상 돌아가는 것을 모르고 있다.'

자영은 최익현이 일본과의 수교를 반대하자 씁쓸했다.

"도끼를 들고 피 끓는 상소를 올리는 것을 보니 충신은 충신인 모양이야."

"도대체 왜놈들과 수호조약을 맺으려는 까닭이 뭐래?"

"왜놈들이 강화부에 철선을 끌고 와서 위협을 하고 있다잖아. 수호조약을 맺지 않으면 병사들을 이끌고 도성으로 쳐들어온다는 거야."

백성들은 광화문 앞에서 꿇어 엎드려 절규하는 최익현을 보고 혀를 찼다. 최익현은 나흘 낮과 밤을 물 한 모금 마시지 않고 국왕인 재황의 답변을 기다렸다.

"최익현을 흑산도로 위리안치하라!"

1월 28일 아침, 재황은 의정부에 영을 내렸다. 최익현의 상소가 대신들을 비난하는 데 그치지 않고 임금까지 질책하고 있다는 것이 이유였다.

최익현은 1월 29일 의금부 나졸들에게 이끌려 흑산도로 귀양길에 올랐다. 최익현과 함께 수호조약 체결을 규탄하던 유생들과 백성들도 의금부에 의해 강제로 해산되었다. 그리고 격론 끝에 일본 전권대신 구로다가 제시한 조약 초안을 신헌에게 되돌려보내고 신헌 스스로 판단하여 처리하라고 위임했다.

신헌은 조정의 위임을 받자 난감했다. 오경석의 보고에 따르면 도성에는 수호조약 체결을 반대하는 상소가 빗발치고 있었다. 왕명에 의해 접견대관으로 파견되기는 했으나 조약을 체결하는 권한을 위임받게 되면 대역죄로 몰릴 수도 있는 것이다. 신헌은 접견대관을 사양하는 장계를 올렸다.

"신 삼가 아뢰옵니다. 금번 전하께오서 일본의 조약 초안을 보시고 시원임대신들의 공론으로 가부를 정하지 않고 오로지 신에게 전권을 위임하시었으나 신은 미천한 무신이요, 조약 체결도 잘 알지 못하여 감당할 여력이 없사오니 거두어주소서."

그러나 재황은 신헌의 장계에 불가하다는 회답을 보냈다. 재황이 신헌에게 전권을 위임한 것은 사역원 당상 오경석의 주청 때문이었다. 오경석은 조정의 논의가 시일만 끌 뿐 결론을 내리지 못하고 우왕좌왕하자 차라리 신헌에게 전권을 위임하는 것이 좋겠다고 생각한 것이다. 재황은 오경석의 주청을 받아들여 접견대관 신헌에게 다음과 같은 영을 내렸다.

"이번에 일본 사신이 와서 수호를 청하는 것은 좋은 관계를 맺으려고 하는 것이지만 나라의 안전과 관계되는 바가 없지 않다. 경은 문무를 겸비하고 일찍부터 명망이 드러났기 때문에 조정에서는 경이 아니면 처리할 사람이 없다고 논의하였다. 임기응변에 대하여 전임시키지 않을 수 없으니 형편에 따라 경이 처결하라. 나는 경을 든든한 긴 성과 같이 믿고 있으니 경은 나의 지극한 뜻을 체득할 것이다."

접견대관 신헌은 재황의 지시를 받자 낮게 한숨을 내쉬었다. 온 나라가 뒤숭숭한데도 조정은 조약에 대한 모든 책임을 그에게 떠넘기고 있었다. 오경석과 박규수는 이때 맹렬하게 개국을 주장했다.

2월 3일, 조선과 일본은 역사적인 조일수호조규(朝日修好條規. 병자수호조약, 강화조약)를 맺었다. 일본에서 전권대신 구로다, 부사 이노우에가 서명하고 조선에서는 접견대관 신헌, 부사 윤자승이 서명했다. 전문과 12관으로 되어 있는 병자수호조약이 체결됨으로써 일본 전권단은 득의만면하여 다음날 일본으로 돌아갔다.

이로써 강화도에 감돌던 전운은 걷혔으나 조선 조정은 일본의 무력에 굴복했다는 자괴감 때문에 초상집 같은 분위기였다.

***

조일수호조규가 일본의 강압에 의해 체결됨으로써 굳게 닫혔던 쇄국의 문이 타의에 의해 열리게 되었다. 조선은 좋든 싫든 일본을 통하여 물밀듯이 밀려들어오는 개화의 물결에 휩쓸리지 않으면 안 되었다. 수구와 개화의 일대 전환기에서 5백 년을 면면히 이어온 이씨왕조가 새 시대의 조류를 제대로 흡수하지 못하고 몰락의 구렁텅이로 서서히 발을 들여놓고 있었다. 이미 개화의 풍랑은 울타리 밖을 둘러싸고 문을 열라고 함성을 지르고 있었고, 박규수 등 개화 1세대들의 주장에 의해 일본에게 문호를 개방했으나 수구세력의 반대도 점점 격렬해지고 있었다.

조선은 조일수호조규에 명시된 조규에 의하여 일본에 수신사를 파견하지 않으면 안 되었다. 고종도 접견대관 신헌과 부사 윤자승의 보고로 서양 문물을 받아들인 일본이 비약적으로 발전했다는 사실을 대강이나마 알게 되어 마음이 움직였다. 이에 따라 조정의 논의는 다시 분분해졌다.

조정은 척화론자들과 개국론자들의 주장을 절충하여 일본에 수신사를 보내기로 하되 수신사의 격을 낮추기로 하였다. 그리하여 예문관(조선조의 제찬, 사명에 관한 일을 맡아보던 기관) 응교 김기수를 예조참의로 승차시켜 수신정사로 삼고 역관 현석운 등 75명으로 사절단을 구성하여 일본에 파견했다.

김기수 일행은 4월 4일에 도성을 떠나 4월 29일 부산에서 일본 기선을 타고 요코하마로 출발했다. 김기수의 수신사 일행은 일본에서 20일 동안 머무르면서 일본 정부의 극진한 대접을 받았다. 특히 수신정사인 김기수는 일본 정계의 내로라하는 실력자들인 이토 히로부미, 이노우에 가오루, 산조와 면담을 하는 한편 전신, 철도, 각종 공장 등 산업시설까지 두루 시찰한 뒤 5월 10일 일본 천황까지 만나고 5월 27일 동경을 떠나 그해 윤 5월 7일에 부산에 도착했다.

수신정사 김기수는 부산에서 먼저 장계를 올린 뒤 음력 6월 1일에 한성에 도착하여 고종에게 귀국 보고를 했다. 김기수는 자신이 일본에서 보고 들은 것을 고종에게 상세히 보고했다. 고종은 김기수가 철도와 전신에 대하여 얘기하자 "그런 것도 있었는가" 하고 거듭 탄복했다. 뿐만 아니라 김기수가 일본의 근대화된 군대에 대해서 얘기하자 "아아, 일본이 그토록 강성해졌는가" 하고 탄식했다.

김기수는 《일동기유(日東記游)》라는 기행문을 남겼는데, 여기에 열차를 처음 타본 소회를 적나라하게 기록하여 화제가 되었다.

칸마다 모두 바퀴가 있어 앞차의 화륜이 먼저 구르면 여러 차의 바퀴가 일제히 따라 구르는데 소리가 우레 같았다. 번개처럼 달리고 바람과 비처럼 날뛰었다. 한 시간에 3~4백 리를 달린다고 하는데 차체는 조금도 흔들리지 않고 편안했다. 다만 좌우의 차창으로 산천, 옥택(屋宅; 집), 사람이 보이기는 했으나 앞에서 번쩍 뒤에서 번쩍하여 도저히 종잡을 수가 없었다.

《일동기유》 2권에 기록한 〈완상(玩賞)〉이라는 글에 있는 기록이다. 김기수의 기행문은 나오자마자 널리 읽히는 명저가 되었다.

6월 5일 일본은 외무성 이사관인 미야모토 고이치를 제물포에 파견했다. 조일수호조규의 부록인 통상조약을 조인하기 위해서였다.

척화론자들의 강경한 반대에도 불구하고 미야모토는 한성으로 당당히 입성했다. 조정의 논의는 물 끓듯 들끓었으나 경기 중군의 숙소인 청수관을 일본 사신인 미야모토의 숙소로 쓰게 하고 의정부 당상 조인희를 파견하여 조일수호조규 부록과 통상조약을 조인하게 했다. 그리하여 7월 6일 마침내 조일수호조규 부록 11관과 무역장정 11칙이 조인되었는데 조선에 가장 불평등했던 것은 부록보다 무역장정으로, 제7칙이 대표적이다. 그것은 일본 정부의 모든 선박은 조선에 입항하거나 퇴항할 때 불납 항세를 한다는, 이른바 관세 면제의 혜택이었다. 조선 조정이 국제적 외교에 무지한 탓이었다.

조선 조정은 조선을 향해 불어닥치는 개화의 바람이 무력을 앞세우고 있다는 사실만은 절감하고 있었다. 그들은 수신정사 김기수의 보고로 일본이 조선통신사를 보낼 때보다 훨씬 강대해졌다는 것을 알고 그에 대한 대책을 세우기에 분주했다. 나라와 나라의 조약이 힘을 바탕으로 하지 않으면 아무 소용이 없다는 것을 개화파라고 해서 모를 리가 없었다.

조정은 무위소에 신식 군기인 자기황과 칠연총(7연발 총), 그리고 수차를 제작하게 하였다. 어떻게 하든지 일본 군대와 맞서기 위한 안간힘이었다.

12월 27일, 우의정을 지낸 박규수가 노환으로 죽었다. 박규수는 역관 오경석과 함께 이 땅에 개화의 씨를 뿌린 사람이었기에 개화파의 충격은 컸다. 그러나 개화파에 박영효, 홍영식, 유길준 등이 가담함으로써 기존의 김옥균, 김홍집, 김윤식 등 이미 조정에 출사한 인물들과 함께 커다란 세력을 형성하게 되었다.

개화 1세대라고 할 수 있는 오경석은 강화도의 조일수호조규에서 맹활약을 했고, 괴승이라고까지 불리는 이동인은 일본의 선진 문화를 배우겠다고 부산을 통해 밀항을 하기 위해 준비하고 있었다. 조선은 이들 개화 선각자들과 수신사로 일본에 갔던 사람들에 의해 바깥세계의 경이적인 근대화에 눈을 뜨게 되었다. 그러나 조선의 지배층인 대부분의 사대부들과 일반 백성들은 우물 안 개구리나 다름없을 정도로 개화에 무지했다.

조선 조정은 영의정에 이최응, 좌의정에 김병국, 우의정에 민규호를 임명했으나 민규호는 1878년 우의정으로 임명된 지 일주일 만에 병으로 죽었다. 그의 나이 43세 때의 일이다.

20
여명을 기다리는 사람들

    궁녀들의 웃음소리가 홍진이 일어난 듯 까르르하고 자지러졌다. 세자와 궁녀들이 투호놀이를 하고 있었다. 투호놀이는 두 사람이 서로 번갈아가며 청, 홍의 화살을 병 속에 던져 넣는 놀이다. 재황은 대신들의 정기 알현을 받으며 연신 중희당 뒤의 화원으로 귀를 기울였다. 궁녀들의 웃음소리가 꽃이 피듯 부드러운 것을 보면 새해 들어 일곱 살이 된 세자가 병 속에 투호살을 던져 넣은 것이 분명했다. 영의정 이최응은 계속해서 시정의 개선할 점을 아뢰고 있었다. 임금과 대신들의 새해 첫 공식 인견이었다.

    "전하, 신이 새해의 첫 인견에서 감히 정승으로 말씀을 올리는 것은 옛 규례를 따르려는 것이 아니라 지나쳐버릴 수 없는 생각이 다른 사람들보다 갑절이 되어 말씀을 올리는 것이옵니다."

"경은 기탄없이 말씀하시오."

"신 같은 보잘것없는 사람이 오래도록 영의정의 직책을 담당하였으니 몹시 황송하고 부끄러워 여러 말씀을 올릴 수가 없습니다. 그러나 전하가 진실로 성군이 되기를 바란다면 어찌 깊이 생각하고 반성하지 않을 수 있겠습니까?"

"경은 뜬금없이 과인에게 반성을 하라고 하는데 대관절 그 연유가 무엇이오?"

"지금 조정의 기강이 화평하다고 말할 수 없고, 풍속이 순박하다고 말할 수 없으며, 선비들의 기풍이 단정하다고 말할 수 없습니다. 또 공물과 조세가 많이 지체되지만 살펴보고 독촉하는 일이 없고 사치하는 풍속이 점점 심해지고 있사오니 마땅히 경계해야 할 일입니다."

"그렇소. 사치는 마땅히 경계해야 할 일이오."

"대궐에서 지방에 이르기까지, 대전에서 내전에 이르기까지 재용을 절약해야 하는 것도 크게 생각해야 할 일입니다."

재황은 얼굴을 찌푸렸다.

"재용을 절약하라는 경의 말씀은 폐단을 적절히 지적한 것이니 과인이 어찌 따르지 않겠소?"

재황은 영의정 이최응의 말에 명심하겠노라고 대답했다. 좌의정 김병국이 입을 열었다.

"전하, 아울러 군사는 도성의 방비를 맡고 백성을 보호하는 막중한 일을 하고 있습니다. 그런데 요즈음 나라의 재용이 고갈되어 공납인들과 장사치들이 값을 받지 못한 일이 적지 않으며 군사들 또한 녹미를 받지 못한 것이 몇 달이나 되옵니다."

재황은 멀뚱히 허공을 쳐다보았다. 나라의 재정이 바닥난 것은 어제오늘의 일이 아니었다. 그러나 마땅한 대책이 없어 재황은 답답하기만 했다.

"전하께서 이를 불쌍히 여기시고 대궐의 돈 10만 냥을 내리시어 군사들이 식량을 근심하던 일은 많이 풀어졌으나 아직도 군사들이 주리는 일이 허다한 실정입니다. 대체로 나라의 곳간이 이렇듯 텅 비었으니 위에서 아래로 요구하는 것이나 아래서 위에 바라는 것이 오직 재용의 절약입니다."

"절약해서 쓰는 것은 재물을 생기게 하는 근본일 것이오. 경들의 말씀이 이처럼 절절한데 내 어찌 명심하지 않겠소. 두 번 세 번 명심하여 재용을 아끼고 절약하겠소."

"성은이 망극하옵니다."

"모두 수고들 하였소. 세자와 중전이 후원에서 투호놀이를 하는 모양인데 경들도 함께 가보는 것이 어떻겠소?"

"삼가 명을 받자옵니다."

"모두가 일어나오."

재황이 먼저 보료에서 일어나 앞서고 대신들이 조심스럽게 뒤를 따랐다. 대전내시는 재황의 앞에 서고 시위 무사들이 핏빛 철릭에 황초립을 쓰고 좌우에서 호위했다.

"상감마마 납시오."

후원에 이르자 대전내시가 여자처럼 엷은 음색으로 자영을 향해 외쳤다. 자영과 세자를 둘러싸고 꽃물결처럼 움직이던 궁녀들이 일제히 옆으로 갈라서며 허리를 숙였다.

"전하, 벌써 인견이 끝나셨습니까?"

자영이 화사하게 웃으며 재황을 맞이했다.

"그렇소, 오늘은 인견을 일찍 파했소."

재황은 점점 요염해져가는 자영의 얼굴을 바라보며 흥건한 미소를 지었다. 밤낮으로 대하는 왕비인데도 가슴이 울렁거릴 정도로 아름다웠다.

"아바마마, 어서 오십시오."

세자 척이 투호살을 든 채로 재황에게 인사를 올렸다.

"오냐. 우리 세자가 투호놀이를 하는 게로구나."

"예."

"그래, 학문도 중요하지만 대통을 이을 막중한 몸이니 건강해야 하느니라."

"황송하옵니다."

세자의 대답이 제법 의젓했다. 영의정 이최응과 좌의정 김병국이 차례로 허리를 굽혀 인사를 했다.

"어서들 오세요. 정승들께서는 정사를 돌보느라고 영일이 없을 줄 압니다. 전하께오서 두 대신들을 의지하는 것이 유비가 제갈량을 의지하듯 하시니 궁중의 아낙네도 든든하기 짝이 없습니다."

"중전마마, 말씀을 받자옵기가 황감하옵니다."

영의정 이최응이 사양하는 인사를 올렸다.

시간은 오시가 가까워지고 있었다. 하늘은 잿빛으로 흐려 금방이라도 눈발이 날릴 것 같았다. 그러나 대조전 후원에서는 국왕과 왕비의 즐거운 웃음소리가 드높았다. 영의정 이최응은 투호놀이를 즐기는 젊은 국왕과 왕비의 모습을 바라보았다. 아름다웠다. 그들이 한 나라의 국왕과 왕비이기 때문이 아니라 젊은 부부라는 사실 때문에 더욱 아름답게 보이는 것이다.

문득 영의정 이최응의 시선이 대조전 모퉁이를 돌아오는 영보당 소속의 무수리에게 쏠렸다. 무수리가 황망히 중궁전 상궁에게 무엇인가 말을 전하자 중궁전 상궁의 얼굴이 흙빛이 되어 종종걸음으로 자영을 향해 다가갔다. 자영은 이제 막 투호병에 살을 던져 넣으려는 참이었다.

"중전마마."

자영이 멈칫하여 중궁전 상궁을 쏘아보았다.

"무슨 일이냐?"

"영보당의 전갈입니다."

"영보당에서 무슨 전갈이냐?"

"아뢰옵기 황송하오나 영보당에 큰 변고가 있다 하옵니다."

"변고?"

자영의 목소리가 풀잎처럼 떨렸다.

"완화군 마마께서 급사하셨다고 하옵니다."

"뭐라고? 완화군이 죽었다는 말이냐?"

"그러하옵니다."

중궁전 상궁이 자신의 죄이기나 하듯이 몸 둘 바를 몰라 했다. 영의정 이최응은 가슴이 덜컥 내려앉는 기분을 느끼며 재황의 용안을 살폈다. 변고였다. 완화군이 죽다니…… 그토록 건강하여 이하응이 지극히 총애하던 왕자였는데…… 재황의 낯빛이 창백해지며 몸이 부르르 떨렸다.

"괴변이로다. 어제까지 멀쩡하던 완화군이 급사를 하였다니 이런 망측한 일이 어디에 있는가?"

"아뢰옵기 황송하오나, 완화군께서는 역질로……."

"역질?"

자영이 눈꼬리를 치켜올렸다. 역질은 천연두, 또는 두창이라고도 하는데 고열과 오한이 갑자기 일어나 체온이 떨어져 죽는 병이다. 지난해 도성에 창궐한 역질이 대궐까지 침범하여 완화군의 목숨을 빼앗은 것이다.

"지난번 중전마마께서 내리신 탕제를 복용하고 잠시 회복하는 것 같았는데 그만……."

중궁전 상궁은 더 이상 말을 잇지 못했다. 재황은 완화군이 죽었다는 소식을 듣고 영보당의 처소로 달려갔다. 완화군은 이미 싸늘한 시체가 되어 있었고, 영보당이 시체를 부둥켜안고 울부짖고 있었다. 궁녀들도 소리를 죽여 울고 있었다. 이 귀인의 처소는 울음바다였다.

"완화군이 죽다니…… 도대체 이런 참변이 어디에 있느냐?"

재황은 완화군의 시체를 끌어안고 울었다.

완화군의 죽음은 조정과 궐 밖으로 금세 퍼져나갔다. 모두들 망극해하면서 어찌할 바를 몰랐다. 왕자의 죽음이었다. 비록 궁녀의 몸을 빌려 낳은 왕자였으나 유난히 총명하고 건장했던 왕자였다. 그런 왕자가 갑자기 죽은 것이다.

"완화군이 어찌 죽었다고?"

이하응은 완화군이 죽었다는 소식을 전해 듣고 눈을 부릅떴다.

"역질이라고 하옵니다."

이재면이 무릎을 꿇은 채 공손히 대답했다.

"역질? 역질이라면 천연두를 말하는 것이 아니냐?"

이하응의 눈빛이 찌르듯이 날카롭게 이재면의 얼굴을 꿰뚫었다. 이미 이하응의 전신에서는 감히 쳐다보지도 못할 기도(氣道)가 폭사되어 이재면을 찍어 누르고 있었다.

"예. 지난 섣달에 도성에 역질이 창궐했는데 지엄한 궁궐까지 침범했다고 하옵니다. 이미 도성에서도 수많은 인명이 목숨을 잃었습니다."

"아니다. 이는 분명 표독한 소부의 짓이다!"

"아버님."

"내가 듣기에 중전이 탕제를 내렸는데 완화군이 그것을 먹고 죽었다고 한다! 종묘사직에 어찌 이런 참담한 일이 있을 수 있단 말이냐?"

"탕제를 먹고 죽었다고 하심은……?"

"독살을 했다는 말이다!"

"아버님, 어찌 그런 말씀을 하십니까?"

"세상이 모두 그렇게 알고 있지 않느냐? 물러가서 천하장안을 들라고 해라."

"예."

이하응은 물러가는 이재면의 뒷모습을 쏘아보다가 주먹을 불끈 쥐었다. 완화군은 이하응이 유난히 귀여워한 왕자였다. 그런 왕자가 천연두를 앓다가 덧없이 죽었다는 사실이 믿어지지 않았다.

'이제 남은 것은 준용이뿐이 아닌가?'

이하응은 세 아들이 모두 싫었다. 이제 남은 것은 재면의 아들 준용뿐이었다. 재황이 낳은 세자도 있었으나 이하응은 어쩐지 자기 손자가 아닌 것 같은 느낌이 들었다.

이하응이 자영에 의해 실각한 지 어느덧 7년이 가까워지고 있었다. 그 사이 세상은 많이도 변했다. 일본과 수호조약을 맺더니 급기야 부산이 개항되고 원산이 개항되었다. 일본의 조악한 상품들이 부산과 원산을 통해 쏟아져 들어와 이 나라 경제를 좀먹고 있었다. 이하응은 일본 상품들이 쏟아져 들어오는 것이 불길하기만 했다.

이하응이 거처하는 아소당은 강바람이 유난히 드세었다. 그러나 이하응은 아소당을 떠나지 않았다. 강태공이 그랬듯이 그는 다시 한 번 세월을 낚고 있었다. 야인으로 돌아온 지 7년, 이제 그는 국왕의 생친인 이하응으로 다시 한 번 나라를 경영하려는 야심에 불타고 있었다. 무서운 야망이었다.

'해월이 그것이 잘해야 할 텐데……'

큰 거사나 음모의 뒤에는 항상 여자가 있게 마련이다. 이하응은 해월을 조종하여 안기영을 움직일 생각이었다.

'먼저 사람을 모아야 할 텐데, 안기영이 일을 제대로 할 수 있을지 모르겠군.'

이하응은 한가닥 불길한 그림자를 떨쳐버릴 수 없었다. 안기영은 형조참의까지 지낸 인물이었으나 심지가 깊다고 볼 수는 없었다. 그는 지금 이하응의 서자 이재선과 긴밀히 회동하며 거사를 준비하고 있었다. 다행히 재황과 시원임대신들이 추진하고 있는, 일본과 통상을 하는 개국 정책은 전체 유림으로부터 맹렬한 비난을 받고 있었다. 임진왜란 이후 백성들의 마음에는 일본에 대한 뿌리 깊은 반감이 자라고 있었다. 어떤 계기만 만들어주면 그들의 반일 감정이 폭발할 것이 분명했다.

'독한 것, 감히 완화군을 죽이다니……'

이하응은 왕비의 얼굴을 떠올리며 이를 갈았다.

지난해엔 김병학도 죽었다. 이하응이 집정을 하면서 우인(友人)처럼 동지처럼 생사고락을 같이한 김병학이었다.

'세상에 이토록 무상한 일이 있는가?'

이하응은 김병학이 죽자 허망했다. 하늘이 자신을 버리는 것이라고 생각했다. 그러나 이하응은 좌절하지 않았다. 10년이면 강산도 변한다고 하지 않던가. 이하응은 가슴속에 한을 품은 채 세월을 낚고 있었다. 그런데 이 귀인의 아들 완화군이 죽은 것이다.

그동안 민문에도 적지 않은 변화가 있었다. 왕비 민씨의 오른팔이라고 할 만한 민승호가 자기황이 터져 죽고 민규호는 병으로 죽었다. 지금은 민태호가 민문의 수장이었다. 그의 아들 민영익이 왕비의 친정인 민승호의 양자로 들어갔기 때문이다. 그러나 민태호의 아들 민영익이 20세의 나이에도 불구하고 이조판서의 직위에 오르면서 민문의 실질적인 두령 노릇을 하고 있었다.

***

음력 3월 23일, 조선 조정은 예조참의 김홍집을 수신사에 임명하여 일본에 파견하기로 결정했다. 일본과의 조약 중 조선에 불리한 조항을 개선하기 위해서였다.

김홍집은 5월 28일 국왕인 재황에게 하직인사를 한 뒤 도성을 떠났다. 수신사의 특별 수행원 일행에는 한학당상(漢學堂上) 이용숙을 비롯하여 군관 윤웅렬, 서기 이조연, 반당(伴黨) 지석영 등이 있었다. 반당으로 낀 지석영은 일본에 가서 두묘(痘苗) 제조법을 배워 조선에서는 처음으로 종두(種痘)를 실시하게 되는 인물이다.

김홍집은 일본을 방문하여 청국 공사 하여장을 통해 일본이 세계 각국과 조약을 맺고 활발하게 서양 문물을 받아들이는 것을 직접 보았다. 특히 황준헌은 자신의 저서인 《사의조선책략(私擬朝鮮策略)》을 김홍집에게 선물했는데 이 책은 조선을 커다란 소용돌이에 휘말리게 하였다. '조선책략'이라고도 불리는 이 책은 러시아가 조선을 침략할 우려가 있으므로 조선은 청국, 일본과 동맹을 맺고 미국과 연합하여 러시아를 견제하자는 내용이었다.

김홍집은 8월 4일 도쿄를 출발해 8월 11일 부산에 도착해 귀로에 올랐다. 8월 20일에는 재황 앞에 나가 귀국 복명했다.

"인천 개항에 관한 문제는 어찌 되었는가?"

"하나부사 일본 공사가 강화조약의 조문을 들어 요구했으나 거부했습니다."

도쿄와 요코하마를 잇는 일본의 철도에 대해서도 상세하게 보고했다. 재황은 물론 그 자리에 배석한 홍순목, 강노, 한계원, 이최응, 김병국은 일본이 철도까지 놓았다는 사실에 깊이 탄식했다. 일본의 발전은 놀랍기만 했다. 지난번 김기수가 일본에 갔을 때와는 전혀 다른 양상이었다. 이 일을 계기로 완고한 대신들도 개화가 필연적이라고 공감하게 되었다.

"로서아(러시아)가 군대를 동원하여 우리 두만강을 건너 중국 산동으로 쳐들어간다고 한다는데 그 말이 사실인가?"

"로서아가 군함 16척을 동원하여 청나라를 위협하고 있는 것은 사실입니다. 이미 청나라는 연해주의 해삼위를 로서아에게 넘겨주었고, 우수리 강 연안도 넘겨줄 듯싶습니다."

"청나라가 어찌하여 영토를 로서아에게 뺏기는가?"

"로서아는 청나라보다 큰 나라로 군사가 많기도 하지만 청나라는 기강이 해이해지고 백성들이 게으를 뿐만 아니라 관리들이 탐오하여 군사를 양성하지 않은 탓인 줄 아옵니다."

"청나라가 그와 같이 되다니 어찌 타산지석으로 삼지 않겠는가? 일본의 형편은 어떤가?"

"일본은 학교를 세워 백성들을 가르치고 있었습니다."

"일본의 남쪽 섬에서는 연기가 난다고 하는데 정말 그러한가?"

"일본의 남쪽에 화산이 있기 때문에 항상 지진이 일어나고 있습니다."

"지진이 얼마나 크게 일어나는가?"

"대체로 10년을 사이에 두고 큰 지진이 일어나 많은 사람들이 죽는다고 하옵니다."

"일본은 66개 주를 다 통합하였는가?"

"66개 주를 다 폐지하고 36개 현을 두었으며, 현에는 합을 둔 것이 우리 감사제도와 비슷하옵니다."

"부세를 많이 경감했다고 하는가?"

"참으로 그렇습니다. 일본은 백성들의 이익에 관계되는 정사는 반드시 조치를 취하여 시행하고 있습니다."

"군사를 훈련시키는 방법은 어떠한가?"

"규율이 자못 엄숙하고 무기가 뛰어나서 조선과는 비교가 되지 않습니다."

"일본도 로서아를 두려워하는가?"

"그러하옵니다. 일본의 대신들은 로서아가 남진해 올 것을 가장 큰 걱정거리로 여기고 있습니다."

"그들의 무기가 뛰어나다고 하니 서양 각국과 대적할 수 있는가?"

"그들이 배운 것이 서양의 군사 기술이므로 서양을 따라가지 못한다고 자인하고 있습니다."

"군사 기술에서 다시 화란(和蘭, 네덜란드)을 따라 배워야 한다고 하였는데 화란은 어떤 나라인가?"

"화란은 서양에서도 아주 작은 나라로 영토가 조선의 4분의 1밖에 되지 않는다고 하옵니다."

"그처럼 작은 나라가 무슨 방법으로 그와 같이 강해졌는가?"

"나라가 크고 작은 데 관계없이 무기가 정예한 것은 그 나라가 자체의 힘을 키우고 실질적인 것에 힘을 쓰고 있기 때문입니다."

"그곳 저자의 시장과 백성들이 사는 형편은 어떻던가?"

재황의 질문은 끝도 없이 이어졌다.

"전하, 보이는 것이 모두 번화하고 풍성하였습니다."

"그들이 농사에 힘써서 올가을에 큰 풍년이 들었다는데 무슨 곡식을 중하게 여기는가?"

"그들도 쌀을 중하게 여기옵니다."

"일본의 동정을 살피건대 조선에 대하여 악의를 느낄 수 없었는가?"

"현재 상태에서 보면 아직은 악의를 갖고 있지 않습니다. 신이 청나라 공사 하여장에게 물어보았는데, 하여장도 가까운 시일 내에는 일본이 조선을 침략하지는 않을 것이라고 하였습니다."

"그러면 언젠가는 조선을 침략하겠다는 뜻이 아닌가?"

"신이 어찌 그 문제에 대해 장담하여 입에 올릴 수 있겠습니까? 다만 이웃나라라고 하더라도 방비를 허술히 하면 반드시 침략을 당하는 것이 고금의 이치인 줄로 아옵니다. 전하께오서 바른 정치를 펴시고 군사의 조련을 엄숙하게 하오시면 두려워할 일이 없을 줄로 아옵니다."

"옳다. 경들은 수신사의 말을 명심하여 바른 정치를 펴도록 하시오."

재황은 중신들에게 김홍집의 말을 명심하여 시행하라고 지시했다. 김홍집은 황준헌이 지은 《사의조선책략》을 재황에게 바쳤다.

재황은 《사의조선책략》을 몇 번이나 되풀이해서 읽었다. 지적 호기심이 강렬한 자영도 읽었다. 자영은 《사의조선책략》을 읽은 뒤 수신사 김홍집을 중궁전으로 불러들여 발을 치고 김홍집을 인견했다.

"경이 가지고 온 《사의조선책략》은 매우 유익한 책이었소. 로서아가 그토록 강대한 나라요?"

"로서아가 근대에 매우 강대한 나라가 되었기에 청국도 속수무책으로 영토를 빼앗기고 있습니다."

김홍집은 엎드린 채 자영의 하문에 나직하게 대답했다. 중궁전은 구중궁궐의 지란지실이었다. 재황이 친히 김홍집에게 왕비를 알현하라는 지시를 했어도 조심스럽지 않을 수 없었다.

"청국도 그러한데 조선처럼 작은 나라야 말할 나위가 없겠구려."

"연전에 일본인이 연회를 열어 참석한 적이 있는데 그들도 로서아를 경계하고 있었습니다."

"경이 보기엔 그 책이 어떻소?"

"신이 보기에는 황준헌이 여러 조항으로 변론하고 분석한 것이 우리 조선 실정과 크게 다르지 않습니다. 대체로 로서아는 먼 북쪽에 있고 성질이 추운 것을 싫어하여 언제나 남쪽으로 내려오려고 합니다. 그런데 다른 나라가 통상을 하자고 하는 것은 이익을 보려는 데 지나지 않으나 로서아는 우리 조선의 영토를 욕심내고 있습니다. 우리 조선의 백두산 북쪽은 바로 로서아의 국경입니다. 설사 큰 바다를 사이에 둔 먼 곳이라도 순풍을 만나면 한 척의 돛배로 오갈 수 있는데 더구나 두만강이 두 나라의 경계로 되어 있습니다. 보통 때에는 숨 쉬는 소리까지 서로 통할 수 있는데 얼음이 얼어붙으면 배를 타지 않고도 건너올 수가 있습니다. 지금 로서아는 군함 16척을 해삼위에 집결시켰는데 배마다 3천 명을 수용할 수 있다고 하옵니다. 만약 추위가 지나가면 틀림없이 남쪽으로 향할 것이 우려되오니 마땅한 방비가 있어야 할 것으로 아옵니다."

"내가 보기에 이 책은 청국의 입장에서 쓰인 것 같소."

"옳으신 하교이십니다. 황준헌이 이 책을 쓴 목적은 분명히 우리나라의 입장을 대변하여 쓴 것입니다. 그러나 로서아가 청국과 일본만을 노린다고 하여 어찌 방비를 하지 않겠습니까?"

"경이 보건대 조선도 방비를 해야 하오?"

"그러하옵니다, 중전마마. 지금 조선의 형세를 살피면 성곽 무기, 군사와 군량이 옛날보다 못하옵니다. 이러한 군사로는 국가의 방비를 온전히 할 수 없습니다."

"하면 어찌 방비해야 하겠소? 수신사의 의견을 허심탄회하게 말씀해보시오."

"《사의조선책략》에 있는 대로 우선은 청국, 일본, 조선이 합심하여야 하고 다음에 미국과 조약을 맺어 연합을 한 뒤 나라를 부강하게 해야 하옵니다."

"알겠소. 내 서둘러 미국과 조약을 맺도록 조치하겠소. 수신사."

자영이 옥이 구르는 듯한 목소리로 김홍집을 불렀다.

"예, 중전마마."

"전하는 심기가 약한 분이오니 수신사 같은 젊은 준재들이 잘 보필해야 할 것이오."

"황송하옵니다."

"내 듣자니 수신사는 김윤식, 홍영식, 유길준, 김옥균, 서재필, 서광범 등 젊은 준재들과 교분이 있다고 하오. 혹여 나의 친족들이 방자하여 물욕을 탐하는 자가 있을지도 모르오. 내 항상 그를 걱정하고 있으나 나는 구중궁궐에 있는 몸, 그 세세한 내막을 알 길이 없소. 혹여 그런 말이 들리거든 지체 없이 소를 올려 탄핵하도록 하오."

"신 김홍집 명심하겠습니다."

김홍집은 자영에게 감복하여 머리를 조아리고 중궁전을 물러나왔다.

***

《사의조선책략》은 재황이 중신들에게 돌려 보라고 권한 뒤 수

십, 수백 권이 필사되어 시중에 나돌았다. 《사의조선책략》을 읽은 유림은 흥분했다. 먼저 병조정랑 유원식이 상소를 올려 천주교의 잔당을 뿌리 뽑고 《사의조선책략》을 가지고 온 김홍집을 귀양 보내라고 요구했다. 재황은 상소문을 잘 보았다고 비답을 내렸다가 의정부의 제안으로 유원식을 귀양 보냈다.

자영이 정치 전면에 나서면서 조선은 삼군부를 폐지하고 통리기무아문(統理機務衙門)을 설치하여 본격적인 개화 정책을 추진해 나갔다. 통리기무아문은 외교정책을 추진하는 기구였으나 광범위한 권력을 부여하고 총리에 영의정을 겸임케 함으로써 백성들보다 조정이 먼저 개화되는 실정을 보였다.

통리기무아문의 총리엔 영의정 이최응이 임명되었고 당상관으로는 경기 감사 김보현, 지사 민겸호, 상호군 김병덕, 윤자덕, 이재긍, 조영하, 대호군 정범조, 신정희, 행호군 민영익, 예조참판 김홍집 등이 임명되었다. 명실상부한 개화 정책의 산실이었다. 그러나 새로운 것을 배척하고 현실에 안주하려는 기득권 세력의 반발도 거셌다.

해가 바뀌어 신사년(1881년)이 되자 전국의 유생들이 개화정책을 탄핵할 움직임을 보이기 시작했다. 유생들 사이에 궐기를 호소하는 통문이 나돌고 《사의조선책략》에 대한 비판이 격렬해졌다.

이러한 가운데 조정에서는 신사유람단(紳士遊覽團)을 구성하여 일본에 파견, 신문물 제도를 시찰하기로 하였다. 그 대표에는 어윤중을 임명하고 수행원으로는 박정양, 이상재, 홍영식, 윤치호, 유길준, 엄세영, 심상학 등이 임명되었다. 이때 윤치호의 나이는 불과 열일곱 살이었다. 그러나 조정은 신사유람단을 임명해놓고도 유림의 반발을 우려해 이들을 일본으로 보내지 못했다.

"나라를 경영하는 일이 이토록 어려울 줄이야."

재황은 정사가 끝나면 진저리를 치며 돌아오곤 했다.

"전하, 전하께서는 심기가 너무 유약하시기 때문입니다."

자영은 재황을 위로했다. 재황은 대가 센 인물이 아니었다.

"중전, 과인이 심기가 유약하다고요?"

"전하께오서는 옥체가 많이 상하셨습니다. 이제부터는 신첩이 중희당에 나가서 전하를 보필하여 정사를 볼까 하옵니다."

"중전이 정사를?"

"신첩의 마음은 오로지 전하의 옥체가 동주철벽처럼 굳건해지시기를 바라는 마음뿐입니다. 신첩이 비록 아녀자이긴 하나 전하의 고충을 함께 나누려고 하옵니다."

"허허……."

재황은 어처구니가 없어서 헛웃음이 났다. 자영이 총명한 여자라는 것은 익히 알고 있는 사실이었다. 그러나 임금이 정사를 보는 곳에 왕비가 나와서 참견을 하는 것은 전례가 없는 일이었다.

"전하, 신첩은 단순한 아녀자가 아닙니다. 이 나라 조선의 국모입니다."

"그렇기는 하지요."

"전하의 뒤에 발을 치고 앉아서 전하를 돕겠습니다."

"중전, 그것은 사대부가의 부인으로서 갖추어야 할 덕목이 아니오. 더구나 중전은 이 나라의 국모이기에 만천하의 부녀자들의 표상이 되어야 하오."

"전하, 그렇기에 신첩이 전하를 돕고자 하는 것입니다. 지어미의 본분이라는 것은 지아비를 바르게 받드는 것입니다."

"대신들의 반대가 격심할 것이오."

"전하, 이 나라는 지금 혼미합니다. 도처에 도적이 횡행하고 지방에는 왕명이 미치지 못하고 있습니다. 이를 바로잡지 못하면 사직의 보전이 어려울까 근심스럽나이다."

"음."

재황이 낮게 신음을 삼켰다. 자영이 정사에 간여하는 일은 함부로 결정할 수가 없었다.

"전하, 신첩에게 오세요."

자영이 함박미소를 지으며 재황의 익선관을 벗겨 연상 위에 놓고 재황을 무릎 위에 눕혔다. 재황은 편안한 기분으로 자영의 무릎을 베고 눈을 감았다.

"전하, 신첩은 오래전부터 전하를 보필해야 한다고 생각해왔습니다."

재황은 대꾸가 없었다. 눈을 감은 채 자영이 속삭이는 말을 들었다.

"사대부가의 법은 아녀자가 바깥일에 참견하지 못하게 되어 있습니다. 저는 이 일이 불합리하므로 반드시 혁파되어야 한다고 생각하옵니다."

"핫핫핫! 아녀자들에게 벼슬이라도 내려야 하오?"

재황이 빙그레 웃었다. 재황은 자영에게 농을 치고 있었다.

"당장은 어렵겠으나 장차는 아녀자에게도 과거를 볼 기회를 주어야 하옵니다."

"아녀자에게 과거를?"

재황이 눈을 크게 뜨며 자영의 얼굴을 쳐다보았다.

"그러하옵니다."

"하면 아녀자에게도 벼슬을 내려야 한다 이 말이오?"

"서양에서는 그렇게 한다고 하지 않습니까?"

"서양은 서양이고 조선은 조선이지."

재황이 낄낄대고 웃음을 터뜨렸다. 아녀자에게 과거시험을 보게 하고 벼슬을 내린다는 생각을 하자 우스워서 견딜 수 없는 모양이었다.

"전하, 그것은 신첩의 소망이기도 하옵니다."

"중전, 중전은 어찌하여 그런 생각을 하게 되었소?"

"아녀자도 사람입니다. 학문을 하고 벼슬에 등용하면 결코 남자들에게 뒤지지 않을 것입니다."

"조선은 외국과 수교를 하는 것조차 반대를 하는 나라요."

재황이 고개를 흔들었다.

"전하."

"그래서 중전이 나와 함께 정사를 보겠다는 것이오?"

"신첩은 나라 경영의 어려움을 전하와 함께 하고자 할 뿐입니다."

"중전의 말씀이 고맙기는 하오."

"전하, 신사유람단은 아니 보내십니까?"

"지금 유림의 동태가 심상치 않소."

"전하, 유림은 내외 실정에 어두워 반대하는 것입니다."

"그래도 유림이 계속해서 장안에 집결하고 있소. 이러한 때에 신사유람단을 일본에 보내는 것은 기름을 지고 불로 뛰어드는 일이 될 것이오."

"전하, 계책을 세우셔야지요."

"계책?"

"무지몽매한 백성들이 아니옵니까? 민심이 사나우면 계책을 세우셔야 합니다."

"중전에게는 계책이 있소?"

"그러하옵니다. 신사유람단에 암행어사 직첩을 내리어 동래부에 집결하게 한 뒤 일본으로 떠나게 하면 됩니다. 수행원들도 모두 동래부에 집결하도록 하십시오."

"과연 현책이오! 중전의 지혜가 진정 일월처럼 빛나는구려."

재황은 자영의 말에 무릎을 치고 탄복했다.

"과찬이십니다. 신첩은 오로지 전하의 짐을 덜어드리는 일에 신명을 바칠 뿐입니다."

"내가 이토록 총명하고 아리따운 왕비를 얻었으니 어찌 성군이 되지 않겠소? 중전의 학문과 계책이 재상들을 능가하는 것 같소."

"당치 않으십니다. 전하야말로 일월처럼 빛나는 학문을 가지고 계십니다."

"허허……."

재황이 기꺼운 표정으로 웃었다.

21
가슴에 한을 품고

발 한 장을 사이에 두고 재황은 편전의 중앙에서 남향을 향해 앉고, 자영은 발 안쪽에서 동쪽에 가까운 남향으로 앉았다. 이는 신정왕후가 수렴청정을 했던 형태를 그대로 본뜬 것이었다. 자영은 발 안쪽에서 설레는 가슴을 억누르며 조용히 바깥의 동정을 살폈다.

오늘은 임금이 의정부의 정승들을 접견하는 날이다. 영의정 이최응과 김병국이 편전에 엎드려 있고 기사관(記事官, 임금의 시정을 기록하는 벼슬)이 연상을 놓고 좌측에 앉아 기록할 준비를 하고 있었다. 내시감은 오른쪽에 구부정하게 앉아서 임금의 지시를 받들고 호종하기 위해 대기하고 있었다.

"통리기무아문에 의정부의 규례대로 도상을 두고 현임과 원임

정승이 겸하는 문제를 논의해서 들여보내도록 하시오."

먼저 재황이 이최응에게 윤지를 내렸다. 통리기무아문의 모든 업무를 의정부에서 관할하라는 지시였다.

"삼가 명을 받들겠습니다."

이최응이 머리를 조아려 대답했다.

자영은 재황이 정사에 대한 지시를 내리는 것을 가만히 지켜보고 있었다.

"신정희를 훈련대장으로, 이재면을 금위대장으로, 민태호를 병조판서에 제수할까 하는데 경들의 생각은 어떻소?"

"저하께서 거론하는 세 사람은 마땅히 그 임무를 해낼 만한 인물이므로 삼가 교지를 받들겠습니다."

재황이 고개를 끄덕거렸다. 이재면은 재황의 형이고 민태호는 자영의 척족이었다.

잠시 대화가 끊겼다. 대신들은 재황의 다음 지시를 기다렸으나 재황은 입을 다물고 있었다.

"전하, 신사유람단의 어윤중에게 암행어사의 직첩을 내리시옵소서."

그때 발 뒤에서 기침 소리가 낮게 들리고 자영의 나지막한 목소리가 들렸다.

"어제 신사유람단의 인선을 모두 마치었는데 이제는 속히 일본으로 떠나게 해야 할 것 같소."

재황이 정신이 번쩍 든 듯 신사유람단의 파견에 대한 얘기를 꺼냈다.

"전하."

김병국이 머리를 조아리며 입을 열었다.

"지금 유림의 동태가 심상치 않사오니 신사유람단의 파견을 후일로 미루심이 어떠하옵니까?"

"신사유람단의 파견은 시급을 요하는 중대사요. 신사유람단의 어윤중에게 동래부 암행어사의 직첩을 내리어 일본으로 떠나게 하겠소."

"황공하옵니다."

"신사유람단의 모든 수행원들도 암행어사를 수행하는 서리로 변복을 하고 떠나게 하시오."

"황공하옵니다."

좌의정 김병국은 거듭 머리를 조아리며 복명을 하겠다고 대답했다. 신사유람단에 암행어사의 직첩을 내리는 것은 절묘한 계책이라고밖에 할 수 없었다. 이로 인하여 암행어사의 직첩을 받은 신사유람단은 눈보라를 헤치고 비밀리에 동래부로 향했다.

2월 9일에 통리기무아문에서 제의하였다.

"청나라에서 무기 제조법을 배워 오는 문제에 대해서는 이미 지시가 있었습니다. 삼가 교지를 받들어 올려야 하나 일본 공사 역시 총, 포, 선박의 구입 문제에 대하여 협조하겠다고 아국에 국서를 보낸 일이 있사오니 일본의 무기에 대해서 배워 오는 것도 나쁘지 않으리라고 생각합니다. 본 아문의 관리로 추천받은 이원회를 참획관(參劃官)으로 삼고 이동인을 참모관으로 삼아서 떠나보내는 것이 어떻겠습니까?"

"어찌 그 일을 뒷날로 미루겠소? 서둘러 시행토록 하시오."

재황은 즉시 이원회를 일본으로 떠나보내도록 지시했다.

정국이 점점 혼미해지고 있었다. 혁신의 기운이라곤 찾아볼 수 없이 구태를 답습할 뿐이었다. 유생들은 김홍집이 가지고 온《사의조선책략》을 노골적으로 비판하기 위해 통문을 돌리고, 급기야 경상도 유생 이만손은 광화문 앞 육조거리에 소청을 차리고 유생들의 서명을 받아 만인소(萬人疏)를 올림으로써 개화 정책에 찬물을 끼얹고 일대 반격을 개시했다.

***

안기영이 가지고 온 조보를 본 이하응은 자신도 모르게 헛웃음이 나왔다. 스무 살밖에 되지 않은 민영익을 이조판서로 임명한 것이다.

"이러고도 나라가 망하지 않으면 기이한 일이다."

이하응은 눈에서 불이 일어나는 것 같았다. 그는 며느리인 왕비 민자영이 요망하다고 생각했으나 국왕인 아들 재황이 더욱 한

심했다.

"5백 년 사직이 너희들 때문에 망할 것이다."

이하응은 보기 싫다는 듯이 조보를 휙 내던졌다.

"저하……."

안기영이 놀라서 이하응의 눈치를 살폈다.

"최익현은 귀양을 갔느냐?"

"예. 흑산도로 떠났는데 유림이 구름처럼 뒤를 따르고 있습니다."

"어리석은 것들……."

"일본에 사신단을 파견할 것이라는 소문이 나돌고 있습니다."

"사신단? 통신사 말이냐?"

"통신사와는 조금 다르다고 합니다."

"다르다니 뭐가 달라?"

"이번 사신은 일본의 발전된 문물을 배워 올 것이라고 합니다."

"하, 일본에서 무엇을 배우겠다는 말이냐? 일본은 승냥이 같은 놈들이다."

이하응이 버럭 역정을 냈다. 그는 세상이 미쳐 돌아간다고 생각했다.

'이 모든 것이 왕비가 뒤에서 조종하고 있기 때문이야. 왕비를 몰아내야 돼.'

이하응은 눈을 부릅뜨고 대궐이 있는 쪽을 노려봤다.

***

자영은 신사유람단의 명단을 조용히 살폈다. 개화파인 민영익과 홍영식이 발 건너편에 무릎을 꿇고 앉아 있었다.

"조선을 개화하는 것은 필연적인 일이다. 그대들은 국가의 동량이 되어야 하기 때문에 격식을 깨고 인견하는 것이다."

자영의 맑은 시선이 발 뒤에 앉아 있는 민영익과 홍영식을 살폈다. 밖에는 봄바람이 불고 있었다. 흙먼지가 자욱하게 날리고 바람이 허공을 달려와 나뭇가지 끝에서 목을 매듯 음산한 소리를 냈다. 홍영식이 일본으로 떠나는데 날씨까지 좋지 않았다.

"망극하옵니다. 신은 몸 둘 바를 모르겠습니다."

홍영식은 얼굴을 들지 못하는 데다 몸까지 떨고 있었다. 홍영식은 영의정을 지낸 홍순목의 아들로 1873년에 과거에 급제했다. 완고한 아버지 홍순목과 달리 김옥균, 박영효 등과 어울리면서 개화파로 활약하고 있었다.

"일본에 사신단을 파견하는데 유림의 반대가 극심하여 전하의 입장이 난처하다."

자영의 목소리는 또렷했다. 김홍집이 일본에서 가지고 온 《사의조선책략》 때문에 벌집을 쑤셔놓은 듯 유생들이 들고일어난 일을 말하고 있었다.

"사신단 중에는 자신의 임무가 무엇인지도 모르는 사람이 많다. 그들은 떠나기 전에 전하의 밀지를 받을 것인데, 그대에게는 미리 귀띔하는 것이다."

"예."

홍영식이 잔뜩 긴장한 목소리로 대답했다. 그는 왕비가 대궐에서 국정을 좌우한다는 소문을 듣고 암탉이 울면 나라가 망할 것이라고 생각했다. 그는 신사유람단에도 참여하지 않으려고 했으나 민영익의 주선으로 왕비를 만나면서 자신이 잘못 생각하고 있었음을 깨달았다.

'왕비는 우리보다 식견이 더욱 뛰어나다.'

홍영식은 왕비와 대화를 나눈 뒤에 기꺼이 신사유람단에 참여하기로 결정했다.

"나라를 부강하게 하는 것이 전하의 포부인데 유림이 저토록 반대를 하니 어쩌겠는가? 사신단은 암행어사의 직책을 받게 될 것이다."

자영은 신사유람단에 대한 반대가 격렬하자 그들을 암행어사에 임명하여 동래로 내려보내는 특단의 계책을 꾸민 것이다. 홍영식은 입이 다물어지지 않았다.

"일본에 가면 박정양은 내무성 및 농상무성, 민종묵은 외무성, 어윤중은 대장성, 조준영은 문부성, 엄세영은 사법성, 강문형은 공무성, 이헌영은 세관을 담당할 것이다."

홍영식은 가만히 한숨을 내쉬었다. 자영은 신사유람단에 대해

철저한 계획을 세우고 있었다.

"그대는 육군과 해군을 담당하여 살펴라."

"망극하옵니다."

"군사는 무엇보다 중요한 것이다. 그대들은 사신이 아니라 일본의 국부(國富)를 배워 와야 한다. 일본에서 보고 들은 것을 모두 책으로 만들어 제출하라."

"마마, 책이라고 하셨습니까?"

민영익이 놀라서 자영을 응시했다.

"그렇다. 책의 내용을 국정에 반영할 것이다."

"삼가 명을 받들겠습니다."

홍영식은 숨이 막히는 듯한 기분을 느끼면서 중궁전을 물러나왔다.

"왕비 전하의 식견이 어떻소?"

중궁전이 멀어지자 민영익이 빙그레 웃으면서 물었다.

"어찌 신하가 왕비를 평가할 수 있겠소?"

"무측천보다 더 훌륭하지 않소?"

무측천은 당나라의 황후 측천무후를 말하는 것이다.

"식견이 탁월한 분이오."

홍영식은 발 뒤에 오연하게 앉아 있던 왕비의 얼굴을 떠올리며 대답했다. 희정당에서는 신사유람단 열두 명이 왕에게 마패와 밀지를 받고 있었다.

"나라의 운명이 그대들에게 달려 있다."

왕은 마패와 밀지를 나누어준 뒤에 신사유람단의 사신들을 천천히 살폈다.

"신들은 목숨을 바쳐 주상 전하의 뜻을 받들겠습니다."

이헌영은 절을 하고 어전을 물러나왔다. 그는 그날 밤 행장을 수습하여 일본으로 가는 여정에 올랐다.

동래 암행어사 절충장군으로서 용양위 부호군으로 있는 신 이헌영은 삼가 아룁니다. 신이 금년 2월 2일 저녁에 내리신 밀서 한 통을 두 손으로 받아 품 안에 넣고 숭례문을 나와 고요하고 깊숙한 곳에 이르러 손을 씻고 봉투를 뜯어보니, 그 안에는 열 줄의 봉서와 한 면에는 마패가 있었으니 신을 동래 암행어사로 임명한다는 것이었습니다. 그래서 그 열 줄의 글을 엎디어 읽사오니, 그 뜻은 곧 일본인의 배를 타고 일본으로 건너가 세관 사무 및 기타를 보고 듣고 탐색하여 오라고 하신 것이었습니다. 신은 그 명을 받잡고 깜짝 놀랐삽고 심신이 떨리어 몸 둘 바를 몰랐습니다. 신은 능력이 부족하나 왕명이 극진하니 반드시 뜻을 이룬다는 일념 하나로 바로 여장을 꾸리어 여정에 올랐습니다.

이헌영은 남대문을 나온 뒤에야 자신이 암행어사가 아니라 사신단이 되어 일본으로 떠난다는 사실을 알게 되었다.

이헌영은 3월 18일에 동래부에 도착하여 4월 9일 일본의 상선 안녕호를 타고 일본을 견학하는 여정에 올랐다. 신사유람단에는 조준영, 박정양 등 중견 관리인 12명이 타고 있었다. 이들이 각각 한 반씩 책임지고 각 반은 정사 1명, 수행원 2명, 하인 1명, 통역 1명으로 구성되어 신사유람단은 총 12반 60명이었다.

각 반의 책임자인 조정 관리는 각 분야를 세밀하게 조사했는데 박정양은 내무성 및 농상무성, 민종묵은 외무성, 어윤중은 대장성, 조준영은 문부성, 엄세영은 사법성, 강문형은 공무성, 홍영식은 육군, 이헌영은 세관을 담당했다.

이들은 도쿄에서 74일간 머물면서 일본의 각 분야를 시찰하고 돌아와 보고서를 작성하여 왕에게 제출했다. 자그마치 1백여 권에 이르는 이들의 보고서는 조선의 개화에 중요한 공헌을 했다. 자영은 신사유람단이 제출한 방대한 양의 보고서를 보고 감탄했다.

'이것을 널리 읽혀야 하는데 유림 때문에 전파할 수가 없구나.'

자영은 보고서를 몇 번이나 되풀이하여 읽으면서 깊은 생각에 잠겼다.

'이 중에서 가장 중요한 것이 나라를 지키는 군사를 양성하는 것이다.'

자영은 조선의 군사 체계와 전혀 다른 군대를 창설하기로 결정했다.

***

유림의 반발은 격렬했다.

방금 수신사 김홍집이 가지고 온 황준헌의 《사의조선책략》이라는 책이 떠돌아다니는 것을 보니 저도 모르게 머리털이 곤두서고 가슴이 떨리었으며, 이어 통곡하면서 눈물을 흘렸습니다. 병인년에 사학의 무리를 크게 토벌한 이래 10년도 못 되어 사교가 다시 널리 퍼지게 되었는데 흉악하고 너절한 말이 이제 다시 낭자하게 퍼져서 주공, 공자의 말보다 낫다고 하며 정자와 주자의 글과 같다고 하니 이 얼마나 성현을 모함하고 나라를 욕되게 하는 일입니까? 아, 예부터 임금이 준 옷을 입고 임금이 주는 밥을 먹으며 선비의 자리에 있는 자가 나라를 욕되게 하는 글을 가지고 와서 적의 세력을 선전하여 임금의 마음을 위협하고 있으니 통분하여 눈을 감을 수조차 없습니다. 생각건대, 우리 왕조는 역대 성인들이 서로 이어가면서 유교를 숭상하고 도리를 중시하여 오늘날의 경사를 이루었으나 3대 이후로 이처럼 융성한 때가 없었습니다. 그러나 불행하게도 야소교라는 것이 해외의 양아들에게서 나온 결과 예의나 염치는 말할 나위도 없고 윤리와 떳떳한 법이 일체 없어졌으니 하나의 짐승일 뿐이고 하나의 개돼지일 뿐입니다. 정조, 순조, 헌종에 이르기까지 선대 임금이 이루어놓은 법을 어기지 않았으며 요망하고 현란한 무리들(서교도)은 반드시 모가지를 잘랐습니다. 황준헌이라는 자는 중국인으로 일본의 앞잡이가 되어 야소교를 믿어 자진하여 유교의 적이 되는 길을 열고 짐승과 같이 되고자 하니, 이 어찌 짐승과 같은 자가 아니겠습니까? 삼가 바라옵건대 황준헌의 요사한 책은 불살라 버리고 친중국(親中國), 결일본(結日本), 연미국(聯美國)의 계책은 단호히 배격하시옵소서. 비록 로서아가 아국을 침략하게 될 조짐이 있다고 하더라도 어찌 이역만리의 오랑캐로부터 구원을 받을 수 있겠사옵니까. 친중국이라 하는 것은 예부터 사대의 예를 지키고 공맹의 나라로 숭상하였으니 당연한 일이나 결일본, 연미국은 고금에 없는 계책이라 이를 버리고 더럽고 요사스러운 무리들이 간계를 부릴 수 없도록 하소서.

이만손의 상소는 유생들의 배외정책에 불을 붙여 같은 해 8월까지 나라 안을 온통 들끓게 하였다. 이것은 수백 년에 걸쳐 유학을 정학으로 알고 숭상해온 유림이 새로운 문명의 등장으로 위기감을 느낀 데서 비롯된 것으로, 전체 유림의 마지막 저항이라고 볼 수 있었다.

재황은 유림의 저항이 이토록 거세지자 다음과 같은 비답을 내렸다.

"간사한 것을 물리치고 바른 것을 지키는데 어찌 너희들의 말을 기다리겠는가. 황준헌의 《사의조선책략》은 애당초 깊이 파고들 나위도 없지만 너희들도 잘못 알고 있다. 만약 이를 빙자하여 또다시 시끄럽게 글을 올리면 조정을 비방하는 것이니 어찌 선비로서 우대한다 하여 엄하게 처벌하지 않겠는가. 너희들은 명심하고 물러가라."

재황과 자영의 개화정책에 대한 의지가 확고부동하다는 것을 엿볼 수 있는 대목이었다.

유생들의 상소가 올라오자 누구보다 놀란 사람은 김홍집이었다. 김홍집은 이만손의 상소에 자신의 이름이 다시 거론되자 3월 2일에 예조참판의 직을 사임하였다. 그러나 재황은 이를 허락하지 않고 계속해서 예조참판과 통리기무아문의 일을 보도록 지시했다.

"지난번 비답을 보았으면 훤히 알고 있을 터인데도 경상도 유생들이 또다시 상소를 올린다는 핑계로 잔당을 모으고 있으니 이 어찌 해괴한 일이 아닌가? 잔당을 규합하는 선비의 수괴를 형조에서 체포하여 귀양을 보내도록 하라."

재황이 노하여 명을 내렸다. 이어서 3월 6일에는 명소패를 어기고 출사하지 않고 있는 김홍집을 통신사의 직에서 파면했다. 유림의 반발에 대한 재황과 자영의 대응도 강경했다. 15일에는 승정원에서 한성부 당하관에게 왕명을 전하는 명소패를 보내어 대궐의 시위무사들로 하여금 유생들을 도성 밖으로 내쫓게 했다. 자영이 유림 1만 명의 서명을 얻어 상소문을 올린 이만손과 강진규를 단호하게 처벌하라고 한 명령에는 무너져가는 왕조의 권위를 세우려는 속뜻이 숨어 있었다.

"역적 이만손과 강진규를 사형에 처하도록 하시오."

"예."

재황은 일언반구 말이 없었다. 자영이 편전에 나와 앉아 있는 것을 썩 내키지 않아 하는 낯빛이었다. 의금부 추국관 한계원은 편전을 물러나와 의금부로 향하면서 비감한 심정을 떨쳐버릴 수가 없었다. 이제는 왕비가 정치에 직접 간여하고 있는 것이다. 물론 왕비의 정치 감각은 국왕인 재황보다 훨씬 앞서 있었다.

자영은 통리기무아문을 실질적인 통치기관으로 만들기 위해 심혈을 기울였다. 임금의 정기 접견에는 통리기무아문의 당상관들을 참여케 하고 긴급한 일이 있을 때는 직접 편전으로 들어와서 보고하도록 지시했다. 한번 정치에 발을 내딛자 자영은 대신들이 깜짝 놀랄 정도로 빠르게 개혁을 단행해나갔다.

민겸호를 내세워 일본군과 같은 신식 군대의 조련에도 나섰다. 무위영에 별기군(別技軍)을 창설하여 훈련을 시작했다. 별기군은 수신사 김홍집의 종사관으로 따라갔던 윤웅렬을 중심으로 창설되었으나 나중엔 민영익과 우범선이 중심이 되어 운영했다.

별기군의 병사는 비록 오영(五營)에서 선발한 80명과 양가의 자제로 무과에 급제한 자 등 1백 명에 지나지 않았으나 별기군 창설은 분명 획기적인 일이었다. 별기군은 머리를 짧게 깎고 초록색 군복에 착검한 신식 소총을 들고 훈련에 임했다.

훈련장은 서대문 밖의 모화관이었다. 별기군은 제식훈련부터 시작했다. 초록색 군복은 입은 별기군이 착검한 소총을 어깨에 메고 4열 종대로 행군하거나 "하나, 둘, 하나, 둘……" 하고 노래를 부르듯 구령을 외치며 발을 맞추어 행군하는 모습은 구경꾼들의 감탄을 자아냈다.

일본 상인들에 의해 자기황(성냥)이 들어오고 석유가 수입되어 집집마다 석유불을 켤 수 있게 되었으니, 별기군이 훈련하는 모습이 낯설기는 하였으나 민가에서는 큰 반발을 보이지 않았다.

별기군에 대해 반발을 보이는 것은 구식 군대와 유림이었다. 그들은 만인소를 올린 이만손과 강진규가 사형 판결을 받았다가 원지로 유배되었는데도 계속 상소를 올렸다.

"유림의 상소가 참으로 끈질기지 않은가?"

자영은 넌더리를 냈다. 조선의 개국이 필연적이라는 것을 재황과 자영은 직시하고 있었다. 그러나 유림과 일반 백성들은 개국의 당위성을 이해하지 못했다. 그들은 오로지 척왜척사척양(斥倭斥邪斥洋)만이 조선의 살 길이라고 부르짖었다.

이항로 계열인 강원도 유생 홍재학, 경기도 유생 신섭, 충청도 유생 조계하, 전라도 유생 고정주 등은 광화문 앞에 엎드려 상소문을 올렸다.

이른바 황준헌의 책이란 것을 가지고 돌아와서 전하에게도 올리고 조정 대신들에게 돌려 보이면서 '이 책의 계책은 우리 조선의 실정과 부합된다' 하였으니 이것이 과연 하늘을 이고 땅을 밟고 사는 사람의 입에서 나온 말이라고 할 수 있겠사옵니까? 대체로 물은 낮은 곳으로 흘러가고, 불은 건조한 것에 붙으며, 간사한 것은 간사한 것끼리 통하는 것이 고금의 이치이옵니다. 만약 전하의 지시를 받고 간 사신(김홍집)이 사교(천주교)를 배척하기를 찬 서리가 내리듯이 단호하게 대했다면 어찌 감히 이런 책을 지어 바치겠습니까. 만약 전하의 정사를 보필하는 재상(이최응 등)들이 엄정한 처사로 범접하지 못하게 했다면 이른바 사신이라는 자가 어찌 그 책을 전하에게 바칠 수 있겠사옵니까? 이런 것으로 본다면 전하의 사신과 재상은 전하의 신하가 아니라 바로 서교도의 심복으로 구라파와 내통한 것이나 다름이 없습니다. 전하가 진실로 천리를 따르기를 원한다면 기무아문을 폐지하고, 무당과 중들의 기원을 중지시키고, 어질고 준수한 사람을 골라 부리고, 군사에 관한 정사를 밝게 하여야 할 것입니다. 네 유수도 유생들이 올린 상소에 대하여 내린 비답을 보았는데 신등은 다 읽어보기도 전에 가슴을 치고 통곡을 금할 수가 없었습니다. 전하는 무슨 까닭에 온 나라의 선비들이 충정으로 올리는 상소를 내치고 언로를 막아 귀양을 보내는 것입니까? 이것이 충간을 하는 신하의 말을 따르는 임금의 도리입니까? 전하께서는 오만하게 스스로 성인인 체하는 것입니까?

이항로의 제자인 김평묵의 문하생인 강원도 유생 홍재학의 상
소문도 임금에게 올리는 상소문으로서는 전례 없이 문구가 흉악
했다.

하늘이 총명하다는 것은 우리 백성들이 총명한 것으로부터 알게
되고, 하늘이 두렵다는 것은 우리 백성들을 두려워해야 한다는
뜻입니다. 예부터 민심은 천심이라고 하였습니다. 로서아가 비
록 날로 강대해지고 있다고 하나 원수진 일이 없는데 무슨 까닭
으로 우리 강토를 침범하겠습니까? 이는 우리 백성들을 위협하
여 미국과 화친을 하려는 것에 불과합니다. 저 미국은 사교의 나
라입니다. 그와 더불어 통상 왕래를 하게 되면 자기 집 뜰에다
범을 기르고 도적을 집 안에 끌어들이는 것과 무엇이 다르겠습
니까? 이른바 동인이란 사람은 어디에서 왔는지 모르겠습니다.
홍집은 우리나라 사람으로 일본으로 밀항했던 자라고 하였는데
그를 대뜸 참모관으로 특별히 선발하였으므로 갑자기 도망을 갔
는데 홍집이 감히 모른다고 할 수 있겠사옵니까? 신은 초야의
비천한 선비로 학식도 변변치 못하나 나라를 걱정하는 마음으로
망령된 말을 하였으니 무슨 벌이든 달게 받겠사옵니다.

경기도 유생 신섭이 올린 상소였다.

이에 대해 재황과 자영은 의금부에 추국청을 설치하여 신문을 하라고 의정부에 지시했다. 홍재학의 상소는 전례 없이 임금을 비난하여 '오만하게 자기 스스로 성인인 체하느냐'고 꾸짖고, 무당과 중들이 궁중에 출입하는 것을 금지하라고 하여 왕비까지 비난하고 있었다.

의금부의 추국관에는 영의정 이최응이 임명되어 홍재학과 신섭을 신문했다. 그러나 이최응이 병환으로 추국관을 사임하자 홍순목이 임명되었다.

윤 7월 20일에 홍재학은 의금부의 가혹한 고문을 이기지 못하고 자신이 어리석은 소견으로 임금을 비방했다는 자복을 했다. 의금부는 이에 따라 홍재학에게 사형 판결을 내리고 참형에 처하였다. 이로써 만인소로 시작하여 5개월 동안 전국을 휩쓴 유생들의 상소 사건은 다소 잠잠해졌다. 그러나 최익현과 함께 이항로의 고제로 유림에 쟁쟁한 명성을 날리고 있던 김평묵 서신 사건이 터져 김평묵을 의금부에서 잡아다가 엄한 고문을 한 뒤 귀양을 보냈다.

김평묵 서신 사건은 〈여러 집사들에게〉라는 제목으로 시작되어 홍재학, 신섭 등의 상소는 정당하고 엄동설한에도 푸르고 싱싱한 소나무처럼 기상이 높다고 칭찬을 한 뒤 자신도 유생들과 뜻을 같이하고 있으나 늙고 병들어 달려가지 못한다고 한탄하였다. 김평묵은 뒤이어 "그대들의 상소가 온 나라 안에 전파되면 여우와

쥐 같은 무리들은 간담이 서늘해질 것이고 귀신과 도깨비 같은 무리들은 종적을 감출 것"이라고 유생들을 부추기기까지 하였다.

상소 사건의 대미는 김홍집이 장식하였다. 김홍집은 유생들의 상소에 자신의 이름이 거론되자 사직하는 상소를 올려 통신사 직에서 파면된 뒤 다시 김포로 귀양까지 갔으나 재황과 민비는 김홍집의 개화 정책을 높이 평가하여 통리기무아문의 경리사 당상관으로 임명하고 있었다. 그러나 홍재학 등의 상소에서 또다시 김홍집의 이름이 거론되자 김홍집은 경리사를 사직하는 상소를 올린 것이다.

지금까지 유생들이 소를 올려 신을 성토하고 날조하여 신을 비방하니 신은 이 큰 모욕을 감당할 길이 없사옵니다. 황준헌의 《사의조선책략》은 우리가 사대의 예로 받드는 큰 나라(청국)의 사신(청국 공사 하여장)에게 받은 것이니 신이 사사로이 받지 않을 수가 없는 것이었습니다. 또 하나는 이동인에 대한 문제입니다. 이동인은 본래 우리나라의 중으로 옷차림을 변장하고 밀항을 했으니 국법으로 따지면 응당 즉시 잡아서 사형에 처해야 할 것입니다. 신이 정신병에 걸리지 않은 이상 어찌 그를 불러들여 몰래 상종할 리가 있겠사옵니까? 지난번에는 신을 규탄한 것이 한 도였는데, 이제는 전 도에 확산되어 신의 마음은 두렵기 짝이 없습니다. 이제 신은 영원히 벼슬을 사직하여 시골에 은거함으로써 사람들의 노여움을 가라앉히고 여생을 편히 보전할까 합니다. 어찌 감히 벼슬에 나가 신의 지조를 거듭 상실하겠습니까. 전하께오서는 신의 처지를 헤아려주시기 바라옵니다.

재황은 김홍집의 사직상소를 보고 "부당한 말에 귀 기울일 필요 없다. 여러 번 신칙(단단히 일러서 경계함)이 있었으니 빨리 상경하여 과인을 보필하라" 하고 사직을 허락하지 않았다. 김홍집의 상소를 보고 누구보다 놀란 사람들은 개화당 사람들이었다. 특히 김옥균은 김홍집이 이동인을 모른다고 하고 국법으로 따지면 참형에 처해야 한다고 상소를 올린 것에 분개하기까지 했다.

"도원이 이럴 수 있습니까? 도원이 동인 스님을 모른다니 말이 되지를 않습니다!"

김옥균은 유대치를 찾아와 분노를 터뜨렸다.

"도원이 나름대로 사정이 있겠지. 그래도 도원만치 조정에서 활약하고 있는 사람이 없지를 않은가?"

"도원이 동인 스님을 모른다고 한 이상 두 번 다시 상종을 할 수가 없습니다. 이제는 그 사람과 자리를 같이하지 않겠습니다!"

"장차 큰일을 하려는 사람이 그만한 일로 분개해서는 안 되네."

"큰일을 하려면 지조가 분명해야 합니다."

"살얼음 같은 정국이야."

유대치는 김옥균을 달랬다. 그는 개화당의 젊은 인재들이 반목하는 것이 달갑지가 않았다.

"전 도원처럼 문장만 그럴듯한 사람이 싫습니다."

김옥균이 단호하게 내뱉었다. 유대치는 얼굴을 찡그리고 우두커니 천장을 쳐다보았다. 김옥균의 치기가 지나친 것이 아닐까 하는 생각이 퍼뜩 뇌리를 스쳤다. 신중하지 못하면 대사를 그르칠 염려가 있었다.

"고균은 우리 조선이 시급히 해야 할 일이 무엇이라고 보는가?"

유대치는 슬그머니 화제를 바꾸었다.

"양병입니다."

김옥균이 대뜸 자신의 속내를 내비쳤다.

"양병이라면 얼마나 해야 된다고 보는가?"

"10만 군사는 양병해야 될 것으로 봅니다."

"하면 10만 군사를 양병하려면 재용을 어디서 마련할 것인가?"

"아직 그 생각은 하지 못했습니다."

김옥균이 낙담한 얼굴로 대답했다. 10만 군사를 양성하는 것은 막대한 비용이 필요한 일이다.

"홍영식과 어윤중이 돌아오면 고균도 일본을 한번 둘러보게."

"일본을요?"

"일본을 알아야 하네. 직접 눈으로 보고 배우지 않으면 아무 소용이 없는 것일세."

김옥균이 묵묵히 고개를 끄덕거렸다.

재황을 가까이 모시려면 일본을 다녀오는 것이 필수였다. 김홍집이 재황의 두터운 신임을 받고 있는 것도 모두 그 까닭이었다.

"김윤식이 영선사에 임명되었으니 조만간 청나라로 떠날걸세."

김윤식이 영선사에 임명된 것은 지난 7월이었다. 김윤식은 신식 기계를 학습한다는 명목으로 청나라의 군사기술을 배우기 위해 유학생을 선발하고 있었다. 조정에서는 일본에 암행어사로 위장시켜 신사유람단을 보내 시찰케 하는 한편, 청나라에도 영선사를 보내 군사기술을 배워 오게 한 것이다.

"그렇게 되면 우리는 일본과 청나라의 군사와 신문물을 배워 부국강병해지는 계기가 되는 걸세. 다행히 주상 전하와 중전 마마께서 영민하시어 개국에 온 힘을 쏟고 있으니 얼마나 다행한 일인가?"

"예, 다행한 일입니다."

김옥균은 유대치의 말에 의기소침하여 대답했다. 김홍집, 김윤식, 홍영식 등이 이미 재황의 각별한 신임을 얻어 정계에 두각을 나타내고 있는 사실이 씁쓸했다. 김옥균 자신도 과거에 급제한 뒤에 성균관 전적, 사간원 정원, 홍문관 교리를 지냈으나 그들처럼 재황의 신임을 얻지는 못했다.

***

이창현은 도포 자락을 펄럭이면서 앞서가는 안기영의 뒤를 느릿느릿 따라 걸었다. 안기영은 권정호를 만난 뒤에 운현궁을 향해 가고 있었다.

'마마께서 왜 저런 자를 미행하라고 하시지?'

이창현은 왕비 민자영의 얼굴을 떠올리면서 고개를 갸우뚱했다. 대궐 앞으로 한 떼의 선비들이 몰려가는 것이 보였다. 조선은 위정척사운동이 한창이었다. 옳은 것을 지키고 사악한 것을 물리치자는 위정척사운동은 김홍집이 일본에서 《사의조선책략》을 가져오면서 또다시 불붙었다. 최익현이 도끼를 등에 지고 상소를 올리고 영남 유림 이만손은 만인소를 올렸다. 개화가 대세인데도 이러한 척사운동이 일어난 데는 이하응의 선동이 적지 않은 역할을 했다.

'국태공을 귀양 보내기 위해 증거를 잡으려는 거야.'

이창현은 왕비 민자영의 속마음을 희미하게 짐작했다. 1975년에는 그녀의 명을 받고 동래에도 다녀왔다. 이창현은 동래에서 일본의 거대한 철선과 일본군을 보고 그녀의 정책이 옳다고 생각했다. 조선은 개화되어야 했다.

왕비는 서교도에 대해서도 관대한 조치를 취했다. 불과 10여 년 전만 해도 서교도를 닥치는 대로 잡아 죽여 피가 내를 이루고 시체가 산을 이루었는데 포교의 자유가 이루어지자 허망했다.

'10여 년 전에 포교의 자유가 이루어졌으면 그런 일이 없었을 텐데……'

이창현은 이마에 흐르는 땀을 주먹으로 씻었다. 어느 집에선가 매미가 시끄럽게 울어댔다. 안기영은 이하응의 집을 지나쳐 갔다.

'서자 이재선의 집이 아니야?'

이창현은 고개를 갸우뚱했다. 운현궁을 지나간 안기영이 몇 개의 골목을 돌아서 간 곳은 이하응의 서자 이재선의 집이었다. 안기영은 이재선의 집에 들어가서 오랫동안 밀담을 나누고 나왔다.

'군교는 또 왜 만나지?'

안기영은 이재선의 집에서 나오자 근처 주막에서 남한산성 군교 이풍래를 만났다. 주막에는 군교들이 여러 명 기다리고 있다가 안기영과 밀담을 나누었다.

'바쁘게도 다니는군.'

안기영은 저녁 무렵이 되자 어떤 집으로 들어갔다.

'첩의 집인가 보군.'

대문이 열리고 젊은 여자가 나와서 안기영을 만나는 것을 보고 이창현은 얼굴을 찡그렸다. 안기영의 첩은 뜻밖에 염종수의 소실이었던 해월이었다. 이창현은 염종수와 친밀하게 지냈기에 해월을 잘 알았다.

'해월은 남편을 잡아먹는 여자라는데……'

해월은 염종수가 죽자 유리걸식하다가 이하응이 거두었고, 이하응은 몇 달 동안 데리고 있다가 신철균에게 보냈다. 신철균이 민승호의 집 폭사 사건의 주모자로 처형되자 그녀는 다시 이하응에게 갔다. 그리고 이하응이 안기영에게 준 것이다.

'국태공이 해월을 신철균에게 주자 민승호의 폭사 사건이 일어났어. 해월을 안기영에게 준 것은 해월을 통해 안기영을 조종하려는 거야.'

거기에 생각이 미치자 이창현의 등줄기가 서늘해져 왔다.

"이풍래에게 밀고하게 하라."

이창현의 보고를 받은 자영이 명을 내렸다.

***

'안기영의 역모'라고 불리는 안기영 옥사 사건이 터진 것은 그해 가을이 저물기 시작한 음력 8월 29일(양력 10월 21일)의 일이었다. 재황이 명릉(明陵, 숙종의 묘)과 예릉(睿陵, 철종의 묘)을 참배하고 대궐로 돌아오자 시원임대신들이 황급히 알현을 청하였다. 시원임대신들은 돈령부 영사 홍순목, 돈령부 판사 한계원, 영부사 이최응, 좌의정 김병국, 의금부 지사(知事) 홍종운 등이었다.

"전하, 아뢰옵기 송구하오나 역모입니다!"

"역모?"

역모라니, 청천벽력이 아닐 수 없었다.

재황은 가슴이 철렁했다. 목소리가 자신도 모르게 떨렸으나 간신히 수습을 하고 대신들을 쏘아보았다. 재황은 고양군에 있는 명릉과 예릉을 참배하고 돌아오는 길이어서 몹시 피곤한 참이었다.

"도대체 어느 놈들이 역모를 꾸몄다는 말이오?"

재황은 온몸을 부르르 떨었다. 재황이 재위하는 동안 병란은 자주 있었으나 역모는 처음이었다.

"전 승지 안기영, 채동술, 권정호 등입니다."

의금부 지사 홍종운이 대답했다.

"역모를 꾸민 자들을 잡아들였소?"

"아뢰옵기 송구하오나, 그들이 모두 유력한 양반인지라 어명을 받자옵고……."

"아니, 그럼 아직도 역모를 꾸민 자들을 잡아들이지 않았다는 말이오?"

"황공하옵니다."

"이, 이런 괴변이 있나? 의금부 지사는 도대체 무엇을 하고 있소? 경은 일의 선후도 모른단 말이오? 속히 의금부 나졸들을 풀어 역모에 가담한 자들을 모조리 잡아들이시오!"

재황의 어명은 추상같았다.

"신 봉명하옵니다."

의금부 지사 홍종운이 붉은 철릭을 휘날리며 황망히 어전을 물

러 나갔다. 재황은 시원임대신들의 역모에 대한 대책도 듣는 둥
마는 둥하고 대조전으로 서둘러 어보를 놓았다. 자영과 역모에 대
해서 상의하기 위해서였다.

"이는 분명히 운현궁과 관련이 있을 것입니다!"

자영은 재황으로부터 역모 사건이 터졌다는 얘기를 듣자 얼굴
에 싸늘한 빛을 띠고 한마디로 잘라 말했다.

"운현궁?"

재황이 깜짝 놀라서 자영을 쳐다보았다. 운현궁은 아버지를 지
칭하는 것이다. 재황은 이하응의 얼굴을 머릿속에 떠올리며 불길
한 예감을 느꼈다. 전 승지 안기영은 이하응이 집정을 하고 있을
때 승지를 지낸 인물인 데다 형조참의로 있으면서 최익현이 재황
의 친정을 요구하는 상소를 올렸을 때도 최익현을 탄핵하다가 파
직을 당하고 귀양을 간 인물이었다.

"이 일을 어찌해야 되겠소?"

"역모는 뿌리를 뽑아야 합니다."

"어떻게 해야 뿌리를 뽑소?"

"먼저 의금부에 추국청을 설치하고 신문관에 한계원을 임명하
여 엄히 조사하게 하십시오."

재황은 승지를 편전으로 불러 의금부에 추국청을 설치하고 신
문관에 한계원을 임명한다는 어명을 내렸다.

"형조판서에 이명웅, 사헌부 대사헌에 이세재, 사간원 대사간

에 심상목, 의금부 판사에 윤자덕을 제수하십시오."

재황은 자영이 불러주는 대로 승지에게 어명을 내렸다. 자영의 대응은 신속하고 날카로웠다. 자영은 좌우포도대장에게도 어명을 내려 한성 부내의 경비를 철통같이 하라고 지시하고 어영대장 민태호를 대궐로 불러들여 궐문 수비를 삼엄하게 하라고 지시했다. 이어서 자영은 의금부에 병조판서 조영하를 보내 역모의 진상을 알아 오라고 지시했다. 대궐은 삽시간에 긴장감에 휩싸였다.

"중전마마, 역모를 꾸민 것은 안기영, 채동술, 권정호, 이철구 등이고 총융청의 군교 이풍래가 고변을 하여 발각이 되었다고 하옵니다."

이내 병조판서 조영하가 의금부에서 돌아와 역모의 내막을 보고했다.

"병판대감, 역모의 수괴는 누구라고 하오?"

"안기영이라고 하옵니다."

"역모를 꾸몄다면 필시 추대하려는 종친이 있을 것이오. 역모에 연루된 종친은 누구라고 하오?"

자영이 파랗게 안광을 뿜으며 조영하에게 물었다.

"중전마마, 아뢰옵기 송구하오나 이재선이라고 하옵니다."

"이재선?"

자영은 눈을 질끈 감았다. 이재선이라면 이하응의 서장자다. 역모가 고변되었다면 마땅히 연루된 종친은 물론 그 가족까지 모조리 구금하여 추국을 해야 한다. 그러나 이하응은 왕의 친아버지이고 그녀에게는 시아버지다. 그를 섣불리 구금했다가는 그렇잖아도 견원지간이라는 소문이 파다한 터에 어떠한 비난을 받게 될지 알 수 없었다. 유림의 상소 사건이 이제 겨우 마무리 단계에 들어서지 않았는가. 이하응을 구금하면 이하응의 쇄국정책을 지지하는 유림으로부터 또다시 격렬한 탄핵을 받게 될 것이다. 그것은 생각만 해도 끔찍한 일이었다.

"전하, 의금부로 하여금 이재선을 구금하여 문초케 하십시오."

조영하가 넙죽 엎드려 재황에게 진언을 했다. 재황은 당황한 표정으로 자영을 쳐다보았다. 서장자라고 해도 이재선은 재황의 이복형이다.

"병판대감, 그것은 아니 되오!"

자영이 단호하게 거절했다.

"중전마마!"

"이재선은 비록 서장자이나 주상 전하의 이복형이 아니오? 역모에 이름이 올랐다고 해서 임금의 지친을 구금하여 주상 전하의 심기를 어지럽히고 국태공을 불안하게 해서는 아니 되오. 게다가 진술까지 제대로 받지 않았는데 구금을 하는 것은 일의 선후에도 맞지 않소."

"황공하옵니다."

조영하는 머리를 조아려 자영의 지시를 따르겠다는 뜻을 나타냈다. 자영은 놀랄 정도로 침착했다. 역모 사건이 터졌는데도 당황하는 기색이 보이지 않았다.

"병판대감은 서둘러 병조로 돌아가서 군사들을 장악하시오."

자영의 지시는 서릿발 같았다.

"예."

병조판서 조영하는 황급히 중궁전을 물러 나와 병조로 돌아갔다. 자영이 이재선을 구금하지 말라고 한 것은 자신의 손으로 이재선을 구금하여 내외의 비난을 받을 것이 아니라 대신들의 요청을 받아 이재선을 구금하려는 의도가 분명했다. 이재선을 구금하는 것보다 병권을 장악하여 군사들의 동요를 막는 것이 오히려 시급한 일이었다. 조영하는 자영의 지모에 탄복했다.

'어쨌거나 이하응의 움직임을 면밀히 살펴야 해.'

자영은 대궐의 숙위(宿衛) 상황을 손수 점검했다. 대궐의 수직은 용호영(龍虎營, 금군의 다른 이름)에서 맡고 있었다. 내금위(內禁衛, 금군의 옛 이름) 무사들은 이미 대궐의 요소요소에 배치되어 삼엄한 경비를 펼치고 있었다. 대궐의 문마다 금군장인기(禁軍將認旗, 내금위를 상징하는 깃발)가 시뻘겋게 펄럭거리고 무사들이 겹겹이 포진했다.

"시위무사는 어디에 있느냐?"

자영은 대조전 월대에 서서 무사를 불렀다. 정궁 소속의 상궁과 무수리들이 전도할 태세를 갖추고 등롱을 들고 두 줄로 서 있었다.

"예!"

어둠 속에서 내금위 무사의 우렁찬 목소리가 들렸다.

"가까이 오라!"

"복명!"

그러자 어둠 속에서 내금위 무사들이 후닥닥 달려와 군례를 바쳤다. 자영은 주홍색의 철릭과 주립(朱笠)으로 융복패영을 한 무사들을 쏘아보았다. 그들 중에 별감 홍계훈이 있었다.

"별감은 나를 호위하라!"

"존명!"

홍계훈이 서릿발 같은 목소리로 대답했다. 자영이 월대로 내려섰다. 상궁과 무수리들이 황급히 전도를 하고 홍계훈은 내금위 무사들을 이끌고 자영을 호종했다.

'중전마마의 기상이 주상 전하의 위엄을 능가하고 있구나.'

홍계훈은 속으로 감탄했다. 자영은 내금위의 대궐 파수를 샅샅이 살핀 뒤에야 정궁으로 돌아왔다.

9월 초사흘에 이재선이 스스로 나타나 의금부에 자수를 했다. 의금부에서는 당황하여 이재선을 우선 서간(西間, 의금부의 미결수 옥사)에 가두고 간단히 신문을 했다. 역모에 연루되었다고 해도 이재선은 왕의 이복형이자 이하응의 서장자다. 그를 섣불리 단죄할수가 없었다. 추국관 한계원은 이재선과 안기영으로부터 간단히 공술을 받고 죄를 자복한 것으로 공초를 올렸다.

추국관 한계원의 공초를 본 자영을 몸을 부르르 떨었다. 추국관 한계원이 역모를 꾸민 안기영과 이재선을 비호하고 있었다.

"지금 추국청에서 공초를 올린 것을 보니 어찌 이처럼 경솔하게 서두르는가? 죄인들의 음흉한 소굴과 역모를 꾸민 내막이 아직 다 폭로되지 않았음이 분명한데 이처럼 서둘러 공초를 올린 것은 과인을 능멸하기 위함인가, 역모를 두둔하기 위함인가? 다시 엄격하게 신문해서 역모의 진상을 낱낱이 밝히라!"

자영은 재황을 움직여 추국청에서 안기영과 이재선을 신문하라고 추국관들에게 추상같은 영을 내렸다. 이에 놀란 홍순목, 한계원, 김병국은 부랴부랴 이재선을 의금부 남간(南間, 기결수 옥사)에 가두고 연명으로 차자를 올려 역모의 신문 원칙을 어기고 사건을 축소하려 한 자신들을 처벌해달라고 요구했다. 안기영과 이재선을 직접 추국한 의금부의 당상관들도 연명으로 차자를 올려 역모 사건을 엄중히 다루지 못한 죄를 처벌해달라고 요구했다.

대간의 탄핵을 받은 홍순목, 한계원, 김병국, 의금부 당상관 윤자덕, 지사 홍종운, 동지 조병식, 남일우 등은 일제히 도성 밖으로 나가서 재황의 처벌을 기다렸다. 대간의 탄핵을 받으면 소임을 맡은 대신들은 임금에게 대죄를 청하는 것이 규례였다.

그러자 엉뚱한 일이 벌어지고 말았다. 추국관들이 일제히 혐의를 피하자 죄인들을 신문하는 대신들이 없어진 것이다.

"명색이 대신이라는 자들이 어찌 이럴 수가 있는가?"

자영은 화를 벌컥 냈다. 추국관 한계원 등이 이재선을 제대로 신문하지 않고 도성 밖으로 나간 것은 이하응의 보복을 두려워해서가 분명했다.

"대신들을 속히 의금부로 들라 해라. 역모를 신문하는 일에 대신들이 해태하는 것은 흉중에 무슨 뜻을 숨기고 있는 것이 아닌가?"

자영은 승지들을 시켜 대신들과 의금부 당상관들에게 준절하게 호통을 쳤다. 추국관과 의금부 당상관들을 모조리 교체시킬 수도 있었다. 그러나 자영은 이 기회에 한계원, 홍순목, 김병국과 연결되어 있는 이하응의 고리를 끊을 작정이었다.

이러한 우여곡절 끝에 9월 9일에야 추국청이 설치되었다. 죄인 안기영과 고변한 이풍래, 이풍래와 이재선에 대한 대질신문이 실시되고 가혹한 고문이 계속된 끝에 10월 10일에 판결문을 올렸다. 의금부에서는 역모에 관련된 사안에 대해서 수사와 조사도 하지만 조사를 마친 뒤에 판결까지 내려서 보고를 올렸다. 임금은 그 판결문을 보고 윤허할 때도 있고 불윤(不允, 허락하지 않음)할 때도 있다. 임금이 불윤을 하면 다시 조사를 해서 판결문을 올려야 했다.

재황은 의금부에서 올린 판결문대로 안기영, 권정호, 이철구에 대해 능지처참형의 원안을 윤허한다는 지시를 내렸다. 의금부에서 이들은 임금을 배신한 만고역적이므로 때를 기다리지 말고 사지를 찢어죽일 것을 주청했기 때문이다. 이어서 10월 25일 조중호, 이연응, 정건섭, 임철호, 이종학 등 9명이 안기영 역모 사건에 휘말려 참형을 당했다. 무서운 피바람이었다.

10월 26일 재황은 승정원에 다음과 같이 지시를 내렸다. 자영이 귀띔해준 말이었으나 재황의 마음에도 흡족한 것이었다.

"이재선이 추국청의 공술에서 나왔다니 너무도 놀라운 일이라 말하고 싶지도 않다. 만약 미쳐서 실성하지 않았다면 어찌 흉악한 역적들의 농간질하는 손아귀에서 놀아났겠는가. 이재선의 공술로 본다면 거짓말과 허황된 말뿐이라 대부분 근거가 없으니 불쌍해할 일이고 처분할 일이 못 된다. 지금 이 처분이 어찌 살려주기 위한 것이겠는가. 이미 미쳐버린 사람에게 굳이 형법을 적용할 필요는 없을 것이다. 남간에 하옥한 죄인 이재선을 특별히 용서하여 제주도로 위리안치하되 당일로 압송하라."

재황은 승정원에 이재선을 제주도로 귀양 보내라는 영을 내렸다. 역모에 말려든 대역죄인에게 내린 형벌치고는 파격적인 은전이었다.

'이만하면 아버님께서도 마음에 드시겠지.'

재황은 이하응의 부리부리한 눈을 떠올리며 흡족해했다. 역모에 연루되면 죄의 경중을 가릴 것 없이 사형에 처하는 것이 관례였다. 그것은 왕족이라고 해도 예외가 없다. 다만 실성한 사람에 대해서는 죄를 따질 수 없는 것이다.

***

이하응은 사랑채인 아소정 앞을 몇 번이나 오갔다. 인기영의 옥사로 이재선까지 걸려들었다. 이재선은 이하응이 기생 계월생에게서 낳은 아들이었다. 이하응은 계월생 외에도 추선, 서씨를 첩으로 두고 있었다. 이하응의 가장 큰 아들이었으나 서자였기 때문에 과거조차 보지 못하고 지내다가 이복동생인 재황이 왕이 되자 비로소 관직에 나가게 되었다.

'어리석은 것들, 어찌 일을 이 지경으로 만드는가?'

이하응은 안기영과 이재선의 무모한 짓에 치를 떨었다. 안기영의 옥사가 일어나자 군사들이 가장 먼저 운현궁을 에워쌌다.

'이놈들이 실패했구나.'

군사들이 들이닥쳤을 때 이하응은 가슴이 철렁했다. 그러나 해월이 입을 다물고 있으면 그를 의심할 사람은 없었다.

'재선이는 왕의 서형이다. 그를 죽이지는 못할 것이다.'

이하응은 이재선을 죽이지 않을 것이라고 생각했다.

'그러면 그렇지.'

이재선에게 제주도에 위리안치하라는 영이 내리자 이하응은 무릎을 쳤다.

"역모의 괴수를 살려두는 법은 없습니다."

조정에서 일제히 이재선을 사형에 처하라고 요구했다.

'왕, 왕의 서형을 죽이다니······.'

이하응은 허공을 우두커니 쳐다보았다. 서자 이재선에게 사약이 내려졌다는 소식을 전해 들은 그는 가슴이 찢어지는 것 같았다. 서자 이재선은 우직한 인물이었다. 그래서 문과에 급제하지도 못하고 무과에 급제하여 별군으로 한직에 있었다. 서자라는 서글픔과 벼슬의 한미함 때문에 울적한 나날을 보내던 이재선이었다. 대원군은 그런 그를 이용하려고 했으나 실패하여 사약을 받고 죽게 만든 것이다.

밖에는 동짓달 칼바람이 세차게 불고 있었다. 허공을 윙윙거리며 달려온 바람이 나뭇가지를 흔들고 뒤꼍의 담벼락을 때렸다.

"대감마님!"

섬돌에서 천희연의 목소리가 들렸다.

"어찌 되었느냐?"

"큰 서방님께서 서소문 밖 초가에서 사약을 받으셨습니다."

천희연의 목소리에 울음이 섞여 있었다.

"죽었느냐?"

"예."

천희연이 소리 죽여 흐느껴 울기 시작했다. 이하응은 어금니를 꽉 깨물었다. 자기도 모르게 주먹을 쥔 손이 부르르 떨렸다.

"물러가라!"

이하응은 눈을 감고 노성을 질렀다. 대원군의 감은 눈에서 한 줄기 뜨거운 눈물이 흘러내렸다. 그들이 이재선을 죽이리라고는 생각조차 못했다. 이재선은 왕의 이복형이 아닌가. 왕의 체면을 생각해서라도 제주도 귀양살이 정도로 끝내려니 생각했다. 제주도 위리안치는 사형 다음의 중형이다. 그런 까닭으로 이하응은 이재선의 구명에 나서지 않았던 것이다.

"대감마님!"

"물러가라 하지 않았느냐?"

"해월 아씨께서 오셨습니다."

이하응이 눈을 번쩍 떴다. 이하응의 눈에서 살기에 가까운 안총이 폭사되었다.

"어찌할까요?"

"들라 해라."

이하응은 도포의 소맷자락으로 눈물을 수습했다. 방 안이 어둠침침해서 다행이지 싶었다.

이내 문이 열리고 녹색 장의를 뒤집어 쓴 해월이 들어섰다. 이하응은 얼굴을 외로 꼬았다. 보기도 싫었다. 내가 너처럼 보잘것 없는 계집을 믿어 이게 무슨 추태란 말인가. 그러나 해월은 침착했다. 장의를 벗어놓더니 두 손을 이마로 가져가서 조신하게 큰절을 올렸다.

"대감마님 문안 여쭈옵니다."

해월의 목소리는 문밖에서 부는 바람 소리만치나 차가웠다.

"앉아라."

이하응은 비로소 해월의 얼굴을 쏘아보았다.

"이게 도대체 어찌 된 일이냐? 일을 어찌하였기에 내 가슴을 이렇게 찢어놓는다는 말이냐?"

이하응은 유정한 눈으로 해월을 살폈다. 역시 아름다운 계집이다. 화를 내어야 마땅한데도 해월의 얼굴을 보자 노기가 봄눈 녹듯 녹았다. 우물(尤物)이라 이런 것인가, 경국지색의 우물인데도 어찌 이런 대사를 그르치는 것인가.

"애초에 그릇이 아니었습니다."

"토민토왜(討閔討倭)가 어찌하여 역모가 되었느냐 말이다?"

대원군의 안총은 해월을 잡아먹기라도 할 듯이 살벌했다. 이하응이 해월을 통하여 안기영을 움직이게 한 것은 척족 민씨를 타파하고 일본을 내치자는 것에 지나지 않았다. 그런데 그 토민토왜가 고종까지 폐위하려 했다는 엄청난 역모로 발전한 것이다.

"위인들이 경거망동하였기 때문이옵니다."

이하응의 눈에서 살기가 뚝뚝 떨어지는데도 해월은 눈썹 하나 까딱하지 않고 차갑게 대꾸했다.

"세상을 보기가 부끄럽다. 내가 아들을 폐위하려고 사주한 꼴이 되지 않았느냐?"

"한 번만 더 기회를 주십시오."

"서자도 아들이다. 아들을 죽게 한 넌데 또 거사를 도모하겠다는 말이냐?"

"대감마님!"

"이번엔 이조판서에게 사약을 받게 하려느냐?"

이재면은 이조판서에 제수되어 있었다.

"반드시 토민토왜하겠습니다. 민씨를 치고 왜구를 치는 것이 대감마님의 평생 소원이 아닙니까? 대감마님의 소원을 이루어드리겠습니다."

"흥!"

이하응이 코웃음을 쳤다.

"대감마님!"

해월이 정색을 했다.

"방부한 계집입니다. 사람들은 저를 두고 서방 잡아먹는 계집이라고 합니다."

이하응이 눈썹을 꿈틀했다. 해월이 두 눈으로 파랗게 독기를 내뿜고 있었다.

"이번엔 사람을 잘못 보아서 토민토왜하는 것이 실패를 보았습니다. 하나 계집이 한을 품으면 오뉴월에도 서리가 내린다고 합니다."

"부질없는 짓이다!"

"척족 민문을 타도하려는 대감의 뜻을 반드시 이루겠습니다."

해월이 입을 앙다물었다. 이하응은 해월의 기세에 기가 질린 듯 멀뚱히 방부하는 계집을 쳐다보았다. 대가 센 계집이었다. 얼 핏 보면 그에게서 모든 것을 **빼앗아** 간 악독한 계집 민치록의 딸을 연상시키는 용모였다. 그에게 철천지 원한을 남긴 원수이자 며느리인 왕비에게는 천품(天稟)이 있으나 해월에게는 그런 것이 없었다. 부드러우면서도 사람을 압도하는 듯한 기품이 왕비에게는 있었다.

"대감마님."

해월이 촉촉하게 젖은 눈매로 이하응을 쳐다보았다. 어둠 속에서 해월의 얼굴이 하얗게 도드라져 보였다.

***

남산 상산봉에는 팔각정이 하나 있었다. 기생 금란은 머슴 칠복을 따라 산 정상에 이르자 가쁜 숨을 내쉬고 이마의 땀을 훔쳤다. 그러나 추색 짙은 만산홍엽이 한눈에 펼쳐지자 자신도 모르게 감탄을 했다. 금빛 햇살을 받아 목멱산이 불이 붙은 듯 황금빛으로 물들어 있었다.

'아아, 참으로 좋구나.'

금란은 단풍이 가득한 가을 산을 보면서 감탄했다. 정자에는 이미 먼저 도착한 기생들이 자리를 펴고 몇몇 젊은 선비들과 앉아서 이야기꽃을 피우고 있었다.

'선비들이 영준하게 생겼구나.'

선비들의 의관이 화려하면서 단정하여 금란은 가슴이 설레었다. 명문가 자제들이라 그들을 따라온 종들도 수십 명에 이르렀다. 게다가 선비들이 모두 20세 안팎이었다.

"내가 오늘 이 자리를 마련한 것은 시국이 갈수록 혼탁해지고 있기 때문이오."

30세가 채 못 되어 보이는 사내가 좌중을 돌아보면서 입을 열었다. 선비들 중에 가장 나이가 많아 보였다. 기생 춘앵이 옆에 있다가 교리 벼슬에 있는 김옥균이라고 말했다. 춘앵에 따르면 여기에 모인 선비들은 영의정 홍순목의 아들 홍영식, 왕비의 친정에 양자로 들어간 민영익, 철종 임금의 부마 박영효 등이라고 했다.

"김 교리의 명성은 익히 들었소. 기탄없이 말씀하시오."

홍영식이 수염도 없는 턱을 쓰다듬었다.

"홍공은 영상의 자제분으로 이 자리에 참석해주어 고맙소. 이 자리에는 선왕의 부마인 금릉위도 계시지 않소?"

"부마가 벼슬은 아닙니다. 장안에서 학문이 쟁쟁한 여러분과 만나게 되어 반가울 뿐이오."

철종의 부마인 박영효가 입을 열었다.

'김옥균, 박영효, 홍영식, 민영익 등 장안에서 명성을 떨치고

있는 선비들이 죄 모였구나.'

금란은 정자로 가까이 가서 그들의 이야기에 귀를 기울였다.

'장안의 명성 높은 귀족 자제들이야. 저 중에 누구의 소실이 되어도 부귀를 누리겠구나.'

임풍옥수와 같은 선비들을 보는 금란의 얼굴에는 미소가 감돌았다.

"우리는 신사유람단이 돌아와서 보고한 책으로 일본이 얼마나 발전했는지 알게 되었소. 서양 오랑캐에 패한 청나라는 대국이라는 칭호가 부끄럽게 되었소. 조선에도 미증유의 환난이 닥칠 것이니 우리 소년들이 이를 타개해야 하오."

왕비의 친정 조카인 민영익이 말했다. 그는 학문도 뛰어나 기루의 여자들이 선망하고 있었다.

"어떻게 조선에 닥칠 위기를 타개하겠소?"

"조선의 위기는 서양이나 일본에서 올 것이오. 우리가 열흘에 한 번씩 백의정승 유대치 선생의 집에 모여 강을 들읍시다."

"유대치는 중인이 아니오?"

"일본인들은 서양 오랑캐에게 배운다고 하오."

"참, 일본이 메이지유신을 했다고 하는데, 그게 무슨 말이오?"

"10년 전에 막부를 타도하고 왕정을 실시하고 있다는 것인데 막부시대와 달리 날마다 새로워지자고 다짐하고 실천하는 일본의 자각운동이라고 하오. 일신 일신 우일신…… 날마다 새롭게……

날마다 새롭게…… 그리고 또 새롭게…….”

“우리도 백성들을 계몽해야 할 것 같소.”

“유림 때문에 안 됩니다. 신사유람단이 일본에 갔다가 온 것으로도 만인소를 올린 유림이 아닙니까? 유림이 이렇게 개화를 반대하면 결국은 나라를 잃게 될 것입니다.”

“유림을 이해 못할 바도 아니지만 그들을 납득시키는 것이 쉽지 않을 것이오.”

청년 선비들의 이야기는 오랫동안 계속되었다. 금란은 그들의 이야기가 좀처럼 그칠 기색이 보이지 않자 지루해졌다. 다른 기생들도 심심한 듯이 울창한 숲에 들어가 노래를 흥얼거리고 있었다.

선비들의 이야기가 모두 끝난 것은 한참이 지났을 때였다. 선비들을 따라온 종들이 상을 펴고 음식을 차렸다. 금란은 김옥균의 옆에 가서 앉았다.

“무슨 긴한 말씀을 그렇게 오래 하십니까?”

금란은 김옥균에게 술을 따르면서 물었다.

“유신이다.”

김옥균이 금란을 힐끗 쏘아보면서 내뱉었다.

“유신이요? 쇤네는 무슨 말인지 모르겠습니다.”

“핫핫! 단풍이 참으로 좋구나. 어느 해에 이 단풍을 다시 보겠느냐?”

김옥균이 술잔을 단숨에 비웠다.

"단풍은 내년에도 있지 않습니까?"

박영효가 빙긋이 웃었다.

"이동인 대사가 탄핵을 받고 있소."

홍영식이 김옥균을 향해 말했다.

"대사께서 궁중을 출입했기 때문이오."

민영익이 눈살을 찌푸리면서 대답했다.

"아니, 대사께서 무슨 일로 궁중을 출입한다는 말이오?"

"중전마마를 자주 만나고 있는 것 같소."

"아니, 대사가 무슨 일로 중전마마를 만난다는 말이오?"

"중전마마께서 우리처럼 개화에 관심이 많으시오. 일본에 대한 얘기를 들려드리고 있습니다."

민영익이 어두운 표정으로 말했다.

***

가을이다. 대궐의 뜰에도 나뭇잎이 우수수 떨어지고 있다. 자영은 발 안에서 이동인을 조용히 응시하고 있었다. 이동인을 대궐로 부른 것은 최근에 그가 일본을 다녀왔다는 말을 민영익에게 들었기 때문이다.

"중전마마, 소승을 어인 까닭으로 부르셨습니까?"

이동인이 손을 앞으로 모으고 발 뒤의 자영을 살폈다.

"세자가 병치레를 자주 하고 있소. 대사께서 불공을 드려 부처님의 가호를 빌어주면 고맙겠소."

"소승, 여러 사찰에 알려 세자 저하의 무병장수를 빌겠습니다."

이동인이 합장을 했다. 자영은 한 식경이나 세자의 무병장수를 비는 불사를 올리는 이야기를 했다.

'중전마마께서 첩자를 경계하시는구나.'

이동인은 자영이 자신을 부른 까닭을 막연하게 짐작하고 있었다. 그렇잖아도 유림은 무당과 중이 대궐을 출입한다고 상소를 올리고 있었다.

"대사를 모시고 동궁전으로 가겠다. 날씨가 좋으니 걷도록 할 것이다."

이내 자영이 궁녀들에게 영을 내렸다. 이동인은 중궁전을 나와 동궁전으로 향하기 시작했다.

"대사, 세상이 참으로 각박하오."

자영이 걸음을 떼어놓으면서 말했다.

"망극합니다. 중전마마의 고충을 헤아리고 있습니다."

"그래. 일본은 잘 다녀왔소?"

"무사히 다녀왔습니다."

"전에 갔을 때와 무엇이 달라졌소?"

"일본은 빠르게 서양처럼 변해가고 있습니다. 학교와 공장이 세워지고 화륜거(火輪車, 기차)가 달리고 있습니다."

"풍속도 달라졌소?"

"전에는 여자들이 남자들과 함께 연회에 참석하지 못했습니다. 하나 이제는 연회에 함께 참석할 뿐만 아니라 이야기도 하고 춤도 춥니다. 남자는 양복을 입고 여자는 드레스라고 부르는 옷을 입기도 합니다."

"대신과 대신의 부인들이 연회장에서 춤을 춘다는 말이오?"

"그렇습니다. 연회장을 무도회라고 부르는데 오로지 춤을 추고 술을 마시면서 사교를 넓힌다고 합니다. 인사를 할 때도 여자가 손을 내밀고 남자가 그 손을 잡습니다."

"기이한 일이오. 어찌 여인네가 외간 남자의 손을 잡는다는 말이오?"

"서양의 풍속입니다."

"조정은 대대적으로 개혁될 것이오. 청나라의 자문을 얻어 통리기무아문을 설치할 것이오. 그대의 도움이 컸소."

자영이 이동인을 돌아보면서 환하게 웃었다. 조선은 1880년 12월 21일 청나라를 모방하여 정부 체제를 대대적으로 개편했다.

1. 아문의 호칭은 통리기무아문(統理機務衙門)으로 한다.
1. 이미 설치한 아문은 기무에 관계되므로 구별해서 살피지 않아서는 안 되니, 당상(堂上)과 낭청(郞廳)을 차정(差定)하여 각각 그 일을 담당하게 한다.

1. 사대사(事大司)는 사대문서(事大文書)와 중국 사신을 접대하는 일과 군무변정 사신(軍務邊政使臣)을 차송(差送)하는 일 등을 담당한다.

1. 교린사(交隣司)는 외교문서와 왕래하는 사신을 맞이하고 전송하는 일 등을 담당한다.

1. 군무사(軍務司)는 중앙과 지방의 군사를 통솔하는 일 등을 담당한다.

1. 변정사(邊政司)는 변방의 사무와 이웃나라의 동정을 염탐하는 일 등을 담당한다.

1. 정부(政府)는 종래의 변방 사무를 이전대로 주관한다.

1. 통상사(通商司)는 중국 및 이웃나라와의 통상에 관한 일 등을 담당한다.

1. 군물사(軍物司)는 병기의 제조에 관한 일 등을 담당한다.

1. 기계사(機械司)는 각종 기계의 제조에 관한 일 등을 담당한다.

1. 선함사(船艦司)는 서울과 지방의 각종 선박의 제조와 통솔에 관한 일 등을 담당한다.

1. 기연사(畿沿司)는 연해 포구에 왕래하는 선박의 순시에 관한 일 등을 담당한다.

1. 어학사(語學司)는 역학(譯學), 각국의 언어와 문자 등에 관한 일을 담당한다.

1. 전선사(典選司)는 인재를 선발하여 각 사(各司)에 등용하는 일

등을 담당한다.

1. 사대사는 교린사를 겸임하고 군무사는 변정사를 겸임하며 선함사는 기연사를 겸임하고 군물사는 기계사를 겸임하며 전선사는 어학사를 겸임하고 통상사는 전임한다.

1. 신설한 아문은 중앙과 지방의 군사와 정사의 기무를 통솔하니, 체모(體貌)가 자별(自別)하므로 정1품 아문으로 하고 대신 중에서 총리(總理)를 마련하고 통제하거나 정무 보는 것은 의정부와 같은 규례로 한다.

1. 당상은 10원(員)까지로 하고 낭청은 18원까지로 하되, 문관(文官)·음관(蔭官)·무관(武官)에 구애되지 말고 가려 차임(差任)한다.

통리기무아문의 설치는 획기적인 것이었다.

"무기의 제조법을 배워 오는 일과 관련하여 중국에 사신을 파견하도록 명하셨으니 삼가 마련해서 들여보내야 합니다. 하지만 일본 공사(公使) 역시 총(銃), 포(砲), 선박 등의 일로 묘당에 상소를 올리기까지 하였으니 그 뜻을 무시하기 곤란할 뿐만 아니라 다른 나라의 무기에 대해서도 널리 보고 들을 방도가 있을 것입니다. 그러므로 본 아문에서 추천받은 전 부사(前府使) 이원회를 참획관으로 차하(差下)하여 참모관(參謀官) 이동인을 데리고 출발한다는 내용으로 서계를 만들어 보내겠습니다. 노자는 편의대로 할당해서 지급하고 도로 연변의 마을에서 접대하는 일은 백성과 고을들에 민폐를 끼칠 우려가 있으니 일체 그만두라는 내용으로 지나는 제도에 분부하는 것이 어떻겠습니까?"

통리기무아문에서 아뢰었다. 이동인이 일본으로 총을 구입하러 가게 된 것이다.

22
피를 부르는 골육상쟁

　신사년(辛巳年, 1881년)의 겨울은 유난히 길었다. 일본에 의한
개항으로 물밀듯이 밀려오는 서양 문물에 대한 반발로 유생들의
만인소 사건이 터졌고, 그 사건이 우여곡절 끝에 마무리되는가 싶
었는데 안기영의 역모 사건이 터져 나라 안을 뒤숭숭하게 했다.
자영은 음력 11월이 되자 세자의 간택을 서둘렀다. 재황에 의해
금혼령이 내려지고 세자빈의 단자를 받아들이라는 지시가 예조를
통해 전국으로 하달되었다. 이때 세자 척의 나이는 불과 8세였다.
따라서 금혼 대상은 명문세가의 규수들 중 7세에서 11세까지로
제한되었다.

　12월이 되자 자영은 갑자기 병에 걸려 자리에 눕게 되었다. 처
음 사나흘 동안은 열이 오르고 기침, 콧물, 눈곱이 끼는 증상이 나

타나더니 열이 맹렬하게 올라 자영을 괴롭혔다. 내의원에서 서둘러 약을 조제해 올렸으나 소용이 없었다. 자영이 앓아눕기 시작한지 6일째가 되자 얼굴에 좁쌀만 한 붉은 반점이 돋더니 급기야 목, 가슴에 이어 전신으로 번졌다. 내의원에서는 그제야 자영의 병이 홍역이라고 진맥했다.

내의원에서는 부랴부랴 의약청을 설치하고 자영의 치료에 전념했다. 재황은 특별히 민영익을 대궐로 들어오라 하여 숙직을 서게 하였다. 자영은 꼬박 열흘 동안 홍역을 앓았다. 음력 12월 22일에 발진이 가라앉았고 12월 25일이 되자 깨끗이 회복되었다. 재황은 예조의 건의를 받아들여 대사령을 반포하고 사형수 이하의 죄수들을 모두 석방하라고 지시한 뒤 특별과거까지 실시했다.

"기후의 변동으로 왕비의 건강이 잠시 좋지 못하다가 온갖 복이 모여들어 빨리 회복되었다. 돌이켜보건대 덕이 부족한 과인은 왕후의 조력을 많이 얻었다. 임금의 도리는 교화의 근본이 된다는 것을 《시경》에서 노래하였고, 궁중에서는 부지런하고 검박한 것이 앞서야 하므로 누에고치도 따고 벼 종자도 가리었다. 아울러 성내의 거지들에게까지 돌봐주는 은전을 베풀었다. 다행하게도 하늘이 도우시어 완쾌된 경사를 맞이하게 되었다. 처음에는 구슬처럼 곱게 보여서 상서롭다 해도 될 만하더니 어느덧 구름과 안개가 걷히는 듯 아무런 흔적도 없었다. 약을 쓴 끝에 건강은 다시 회복되었고 궁중의 일은 더욱 빛나게 기록되고 있다. 하늘과 땅이

만물을 살리는 것처럼 어진 왕후가 소생하니 어찌 이 기쁨을 만백성과 같이 누리지 않겠는가. 봄이 도래하면 따사로운 비가 초목을 살리듯이 너희 낮은 백성과 기쁨을 같이하기 위해 대사령을 내리는 바다. 이달 27일 이른 새벽 이전까지의 사형수 이하의 죄인들은 모두 석방할 것이니 다시는 죄를 짓지 말고 생업에 힘쓰도록 하라."

1882년은 상서롭게 시작되는 것 같았다. 그러나 개화의 물결이 도도하게 밀려왔다. 미국, 영국, 프랑스, 독일, 이탈리아 등 서양 각국이 수교통상조약 체결을 요구해왔다.

'일본만 받아들이는 것은 옳지 않다.'

자영은 서양의 여러 나라들과 통상을 해야 한다고 생각했다. 이 무렵에는 김홍집, 김윤식, 어윤중, 김옥균, 홍영식 등이 조정에 진출하면서 개화파가 한 축을 이루게 되었다.

미국이 수교조약을 요구하자 조선은 청나라에 자문을 청했다.

"수교를 하는 것이 좋을 듯하다. 그러나 경계하는 것도 늦추어서는 안 된다."

청나라에서 자문이 왔다.

4월 6일, 미국의 해군대장 로버트 슈펠트 제독이 군함 스와타라 호를 타고 인천에 도착하여 조미수호조약을 체결했다. 전문(前文)과 전문(全文) 14조로 된 수호조규였다. 이에 따라 4월 21일에 조영(朝英)수호조약, 5월 17일에 조독(朝獨)수호조약까지 체결됨으로써 조선은 일본, 미국에 이어 영국과 독일에도 개항을 하면서 마침내 열국공사 시대가 열렸다.

***

미국 해군대장 슈펠트 제독은 한양에 들어와 조선의 국왕을 알현하겠다고 청했다. 조선에서는 전례가 없는 일이라고 거절했으나 이미 일본 공사가 알현한 일이 있기 때문에 거절은 우호국에 대한 예의가 아니라고 슈펠트 제독이 주장했다. 조정 대신들은 대책회의를 열어 거절하려고 했으나 개화파 대신들이 미국인들이 어떻게 생겼는지 만나보아야 한다고 강력하게 주장하여 알현을 성사시켰다.

슈펠트 제독의 입경은 한양의 최대 관심사가 되었다.

"서양 예절은 어떤가? 왕비도 그 자리에 참석하는가?"

자영은 역관을 보내 슈펠트 제독에게 질문했다. 슈펠트 제독에게서 답장이 왔다.

'왕비 전하께서 참석하신다면 미국 대통령을 대신하여 감사드리겠다. 제독의 부인도 함께 알현하겠다.'

"왕비가 외국 사신을 접대하는 일은 전례가 없다."

조정 대신들이 일제히 반대했다. 재황도 자영이 외국 사신 앞에 나서는 것을 반대했다. 자영은 재황까지 반대하자 어쩔 수 없었다. 그러나 미국에 대한 호기심 때문에 잠을 이룰 수 없었다.

슈펠트 제독이 입경하는 날은 길이 메워졌다. 그들은 미국 병사들의 호위를 받으면서 남대문으로 들어왔는데 화려한 군복과 절도 있는 동작, 그리고 군악대의 연주로 조선인들을 감탄하게 만들었다. 그들은 아이들에게 사탕까지 선물했다.

슈펠트 제독의 알현은 근정전에서 이루어졌다. 슈펠트 제독은 부인이 갑자기 아파서 딸이 대신 왔다고 사과했다. 조선 왕에 대한 알현은 형식적이고 의전적이었다. 제독의 정중한 인사와 조선 왕의 치하로 간단하게 끝이 났다. 대신들의 시선은 온통 제독의 딸에게 쏠렸다. 그녀는 20세 안팎으로 보였고 파란 눈에 하얀 피부, 그리고 금발머리를 갖고 있었다. 그런데 그 제독의 딸이 왕비의 알현을 청했다. 조정 대신들이 일제히 웅성거리면서 반대했다.

"부녀자들의 만남이다. 사람과 사람이 만나는데 무슨 전례를 따지는가?"

재황은 그녀에게 관심이 많아 허락했다. 자영은 제독의 딸을 경회루에서 만났다.

'어쩌면 저렇게 살결이 희고 눈이 예쁠까?'

자영은 제독의 딸을 보고 감탄했다.

"왕비 전하, 미국 해군대장 슈펠트 제독의 딸 패트리샤라고 합니다. 오늘 왕비 전하를 알현하게 되어 무한한 영광입니다."

패트리샤는 무릎을 구부리고 서양식으로 인사를 했다.

"어서 와요. 제독의 딸을 만나게 되어 기뻐요."

자영은 패트리샤를 만나자 활짝 웃었다. 패트리샤도 동양의 작은 나라에 관심이 많았다. 자영은 통역을 통해 그녀와 이야기를 나누었다.

"패트리샤 양의 이야기를 들으니 미국이 가장 강한 나라 같군요."

"사실 미국은 과학이 가장 발전한 나라예요. 공장, 학교, 신문, 군대…… 세계에서 가장 강하고 국민들도 잘살고 있어요."

"내가 왕비가 아니라면 꼭 한번 가보고 싶군요."

"사절단을 보내세요."

"내 조카 중에 민영익이라는 총명한 사람이 있어요. 반드시 그를 보내겠어요."

패트리샤는 국제정세에 대해서도 이야기를 했다. 자영은 그녀의 이야기를 들으면서 조선이 한없이 왜소하고 과학문명이 뒤떨어져 있다는 것을 깨달았다. 패트리샤는 헤어질 때 자영에게 시계와 망원경을 선물했고, 자영은 한복과 머리꽂이를 선물했다.

슈펠트 제독이 돌아가자 자영은 오랫동안 생각에 잠겼다. 미국은 땅덩어리도 크지만 과학이 발달하여 국민들도 부유하게 살고 있었다. 학문은 유학을 가르치지 않고 실용적인 것을 가르치고 있다고 했다.

'이제 우리도 실학을 해야 하나?'

자영은 고개를 절레절레 흔들었다. 유학을 버린다고 선언하면 조선이 발칵 뒤집어질 것이다. 슈펠트 제독이 돌아가고 며칠이 지났을 때 조회에 참석했던 민영익이 중궁전으로 들어왔다.

"별기군은 어떻게 되었어?"

자영은 민영익을 살피면서 부드럽게 물었다. 민겸호에게 별기군 창설을 지시했는데 아직 보고가 없었다. 자영은 군대부터 강하게 만들어야 한다고 생각했다.

"마마, 지금 1백 명을 선발하여 훈련시키고 있습니다. 구식 군대는 5영 중 3영을 해체하여 2영만 남았습니다."

"별기군이 1백 명이라고? 1백 명으로 어떻게 조선을 지키겠어?"

"군대를 양성하는 데는 많은 돈이 들어갑니다. 재정이 넉넉지 않습니다. 군대의 봉급이 여섯 달이나 밀려 불만이 많습니다."

민영익의 말에 자영은 가슴이 철렁했다. 한동안 세자를 양육하느라고 조정의 일에 관심을 두지 않았는데 무엇인가 심상치 않은 일이 벌어지고 있는 기분이었다.

"선혜청 당상 민겸호를 들라고 하라."

자영의 눈빛이 날카로워졌다. 선혜청은 국가의 재정을 관리하는 곳이다. 민영익이 서둘러 물러가고 민겸호가 허둥지둥 중궁전으로 들어왔다.

"영환이는 잘 지내고 있나요?"

자영이 민겸호를 싸늘한 눈으로 노려보면서 물었다. 민영환은 민겸호의 아들이다. 민겸호는 부패한 인물이라고 소문이 자자하여 그의 아들 민영환을 민승호의 양자로 들이려다가 민태호의 아들 민영익을 양자로 들인 것이다. 민겸호는 병조판서 겸 선혜청 당상을 맡고 있었다.

"예. 마마 덕분에 잘 지내고 있습니다."

민겸호가 자영의 눈치를 살폈다.

"별기군 1백 명을 선발하여 훈련한다고요?"

"예. 일본군 장교 호리모토를 초빙하여 훈련을 하고 있습니다."

"오영 중에 3영을 해체하고 2영만 남겼고요?"

"마마, 군대를 양성하는 데는 많은 돈이 들어갑니다."

"그래서 군대의 봉급을 여섯 달이나 밀렸습니까?"

"전라도에서 세곡이 들어오면 바로 지급할 생각입니다."

"병조판서의 녹봉도 여섯 달이 밀렸습니까?"

자영의 눈에서 파랗게 불길이 뿜어졌다. 민겸호는 자영의 눈빛이 날카로워지자 대답을 못하고 우물쭈물했다.

"작은오라버니의 창고에서 생선과 곡식이 썩고 있다고 하더군요. 내가 부패하지 말라고 그렇게 일렀는데 내 말을 듣지 않는 겁니까?"

자영의 호통에 민겸호는 숨이 멎는 것 같았다.

"중전마마……."

"물러가세요. 다시는 내 앞에 나타나지 말아요."

자영의 눈에서 무서운 살기가 뿜어졌다.

'어떤 놈이 중전마마에게 고자질을 한 거야?'

민겸호는 중궁전을 나오면서 이를 갈았다.

'어리석은 인간.'

자영은 민겸호를 파면해야겠다고 생각했다.

***

날씨는 찌는 듯이 더웠다. 아침부터 후텁지근한 더위가 계속되는데도 선혜청의 경창(京倉)인 도봉소에는 경영군들이 후줄근한 모습으로 삼삼오오 짝을 지어 모여들었다. 경영군들이 크게 소요를 일으킬 움직임이 보이자 선혜청은 우선 한 달 치의 요식이라도 지급하기로 결정했고, 경영군들이 그 알량한 요식이라도 지급받기 위하여 도봉소로 몰려들고 있는 것이다.

'날씨가 왜 이렇게 더워?'

경영군 감춘영은 비지땀을 흘리면서 문이 열리기를 기다렸다. 집에서 기다리는 늙은 아버지와 아이들을 생각하자 가슴이 까맣게 타들어가는 것 같았다.

도봉소의 문이 열린 것은 사시초(9시)가 훨씬 지나서였다. 창고 앞에 떼를 지어 몰려 있던 경영군들은 비지땀을 흘리며 줄을 서서 순서가 돌아오기를 기다렸다. 위세가 당당한 고지기들이 줄을 서라거나 호패를 내보이라거나 하면서 거드름을 피워도 김춘영은 탓하지 않았다. 김춘영뿐이 아니었다. 쌀을 타는 경영군의 대부분이 고지기들에게 비굴하게 허리를 굽실거렸다. 되를 넉넉하게 받기 위해서였다.

모두들 더위에 지쳐 후줄근했다. 명색이 군사라고 남색 군복을 입기는 했으나 남루하기 짝이 없었다. 김춘영은 차례를 기다리면서 유복만, 강명준, 정의길에게 눈인사를 건넸다. 그들도 쌀을 배급받기 위하여 줄을 서 있었다.

"쌀이 뭐 이래?"

"쌀이 뭐가 어떻다는 거야?"

그때 앞줄에 있던 군사들이 웅성거리기 시작했다.

"쌀에 겨가 섞였잖아."

"쌀에 겨가 섞이는 것이 당연하지 웬 투정이야? 배급받기 싫으면 줄에서 물러나, 다른 사람이나 받게."

경영군과 고지기들 사이에 실랑이가 벌어졌다. 김춘영은 줄에서 빠져나와 실랑이가 벌어지는 곳으로 가까이 갔다.

"내 것은 썩은 쌀이야!"

"내 것은 모래까지 섞였어!"

경영군들이 분노하여 소리를 질렀다. 김춘영은 경영군들이 받은 쌀을 들여다보았다. 경영군들이 받은 쌀은 누렇게 변색이 된 데다 모래가 반이나 섞여 있었다.

"여보시오! 이것을 쌀이라고 배급하는 거요?"

김춘영은 고지기들을 향해 눈을 부릅뜨고 삿대질을 했다. 가슴 속에서 뜨거운 것이 울컥 치밀고 올라왔다.

"그럼 쌀이 아니면 무엇이오?"

"이게 모래지 쌀이야?"

"이 사람이 왜 시비야? 배급받기 싫으면 그만두면 될 것 아니오?"

고지기도 허리에 두 손을 척 받치고 소리를 질렀다. 상전이 세도가인 민겸호였다. 호남에서 올라온 쌀이 누렇게 변색이 되고 겨와 모래가 반이나 섞인 것은 그들의 탓이 아니었다. 호남에서 올라오는 쌀은 곧잘 중간에서 농간이 일어났다. 호남의 수령들이 세미 운반선이 바다에서 침몰했다고 빼돌리고, 세미를 운반하는 뱃군들이 또 이러저러한 핑계를 대고 빼돌려 실지로 경창에 들어오는 쌀들은 수량도 적고 내용도 부실했다. 국고의 대부분이 세미로 충당되는 현실에서 세미가 이 지경이니 국고가 고갈될 수밖에 없었다.

고지기들은 경영군의 거친 항의가 빗발치자 상전의 위세를 믿고 핏대를 세웠다.

"야. 이 자식아, 병판 댁 당나귀는 약식도 안 먹는다는데 우리에게 모래 섞은 쌀을 줘?"

"우리가 이런 쌀을 주고 싶어 줘?"

"야, 이놈아! 흥인군 댁에는 생선이 지천으로 널려서 생선 썩는 냄새가 동리를 진동한다고 하더라!"

"이놈이 순 불한당 같은 놈일세. 내가 아무리 고지기라고 해도 그렇지, 어디서 행패야?"

"뭣이 어째?"

"이놈아! 치도곤을 맞아서 죽기 싫으면 썩 꺼져라!"

"에라, 이 후레자식 놈아!"

김춘영이 고지기에게 달려들어 가슴팍을 내질렀다. 고지기도 김춘영에게 주먹질을 했다. 그러자 경영군들이 "저놈들을 죽여라" 하고 소리치며 고지기들에게 달려들었다. 뜻밖의 사태에 혼비백산한 고지기들이 도봉소의 문을 닫으려고 했으나 이미 때가 늦었다. 경영군들은 분풀이라도 하듯 고지기들을 흠씬 두들겨 팼다. 도봉소는 순식간에 아수라장이 되었다.

사직단에서 기우제를 지내던 민겸호가 포졸들을 이끌고 허겁지겁 도봉소로 달려왔을 때는 도봉소가 난장판으로 변해 있었다.

"이, 이런 죽일 놈들이 있나?"

민겸호는 일의 자초지종을 따지지 않고 화부터 냈다. 그렇잖아도 왕비에게 혼이 나 심사가 사나워져 있었다.

"듣거라!"

민겸호는 무위영 군사들이 괘씸했다.

"예!"

"선혜청은 나라의 재용을 관장하는 곳간이다. 이를 침범하고 야료를 부린 것은 폭도들이나 다름없으니 냉큼 잡아들여서 포도 청에 하옥하라!"

"예!"

민겸호의 지시를 받은 포졸들은 곧장 무위영으로 달려갔다. 무 위영에는 도봉소에서 폭동을 일으킨 군사들이 모여서 근심에 잠 겨 있었다. 분노와 혈기로 도봉소 고지기들을 두들겨 팼으나 앞으 로 닥칠 일들이 두려웠다. 포졸들은 무위영에서 김춘영, 유복만, 강명준, 정의길을 육모 방망이로 곤죽이 되도록 두들겨 패고 포도 청으로 끌고 갔다. 무위영은 왕십리에 있고 장어영은 이태원에 있 었다. 강명준, 정의길, 김춘영, 유복만이 무위영 군영에서 군사들 이 지켜보는 가운데 포도청으로 끌려가자 경영군은 크게 술렁거 렸다.

"대감마님, 우리 처지를 살펴주십시오. 대감마님께서는 우리 군사들이 13개월이나 요식을 받지 못한 것을 잘 알고 계시지 않습 니까?"

김춘영의 아버지 김장손이 무위대장 이경하를 찾아가 억울한 처지를 하소연했다. 김장손은 아들인 김춘영이 걱정스러웠다. 이 미 오래전에 퇴역했으나 김장손은 경영군에서 신망이 높은 사람 이었다.

"내가 빈청에 들어가 너희 처지를 알릴 것이다."

빈청이란 시원임대신들이 모이는 곳이다. 이경하는 빈청에 들어가자 영의정 홍순목에게 경영군이 요식 문제로 크게 술렁거리고 있다고 보고했다. 홍순목은 영의정 서당보가 사임을 하자 그 자리에 다시 임명되어 있었다. 홍순목은 재황에게 그 사실을 보고하기로 했다. 6월 초닷새는 마침 정기접견을 하는 날이었다.

"이렇게 가뭄이 들 때면 나라에서 구휼미를 내려 백성들을 구원하였습니다. 그런데 선혜청에는 저축한 곡식이 전혀 없으니 딱한 실정이 아닐 수 없습니다. 전날 군자감에서 요식을 내주었는데 도감의 군사들이 받는 녹미가 한 섬도 차지 않는다면서 두 손으로 각각 한 섬씩 들고 하는 말이 '13개월이나 요식을 내주지 않다가 이제 와서 한 달분을 내주었는데 이 꼴인가' 하면서 고지기를 때려주었는데 현재 생사를 분간하기 어려운 중에 있고 대청에 돌을 마구 던지는 바람에 해당 당하관이 도망을 쳤다고 하옵니다."

홍순목은 경영군의 요식 문제를 거론했다.

"영상대감, 13개월이나 요식을 내주지 못한 것도 민망스러운데 섬이 차지 않은 것은 또 무슨 까닭이오?"

재황은 아연실색하여 홍순목에게 물었다.

"세미 운반선이 올라오면 중간에서 세미가 축나는 일이 허다하다고 합니다."

"나는 경의 말을 이해할 수가 없소!"

"신은 이미 누차 말씀을 올린 바 있습니다. 그러나 별기군에게 배급되는 요식은 한 섬이 차고 도감에 소속된 군사에게 배급되는 요식이 한 섬이 차지 않는다면 누구라도 원망을 하지 않겠습니까?"

"그렇소. 대체 어찌 이런 일이 있을 수 있소?"

"황공하옵니다. 이는 선혜청만의 잘못이 아니라 온 나라 관리들의 잘못입니다. 고을 원을 신중히 선발하고 세미를 걷는 일과 세미를 바치는 일을 철저하게 감독한다면 국가의 재정이 넉넉해져 군사들의 요식이 밀리지 않을 것입니다."

"영상대감, 경영군에게 서둘러 요식을 지급하도록 하시오."

"먼저 지방에서 올라오는 세미에 대한 농간이 없어야 하겠습니다. 다시 한 번 지방관리들을 엄하게 신칙하는 공문을 보내야 하겠습니다."

"그렇게 하도록 하시오."

재황은 간단하게 대꾸했다. 홍순목은 중희당을 물러나와 의정부로 향했다. 그도 아직 경영군의 불만을 제대로 파악하지 못하고 있었다. 이 소식은 무위대장 이경하를 통해 무위영 군사들에게 전달되었다.

"이럴 수는 없소. 어째서 나랏님은 우리의 억울한 처지를 알아주지 않는다는 말이오? 이경하 대감이 우리의 처지를 제대로 고해 올리지 않은 모양이오!"

"민겸호 대감을 찾아갑시다!"

흥분한 무위영 군사들은 무리를 지어 민겸호를 찾아갔다. 그러
나 민겸호는 무리를 지어 몰려온 무위영 군사들을 다짜고짜 잡아
들여 곤장을 때렸다.

***

이하응은 목침을 베고 사랑에 비스듬히 누워 있다가 벌떡 일어
났다. 장순규가 경영군의 동태가 심상치 않다고 보고한 것이다.

"경영군이 무엇 때문에 소란을 피우는 것이냐?"

"요식이 13개월이나 밀린 데다 민겸호의 하인들이 행패를 부렸
다고 합니다."

이하응은 잠시 생각에 잠겼다. 오뉴월 불볕더위 때문에 가만히
있어도 짜증이 났다. 단순한 군사들을 조금만 선동하면 대궐을 무
너트릴 수 있다.

"너희들은 즉시 장안 곳곳에 소문을 퍼트려라."

이하응이 천하장안에게 지시했다.

"소문이요?"

"민겸호가 경영군을 모조리 죽일 것이라고 하라."

"예."

천하장안이 일제히 물러가 흉흉한 소문을 퍼트리기 시작했다.

"해월을 들라 하라."

이하응은 훈련도감 근처에서 술집을 하는 해월을 불렀다.

"나리, 오래간만에 뵙습니다."

집사 김응원을 따라온 해월이 절을 올렸다.

"네가 해야 할 일이 생겼다."

이하응은 해월을 보고 빙그레 웃었다. 이제 해월은 서방을 잡는 여자가 아니라 조선의 왕비를 잡는 여자가 될 것이다.

***

경영군은 뒤숭숭했다.

"도대체 우리가 무엇을 잘못했소? 선혜청 당상이면 군사들의 요식이 13개월이나 밀려 있는 것을 뻔히 알 텐데 대책은 세워주지 않고 매질이나 하니 이런 법이 어디 있소?"

무위영 군사들은 해월의 술집으로 몰려가 울분을 토로했다. 해월은 이하응으로부터 경영군을 선동하라는 지시를 받았다. 해월은 포도청에 갇힌 정의길, 강명준, 김춘영, 유복만 등이 곤장을 맞아 다 죽어간다고 이들을 부추겼다. 해월의 부채질에 군사들은 주먹을 움켜쥐고 몸을 떨었다.

날씨는 여전히 비 한 방울 뿌리지 않고 후덥지근했다.

6월 9일이 되자 포도청에 갇힌 김춘영과 유복만이 이미 새남터에서 목이 잘렸다는 흉흉한 소문이 나돌았다. 그 소문을 들은 무위영 군사들의 눈에 차츰 핏발이 서기 시작했다. 그뿐이 아니었다. 민겸호가 왕비 민씨의 명령을 받고 무위영 소속의 군사들을 모조리 죽이려 한다는 소문까지 나돌았다.

"굶어 죽든 법에 의해 처형을 당해 죽든 죽는 것은 매한가지다! 어찌 민겸호 같은 위인을 살려두어 원한을 갚지 않겠는가?"

무위영의 군사들은 흥분해서 날뛰었다. 이래 죽으나 저래 죽으나 마찬가지라는 생각이 들자 무서운 것이 없어졌다. 그들은 곧장 민겸호의 집으로 몰려갔다.

"이놈들, 이 댁이 어느 댁이라고 몰려와서 소란을 피우느냐?"

민겸호의 집 청지기들은 다짜고짜 군사들에게 호통을 쳤다.

"이놈아! 청지기 주제에 무얼 믿고 위세를 부려?"

"뭣이 어째?"

"썩 물러서거라! 네놈에겐 볼일이 없다!"

"볼일이 없는 것은 나도 마찬가지다. 우리 대감께서 네 놈들을 모두 죽이겠다고 하셨다!"

"이놈아! 네놈 대감은 사람 백정이냐?"

"저놈을 죽여!"

뒤에 있던 군사들이 아우성을 쳤다. 경영군으로 위장을 한 천하장안도 팔뚝을 걷어붙이고 소리를 질렀다.

"이놈들! 썩 물러가지 못하겠느냐?"

청지기가 당황한 얼굴로 소리를 질렀으나 소용이 없었다. 술기운에 무서운 것이 없어진 군사들은 청지기를 순식간에 때려눕히고 짓밟았다.

"이놈들이 사람 죽인다!"

청지기는 피투성이가 되어 나뒹굴었다. 무위영 군사들은 민겸호의 집 대문 안으로 노도처럼 밀고 들어갔다.

"대감 잘 만나서 살들이 통통하게 쪘구나!"

군사들은 이리 뛰고 저리 뛰며 민겸호의 하인들을 오뉴월 개 패듯 두들겨 팼다.

"민가 놈을 찾아라! 민가 놈이 우리의 원수다!"

그러나 민겸호는 대궐에 입궐하고 집에 없었다. 군사들은 민겸호의 집을 닥치는 대로 때려 부순 뒤 불을 질렀다. 민겸호의 호장한 집이 순식간에 불길에 휩싸였다. 고래 등 같은 기와집이었다. 불길이 치솟자 화광이 충천했다. 민겸호의 집을 불태운 군사들은 운현궁으로 이하응을 찾아갔다.

이하응이 집정하던 시절, 그들이 훈련도감에서 군역을 수행하고 있을 때는 사람 대접을 받았다. 게다가 이하응은 왕비와 민씨 일파에게 쫓겨난 인물이었다. 왕비와 민씨 일파에 대한 원한이 자기들 못지않으리라고 생각했다.

이하응은 무장 출신의 김태희와 허욱을 불러들였다.

"듣거라! 경영군이 마침내 궐기했다!"

이하응이 짙은 눈썹을 꿈틀거리며 일성을 내뱉었다. 그의 나이 벌써 62세였다. 노회할 대로 노회한 60줄의 노정객은 난군들을 이용할 계책을 세우고 김태희와 허욱에게 지시했다.

"경영군에는 지도자가 없다! 피 끓는 혈기에 죽음을 무릅쓰고 일어섰으나 지도자가 없으면 오합지졸이나 마찬가지다. 내가 그들을 만날 것이다. 그러나 무지몽매한 군사들에게 무슨 말을 할 수 있겠느냐? 너희들이 앞장서서 저들을 이끌고 토민토왜해야 할 것이다."

"예."

"허욱!"

"예!"

"너는 선전관을 지냈으니 파사현정(破邪顯正)이 무엇인지 알 것이다! 임금의 곁에서 나라를 어지럽히는 모리배들을 빠짐없이 처단하라!"

"예."

"김태희는 듣거라."

"예."

"너는 군사들을 이끌고 탐관오리들을 처단하라."

"그러면 피를 보아야 합니까?"

"이 일이 어찌 피를 보지 않고 수습되겠느냐?"

"알겠습니다."

허욱과 김태희가 난군의 대표자들을 만나러 밖으로 나갔다. 이하응은 사방침에 비스듬히 기대어 연죽을 물었다. 김응원이 재빨리 부시를 쳐서 불을 붙여주자 이하응은 뻑뻑대고 연죽 부리를 빨았다. 금세 성천초 타는 연기가 방 안에 자욱하게 피어올랐다.

***

허욱과 김태희의 조정을 받은 군사들은 곧장 동별영(東別營)으로 몰려갔다. 동별영은 훈련도감의 본영으로, 인의동에 있었다. 훈련도감이 무위영으로 편입되면서 별기군이 동별영을 사용하고 있었다. 노도처럼 밀어닥친 난군들은 동별영을 습격하여 무기를 탈취하고 동별영을 본부로 삼았다.

"포도청으로 갑시다. 억울하게 갇혀 있는 동지들을 구출합시다!"

난군들은 곧바로 종로의 포도청으로 내달려서 김춘영, 유복만, 정의길, 강명준 등을 구출했다. 이어서 그들은 의금부로 달려가 백악관을 구출하고 경기감영을 습격하여 무기를 탈취했다. 그들은 두려운 것이 없었다. 난군들이 포도청과 의금부를 습격하고 경기감영에서 무기를 탈취하는 동안 군중들까지 합세하여 도성은 난군의 천지가 되었다.

난군들은 이미 친일파 대신들과 민씨 일족의 집을 차례차례 습격하고 있었다. 동생인 이하응과 반목하다 국왕 편에 붙어서 세도를 누리던 사동(寺洞)의 홍인군 이최응도 난군의 습격을 받아 비참한 최후를 맞이했다. 흥분한 난군은 파괴와 방화를 일삼았고, 집안에서 또 노상에서 난군들의 습격을 받아 살해된 자가 헤아릴 수 없이 많았다.

오후에 비가 내리기 시작했다. 타는 듯한 6월의 날씨였기에 아무도 비가 내릴 것이라고 예상하지 않았다. 오시까지 쨍쨍하던 하늘에서 감사나운 먹구름이 몰려와 만호장안을 휘덮더니 금세 장대 같은 소낙비를 쏟아붓기 시작했다.

"비가 온다! 일본군을 때려 부수자!"

허욱과 김태희는 난군을 조정하여 일본 공사관으로 몰려가게 했다. 난군들은 흥분해서 소리를 질러댔다. 몇 달 내내 불볕 가뭄이 들어 농민들을 시름겹게 하던 비였다. 그러나 난군이 궐기를 하자 때마침 비가 쏟아지기 시작한 것이다.

"하늘이 우리를 돕는다!"

난군들은 장맛비가 쏟아지는데도 비를 피할 생각을 하지 않았다. 아무도 옷이 젖는 것을 두려워하지 않았다. 사나운 빗발은 이미 군사들의 옷을 걸레처럼 질펀하게 적시고 붉은 흙탕물을 이루며 흘러가고 있었다.

하나부사 일본 공사는 조선을 탈출하기로 결심했다. 다행히 공사관 앞은 때마침 나타난 조선인들의 피난 행렬로 거리와 골목이 일대 혼잡에 빠져 있었다. 하나부사 일본 공사는 공사관에 불을 지른 후 총을 난사하면서 공사관 밖으로 달려 나갔다. 난군과 빈민들이 거대한 함성을 지르면서 일본인들에게 달려들었으나 요란한 총성에 놀라 뿔뿔이 흩어졌다.

'조선에 군란이 일어났다.'

하나부사 일본 공사와 관원들은 조선인들을 향해 마구 발포하면서 혈로(血路)를 뚫고 내달렸다.

*****

잠시 뜸해지는 듯했던 빗발이 다시 장대질을 하기 시작했다. 자영은 대조전 고랑마루에서 쏟아붓듯이 퍼붓는 하얀 빗줄기를 무연히 응시했다. 암천의 하늘이었다. 신시에 내리기 시작한 장맛비로 메마른 흙먼지가 풀썩거리던 대궐이 온통 물 천지였다.

'어찌하여 군사들의 요식이 13개월이나 밀렸다는 말인가?'

자영은 참담하기 짝이 없었다. 도성은 난군들의 소요로 아수라장이라고 했다. 중신들의 집이 불에 타고 흥인군 이최응은 난군들에게 살해당했다고 하였다. 어디 그뿐인가. 세자빈의 사가인 민태호의 집, 선혜청 당상인 민겸호의 집, 자영의 친정인 민영익의 집도 난군들에 의해 불타버렸다.

재황은 중희당에 있었다. 대신들과 함께 폭동을 진압할 계획을

짜고 있었으나 무위대장에 이재면을 임명한 것이 고작이었다. 중희당에는 난군에게서 가까스로 도망을 친 민태호와 민겸호도 들어와 있었다.

'어리석은 인간들 같으니……'

자영은 그들의 얼굴을 떠올리자 울화가 치밀었다. 죽은 민승호를 비롯해 민씨 일족에게 재물을 욕심내지 말라고 수없이 다그쳐 온 그녀였다. 그런데 들리는 말로는 그들이 매관매직을 했을 뿐만 아니라 재물을 모으는 데도 혈안이 되었다는 것이다.

'어째서 민문은 깨끗한 사대부가 없다는 말인가?'

자영은 입술을 잘근잘근 깨물었다. 민겸호와 민태호를 시측지신(侍測之臣)으로 삼아 굳건한 왕조, 외세에 흔들리지 않는 조선을 만들려는 자영의 야망이 일순간에 무너지고 있었다.

'이는 국태공이 교사한 것이 틀림없어.'

빗발은 좀처럼 그칠 기색을 보이지 않았다. 오랜만에 시원스럽게 쏟아지는 비였다. 그러나 자영의 마음은 점점 무거워지기만 했다. 패트리샤에게 선물받은 회중시계를 들여다보니 벌써 새벽 2시였다.

'요식만 지급하면 무마될 사건이 이렇게 확대된 것은 다시 정권을 잡으려는 국태공이 배후에서 조종한 것이 틀림없어.'

자영은 쓴웃음이 입가에서 흘러나왔다. 이재선 역모 사건이 터졌을 때 배후로 몰아서 이하응을 처벌했다면 이런 사단은 일어나지 않았을 것이다.

'이재선의 역모 사건 때 내가 국태공을 살려주었으니 국태공도 나를 죽이지는 않을 것이다.'

자영은 다시 입술을 깨물었다. 폭동을 일으킨 난군들이 돈화문과 금호문 밖으로 집결하고 있었다. 서두르지 않으면 난군들이 대궐로 들이닥쳐 큰 낭패를 보게 될 것이다.

"전하께서는 어디에 계시느냐?"

자영은 승전빗에게 날카롭게 하문했다.

"중희당에 계십니다."

"중희당으로 가자."

자영은 등롱을 들고 있는 상궁과 무수리들에게 지시했다. 상궁과 무수리들이 황망히 옥교를 준비하고 개(蓋)를 준비했다.

"옥교는 필요 없다. 걸어서 간다."

자영이 월대로 내려서서 운혜를 신고 뜰로 나섰다. 그러자 빗발이 자영의 몸으로 세차게 들이쳤다.

"중전마마, 옥체를 상하십니다!"

"일없다!"

자영은 상궁들의 만류도 물리치고 휭 하니 중희당으로 향했다. 상궁과 무수리들이 당황하여 황급히 뒤따라오면서 우산 대신 개를 씌워주려고 했으나 자영은 한달음에 중희당까지 달려갔다. 그 뒤를 상궁과 무수리들이 우르르 뒤따랐다. 중희당에는 재황이 목을 길게 빼고 앉아 있었다. 그 옆에는 입직승지인 김영덕이 시립해 있고 민태호와 민겸호가 무릎을 꿇고 엎드려 있었다.

"중전!"

자영이 비를 흠뻑 맞고 중희당으로 들어서자 재황이 눈을 휘둥그렇게 떴다.

"경들은 잠시 물러가 있으시오!"

자영은 민겸호를 한눈으로 흘겨보며 쌀쌀하게 내뱉었다.

"중전, 중전처럼 고귀한 몸이 어찌 비를 맞았소? 상궁 나인들은 다 어디로 갔소?"

"전하, 온 나라가 바라던 비인데 구경만 할 수 있겠습니까? 농민들은 지금 이 비를 맞으며 춤을 추고 있을 것입니다."

"그렇기는 하오."

"도성이 난군들로 아우성인데 중신들은 모두 어디로 갔습니까?"

"난군들이 대궐을 에워쌌다고 하오. 날이 밝으면 담을 넘을 모양이오."

"전하, 그러면 대책을 세우셔야 할 것이 아니옵니까?"

"무슨 대책이 있겠소? 궁성을 지키는 백성들도 대부분 달아나고 없는데…… 열성조에 면목이 없소. 5백 년 사직도 내 대에서 끝난 듯하오."

재황의 옥음은 처연하기까지 했다. 자영은 목이 메어왔다.

"전하, 하늘이 무너져도 솟아날 구멍이 있다고 합니다."

"난군은 3천 명이나 된다고 하오."

"국태공을 부르십시오, 전하."

"아버님을?"

"난군의 소요 뒤에는 국태공이 도사리고 있습니다."

"이제 와서 무슨 면목으로 아버님을 부른다는 말이오. 나는 죽어도 그 일은 못하겠소."

"전하, 신첩을 살리는 일입니다."

자영이 재황 앞에 무릎을 꿇고 앉아 애원을 했다. 재황은 자영의 애원에 고개를 푹 숙이고 생각에 잠겼다. 이하응의 비정한 얼굴이 머릿속에 떠오르자 가슴이 답답해왔다. 이번 폭동이 과연 이하응의 배후 조종으로 이루어진 것인가, 이하응이 배후에서 조종을 했다면 국왕인 자기 위치는 어떻게 되는 것인가, 이하응은 무엇 때문에 아들인 자신을 괴롭히는 것인가…… 하는 생각이 들어 재황은 입술을 깨물었다. 그러한 재황의 귓전에 자영의 또렷한 말이 다시 이어졌다.

"전하! 무위대장을 운현궁에 보내십시오."

"알겠소."

재황이 힘없이 고개를 끄덕거렸다. 이제는 달리 대책이 없었다. 난군이 대궐까지 짓쳐들어온다면 자신의 생명까지 어떻게 될지 알 수 없는 일이다.

"입직승지는 명을 받으라."

재황이 입직승지 김영덕을 불렀다. 김영덕이 황급히 중희당으로 들어와 부복했다.

"승지는 무위대장을 들라 이르라."

"신명을 받자옵니다."

김영덕이 머리를 깊숙이 조아리고 물러갔다. 재황은 그제야 비에 흠뻑 젖은 자영을 살폈다. 자영의 정상이 가련했다. 일국의 국모인 자영이었다. 그런 자영이 온몸이 비에 젖은 채 떨고 있었다.

"무위대장 입시했습니다."

"들라."

재황의 옥음은 단조로웠다.

"신 무위대장 이재면 알현입니다."

이재면이 중희당으로 들어와 재황 앞에 부복했다.

"무위대장은 운현궁에 가서 국태공 저하를 들라고 이르시오."

"삼가 명을 받자옵니다."

"국태공 저하를 모실 때 어머님도 같이 모셔 오시오."

"예."

무위대장 이재면이 물러갔다. 자영은 재황에게 작별을 고하고 중궁전으로 돌아왔다. 다행히 빗발이 그쳐가고 있었다. 자영은 중궁전 서온돌로 돌아가 잠시 수면을 취했다. 그러나 쉽사리 잠이 오지 않았다. 그쳐가는 것 같던 빗발이 다시 장대질을 하고 있었다. 대궐이 소란스러워진 것은 엎치락뒤치락하던 자영이 깜박 잠이 들었을 때였다.

"중전마마, 난군이 대궐로 침입했습니다."

"뭣이?"

자영은 벌떡 일어났다. 날은 이미 훤하게 밝아 있었다. 장대질을 하던 빗발이 잠시 그쳤으나 하늘은 여전히 먹구름이 끼어 있었다. 서둘러 의대를 차려 입은 자영은 고랑마루로 나섰다. 중궁전 쪽으로 난군의 노도 같은 함성이 들려왔다.

"국태공이 입시했느냐?"

"그러하옵니다. 중희당에서 주상 전하를 배알하고 있습니다."

"난군은 언제 대궐에 침입했느냐?"

"국태공 저하가 입시하기 바로 전입니다."

자영은 먹구름이 낀 하늘을 망연히 쳐다보았다. 궁녀들은 사색이 되어 있고 자영을 찾는 난군들의 함성이 대조전까지 들려오고 있었다.

"중궁은 어디 있느냐? 중궁을 찾아내서 죽여야 우리가 산다!"

자영은 얼굴이 창백하게 질렸다. 누군가 난군들을 선동하며 중궁전으로 다가오고 있었다.

"중전마마, 자리를 피하소서."

궁녀들이 사색이 되어 발을 동동 굴렀다.

'그래, 일단 위험을 피하고 보아야 해!'

자영은 어금니를 꽉 깨물었다. 난군의 목표가 자신이라는 생각이 들자 머리끝이 곤추서고 간담이 서늘해졌다.

"내가 신분을 위장해야 하겠다. 무수리 옷을 가져와라!"

"중전마마!"

"냉큼 명을 받들지 못하고 무엇을 하느냐?"

"예."

자영이 무수리 옷으로 갈아입고 있을 때 이하응은 중희당에서 재황을 배알하고 있었다. 두 사람 다 만감이 교차했다. 입이 있어도 할 말이 없는 재황이었다. 아들이자 국왕인 재황에게 서운한 감정뿐인 이하응이었다. 그들은 한동안 말없이 앉아 있기만 했다.

"모두들 들으시오."

이내 재황이 침통한 얼굴로 중신들을 향해 입을 열었다.

"오늘의 사태에 대해서 차마 어떻게 말할 수 있겠소? 돌이켜보면 덕이 없는 과인이 왕업을 계승하고 백성들을 돌보아주지 못하여 이러한 변고를 초래하였소. 이것은 어찌 난군이 고의적으로 사단을 만들어내기 위해 꾸민 것이겠소? 이는 첫째로 과인이 부덕하기 때문이고 둘째도 과인이 부덕하기 때문이오. 여기까지 말하고 보니 과인 스스로 한심하기 짝이 없소."

재황의 눈시울이 젖어왔다.

"이제 대소 정무를 모두 국태공에게 맡겨 처결하겠소."

중신들은 아무 대꾸도 하지 못했다. 왕명이 지엄해서가 아니었다. 이미 폭동을 일으킨 난군들이 대궐을 장악하고 있었기 때문이다.

이때 이하응을 따라 입궐한 부대부인 민씨는 중궁전을 향해 총총걸음을 놓고 있었다. 그녀는 왕비의 목숨이 경각에 처해 있다는 것을 알고 있었다. 난군들은 전에 없이 대궐을 누비고 다니며 왕비를 찾는 데 혈안이 되어 있었다. 이하응이 왕비를 제거하라는 명령을 내린 것이 분명했다.

"중전을 죽여라!"

난군들은 김태희와 허욱의 지휘를 받고 있었다. 그들은 살기등등해서 대궐의 침전과 누각을 누비고 다녔다. 경기도 관찰사 김보현과 민겸호가 난군들에게 잡혀 처참한 죽음을 당했다. 흥분한 군사들은 민겸호와 김보현이 죽은 뒤에도 난도질을 하여 시체를 대궐 밖 개천에 버렸다.

"이놈들은 돈을 좋아하니 돈으로 배를 채워주자."

난군들은 김보현의 입을 찢어 엽전을 밀어 넣고 총대로 쑤셨다. 그러자 엽전이 김보현의 가슴으로 튀어나왔다. 흉참(凶慘)한 정경이었다. 이들의 시체는 날씨가 흐리고 더워서 개천에 버려져 있는 수일 동안 살이 물에 잠겨 하얗게 흐느적거렸다고 하였다.

부대부인 민씨는 창덕궁 소주방에서 무수리 차림으로 변복을 한 자영을 찾아내어 자신의 사인교에 태웠다. 자영은 파랗게 질린 얼굴로 사인교에 올라탔다. 무예별감 홍재희가 뒤에서 자영을 호종했다.

　대궐은 아수라장이었다. 난군들은 이리 뛰고 저리 뛰면서 핏발이 선 눈으로 자영을 찾아 헤맸고, 수백 명이나 되는 궁녀들은 난군을 피하여 달아나기에 급급했다. 자영의 가마도 궁녀들 틈에 끼어들었다. 그러나 난군이 수상한 가마를 놓칠 리 없었다.

　"중전이 여기에 있다. 중전을 죽여라!"

　난군들이 가마를 들고 있는 궁녀들을 발로 차서 쓰러뜨리고 자영을 끌어내리려고 하였다. 이때 멀리서 홍계훈이 달려왔다. 벌써 자영의 가마가 박살이 나고 자영이 땅바닥에 나뒹굴고 있었다.

　"중전이다! 중전을 죽여라!"

　난군들이 와하는 함성을 지르며 자영을 칼로 쳐 죽이려고 하였다. 자영은 눈앞이 아찔했다. 내가 여기서 죽는구나 하고 눈을 감았을 때 천둥 같은 호통 소리가 귓전을 때렸다.

　"멈춰라!"

　홍계훈이었다.

　"나는 무예청 별감 홍재희(홍계훈의 초명)다. 어느 놈이 감히 국모이신 중전마마를 해하려 하느냐? 삼족멸문의 화를 당하고 싶은 놈이 있으면 썩 나서라!"

　홍계훈의 목소리가 우렁찼다. 칼을 뽑아 들고 눈알을 부라리자 난군들이 주춤했다.

　"길을 열어라! 중전마마의 옷깃 하나라도 건드리는 놈이 있으면 역적의 죄를 물어 종로 네거리에서 효수할 것이다!"

난군들이 조용해지자 홍계훈은 재빨리 자영을 둘러업었다.

"병사들은 들어라! 나의 앞길을 가로막는 자는 한칼에 베어라!"

홍계훈은 무예청 병사들에게 지시했다. 무예청 병사들이 엉거주춤 홍계훈의 앞과 뒤에서 호위했다. 홍계훈은 난군들이 주춤거리는 사이에 돈화문을 향해 달려갔다. 홍계훈은 황급히 돈화문을 나서서 화개동의 윤태준의 집으로 향했다. 먹구름이 잔뜩 끼어 어두운 하늘에서 또다시 장맛비가 퍼붓기 시작했다.

– 4권에 계속 –